"一带一路"沿线国家经典诗歌文库
（第一辑）

主编　赵振江

副主编　蒋朗朗　宁琦　张陵　黄怒波

亚美尼亚诗选

杨曦　编译

作家出版社

编译者杨曦

杨曦

二〇〇五年本科毕业于外交学院英语系英语专业，二〇〇八年硕士毕业于北京大学东方语言文化系中古伊朗语方向，二〇一六年博士毕业于加州大学洛杉矶分校（UCLA）近东语言文化系亚美尼亚学专业，现为中国社会科学院外国文学研究所东方文学研究室助理研究员。

目 录

总　序

　　二〇一三年秋，习近平主席先后提出建设"丝绸之路经济带"和"二十一世纪海上丝绸之路"（简称"一带一路"）的倡议。"一带一路"一经提出，便在国外引起强烈反响，受到沿线绝大多数国家的热烈欢迎。如今，它已经成了我们在政治、经济和文化生活中最具活力的词语。"一带一路"早已不是单纯的地理和经贸概念，而是沿线各国人民继往开来、求同存异、构建人类命运共同体的幸福路、光明路。正如一首题为《路的呼唤》[1]的歌中所唱的：

　　　　……
　　　　有一条路在呼唤
　　　　带着心穿越万水千山
　　　　千丝万缕一脉相传
　　　　就注定了你我相见的今天
　　　　这一条路在呼唤
　　　　每颗心都是远洋的船
　　　　梦早已把船舱装满
　　　　爱是我们共同的家园
　　　　……

　　习主席关于构建人类"政治互信、经济融合、文化包容的利益共同体、命运共同体和责任共同体"的主张是人心所向，众望所归。联合国将"构

---

　　[1]《路的呼唤》：中央电视台特别节目《一带一路》主题曲，梁芒作词，孟文豪谱曲，韩磊演唱。

1

建人类命运共同体"写入大会决议，来自一百三十多个国家的约一千五百名贵宾出席二〇一七年五月十四日在北京举行的"一带一路"国际合作高峰论坛，就是最有力的证明。

在国与国之间，政治互信、经济融合、文化包容的基础在民心，而民心相通的前提是相互了解和信任。正是出于这样的理念，我们决定编选、翻译和出版这套"'一带一路'沿线国家经典诗歌文库"，因为诗歌是"言志"和"抒情"最直接、最生动、最具活力的文学形式，诗歌最能反映大众心理、时代气息和社会风貌。"'一带一路'沿线国家经典诗歌文库"是加强沿线各国人民之间相互了解和信任的桥梁。

"'一带一路'沿线国家经典诗歌文库"的创意最初是由作家出版社前总编辑张陵和中国诗歌学会会长骆英在北京大学诗歌研究院院会提出的。他们的创意立即得到了谢冕院长和该院研究员们的一致赞同。但令人遗憾的是，在本校的研究员中只有在下一人是外语系（西班牙语）出身，因此，他们就不约而同地把这套书的主编安在了我的头上。殊不知在传统的"一带一路"沿线国家中，没有一个是讲西班牙语的。可人家说："一带一路"是开放的，当年"海上丝绸之路"到了菲律宾，大帆船贸易不就是通过马尼拉到了墨西哥吗？再说，巴西、智利、阿根廷三国的总统不是都来参加"一带一路"国际合作高峰论坛了吗？怎么能说"一带一路"和西班牙语国家没关系呢？我无言以对。

古丝绸之路是指张骞（前一六四年至前一一四年）出使西域时开辟的东起长安，经中亚、西亚诸国，西到罗马的通商之路。二〇一三年九月七日，习近平主席在哈萨克斯坦纳扎尔巴耶夫大学演讲时，提出共建"丝绸之路经济带"的主张，赋予了这条通衢古道以全新的含义，使欧亚各国的经济联系更加紧密、相互合作更加深入、发展空间更加广阔，从而造福沿途各国人民。至于古老的"海上丝绸之路"，自秦汉时期开通以来，一直是沟通东西方经济和文化交流的重要渠道，尤其是东南亚地区，自古就是"海上丝绸之路"的重要枢纽。习主席建设"二十一世纪海上丝绸之路"的构想使其在新的历史起点上，有了更加重要而又深远的意义。

"一带一路"沿线国家主要包括西亚十八国（伊朗、伊拉克、格鲁吉亚、亚美尼亚、阿塞拜疆、土耳其、叙利亚、约旦、以色列、巴勒斯坦、沙特阿拉伯、巴林、卡塔尔、也门、阿曼、阿拉伯联合酋长国、科威特、黎巴嫩），中亚五国（哈萨克斯坦、土库曼斯坦、吉尔吉斯斯坦、乌兹别克斯坦、塔吉克斯坦），南亚八国（尼泊尔、不丹、印度、巴基斯坦、孟加拉国、斯里兰卡、马尔代夫、阿富汗），东南亚十一国（印度尼西亚、马来西亚、菲律宾、新加坡、泰国、文莱、越南、老挝、缅甸、柬埔寨、东帝汶），中东欧十六国（阿尔巴尼亚、波斯尼亚和黑塞哥维那、保加利亚、克罗地亚、捷克、爱沙尼亚、匈牙利、拉脱维亚、立陶宛、马其顿、黑山、罗马尼亚、波兰、塞尔维亚、斯洛伐克、斯洛文尼亚）。独联体四国（俄罗斯、白俄罗斯、乌克兰、摩尔多瓦），再加上蒙古和埃及等。

从上述名单中不难看出，"一带一路"沿线国家多为文明古国，在历史上创造了形态不同、风格各异的灿烂文化，是人类文明宝库重要的组成部分。诗歌是文学的桂冠，是文学之魂。文明古国大都有其丰厚的诗歌资源，尤其是经典诗歌，凝聚着国家和民族的精神和理想。各国之间的文化交流与经贸往来，既相互交融又相互促进，可以深化区域合作，实现共同发展，使优秀文化共享成为相关国家互利共赢的有力支撑，从而为实现习主席构建人类命运共同体的伟大目标打下坚实的文化基础。

"一带一路"沿线国家多是发展中国家。长期以来，我们一直比较重视对欧美发达国家诗歌的译介，在"经济一体、文化多元"的今天，正好利用这难得的契机，将这些"被边缘化"国家的传统文化和民族精神纳入"一带一路"的建设，充分发掘它们深厚的文化底蕴，让它们的古老文明在当代世界发挥积极作用，使"文库"成为具有亲和力和感召力的文化桥梁。

"一带一路"沿线国家又多是中小国家。它们的语言多是非通用的"小语种"，我国在这方面的人才储备相对稀缺，学科建设相对薄弱；长期以来，对这些国家的文学作品缺乏系统性的译介和研究。从这个意义上说，"文库"的出版具有填补空白的性质，不仅能使我们了解这些国家的诗歌，也使相关的学科建设和学术研究有了新的生长点。

"'一带一路'沿线国家经典诗歌文库"的现实意义和深远影响已经很清楚了，但同样清楚的是其编选和翻译的难度。其难点有三：一是规模庞大，每个国家一卷，也要六十多卷，有的国家，如俄罗斯、印度，还不止一卷；二是情况不明，对其中某些国家的诗歌不是一无所知也是知之甚少，国内几乎从未译介过，如尼泊尔、文莱、斯里兰卡等国；三是语言繁多，有些只能借助英语或其他通用语言。然而困难再多，编委会也不能降低标准：一是尽可能从原文直接翻译，二是力争完整地呈现一个国家或地区整体的诗歌面貌。

总之，"文库"的规模是宏大的，任务是艰巨的，标准是严格的。如何完成？有信心吗？答案是肯定的。信心从何而来呢？我们有译者队伍和编辑力量做保证。

"'一带一路'沿线国家经典诗歌文库"的编译出版由北京大学外国语学院和作家出版社联袂承担，可谓珠联璧合，阵容强大。

北京大学外国语学院是国内外国语言文学界人才荟萃之地，文学翻译和研究的传统源远流长。北大外院的前身可以追溯到京师同文馆（一八六二年）和京师大学堂（一八九八年）。一九一九年北京大学废门改系，在十三个系中，外国文学系有三个，即英国文学系、法国文学系、德国文学系。一九二〇年，俄国文学系成立。一九二四年，北京大学又设东方文学系（其实只有日文专业）。新中国成立后，东语系发展迅速，教师和学生人数都有大幅度增长。一九四九年六月，南京东方语言专科学校和中央大学边政学系的教师并入东语系。到一九五二年京津高校院系调整前，东语系已有十二个招生语种、五十名教师、大约五百名在校学生，成为北大最大的系。

一九五二年院系调整时，重新组建西方语言文学系、俄罗斯语言文学系和东方语言文学系。其中西方语言文学系包括英、德、法三个语种，共有教师九十五人，分别来自北大、清华、燕大、辅仁、师大等高校（一九六〇年又增设西班牙语专业）；俄罗斯语言文学系共有教师二十二人，分别来自北大、清华、燕大等高校；东方语言文学系则将原有的西藏语、维吾尔语、西南少数民族语文调整到中央民族学院，保留蒙古、朝鲜、日、越南、暹罗、印尼、缅甸、印地、阿拉伯等语言，共有教师四十二人。

北京大学外国语学院于一九九九年六月由英语系、西语系、俄语系和东语系组建而成，下设十五个系所，包括英语、俄语、法语、德语、西班牙语、葡萄牙语、日语、阿拉伯语、蒙古语、朝鲜语、越南语、泰国语、缅甸语、印尼语、菲律宾语、印地语、梵巴语、乌尔都语、波斯语、希伯来语等二十个招生语种。除招生语种外，学院还拥有近四十种用于教学和研究的语言资源，如意大利语、马来语、孟加拉语、土耳其语、豪萨语、斯瓦希里语、伊博语、阿姆哈拉语、乌克兰语、亚美尼亚语、格鲁吉亚语、阿塞拜疆语等现代语言，拉丁语、阿卡德语、阿拉米语、古冰岛语、古叙利亚语、圣经希伯来语、中古波斯语（巴列维语）、苏美尔语、赫梯语、吐火罗语、于阗语、古俄语等古代语言，藏语、蒙语、满语等少数民族及跨境语言。学院设有一个一级学科博士点、十个二级学科博士点和一个博士后流动站，为北京市唯一外国语言文学重点一级学科。学院师资力量雄厚：全院共有教师二百一十二名，其中教授六十名、副教授八十九名、助理教授十六名、讲师四十七名，拥有博士学位的教师一百六十三人，占教师总数的百分之七十七。

从以上的介绍不难看出，北京大学外国语学院的语言教学和科研涵盖了"一带一路"的大部分国家，拥有一批卓有成就的资深翻译家和崭露头角的青年才俊，能胜任"文库"的大部分翻译工作。至于一些北大没有的"小语种"国家，如某些中东欧国家，我们邀请了高兴（罗马尼亚语）、陈九瑛（保加利亚语）、林洪亮（波兰语）、冯植生（匈牙利语）、郑恩波（阿尔巴尼亚语）等多名社科院外文所和兄弟院校的专家承担了相应的翻译工作，在此谨对他们表示诚挚的敬意和衷心的感谢。

有好的翻译，还要有好的编辑。承担"'一带一路'沿线国家经典诗歌文库"编辑出版任务的作家出版社是国家级大型文学出版社，建社六十多年来出版了大量高品质的文学作品，积累了宝贵的资源和丰富的经验。尤其要指出的是，社领导对"文库"高度重视，总编辑黄宾堂、前总编辑张陵、资深编审张懿翎自始至终亲自参与了所有关于"文库"的工作会议，和北大诗歌研究院、北大外国语学院的领导一起，精心策划，全力以赴，保证了"文库"顺利面世。

最后还要说明的是，"'一带一路'沿线国家经典诗歌文库"得到了北大校领导的大力支持。"文库"第一批图书的出版恰逢北京大学建校一百二十周年（一八九八年至二〇一八年），编委会提出将这套图书作为对校庆的献礼。校领导欣然接受了编委会的建议，并在各方面给予了大力支持，校党委宣传部部长蒋朗朗同志从始至终参与了"文库"的策划和领导工作。至于北京大学外国语学院的领导更是责无旁贷地承担了全部翻译工作的设计、组织和落实。没有他们无私忘我、认真负责的担当，完成这样艰巨的任务是不可能的。

"'一带一路'沿线国家经典诗歌文库"第一批诗作即将出版，这只是第一步，更艰巨的工作还在后头；更何况随着时间的推移，"一带一路"的外延会进一步扩展，"文库"的工作量和难度也会越来越大。但无论如何，有了这样的积累，我们完全有理由相信，"'一带一路'沿线国家经典诗歌文库"会越来越好。为了实现这样的目标，我们期待着领导、业内同仁和广大读者的批评指教。

赵振江

二〇一七年秋

于北京大学蓝旗营寓所

前　言

一

有鉴于今日的亚美尼亚共和国、历史上的亚美尼亚地区、亚美尼亚民族以及亚美尼亚文学本身在华语世界内的知名度，笔者认为有必要在前言里对这些方面均做必要介绍，以便读者理解本书中的诗歌。

今日的亚美尼亚共和国，面积不过二点九八万平方公里，是独联体最小的国家。但历史上的亚美尼亚地区，如以亚美尼亚高原地理界限为限，则面积约为四十万平方公里，包括了今日土耳其东部大片土地，以及伊朗西北角、阿塞拜疆西南、格鲁吉亚南部部分地区。亚美尼亚高原地势多山而崎岖，最高点即今日土耳其与亚美尼亚边境附近，土耳其一侧的阿拉拉特山 [1]（主峰大阿拉拉特山 [2] 海拔五千一百六十五米），这座山是亚美尼亚人心目中的圣山。今日亚美尼亚共和国首都埃里温即位于山下的阿拉拉特谷地。亚美尼亚地区位于高加索、伊朗高原、美索不达米亚平原、安纳托利亚高原之间，是近东乃至欧亚交通孔道，战略地位重要。所以它自古以来也是文化交流之地，一直处于文化或政治意义上的东西方交汇点。这造就了它文化上的多彩与魅力，但也给居住在这里的人民带来了无穷无尽的纷扰，甚至灾难。也正因为这样纷扰的历史，才使得今日的亚美尼亚共和国，仅是地理上的亚美尼亚高原（历史上的亚美尼亚地区）的东北一隅；而亚美尼亚民族则散居世界各地，主要为近东、美国、欧洲；生活在亚美尼亚国外的人反多于国内。这样的历史，这样的格局，对亚美尼亚文学不

1　阿拉拉特山：即和合本《圣经》中的"亚拉腊山"。
2　大阿拉拉特山：亚美尼亚名称马西斯，土耳其名称大阿勒山。

可能不产生影响，当然也包括诗歌。

现代亚美尼亚史学界，一般将亚美尼亚民族的历史上溯到公元前十三世纪到前六世纪，在这里出现的文明古国、西亚强国乌拉尔图。但"亚美尼亚"这个字眼，迄今所知的第一次出现，则要等到公元前五一八年，波斯帝国大流士一世发布《贝希斯敦铭文》。公元四世纪初[1]，时为罗马帝国藩属的亚美尼亚国王特尔达特[2]从"启明者"格里高利处受洗，宣布基督教为亚美尼亚国教，亚美尼亚成为世界上第一个确立基督教官方地位的国家。这是亚美尼亚历史上最重要的事件之一，深刻影响了此后亚美尼亚文化的走向。公元四〇一年，亚美尼亚文字由圣马什托茨或迈斯若普[3]成功创制，这是亚美尼亚文化史上开天辟地的大事。公元六至七世纪，亚美尼亚教会拒绝卡尔西顿公会议结果，最终与主流教会分裂，成为独立的亚美尼亚使徒教会。七世纪上半叶阿拉伯势力兴起，亚美尼亚被阿拉伯—伊斯兰帝国吞并。截至十一世纪塞尔柱突厥人出现以前，这里都和战不定。从八世纪后期开始，亚美尼亚人开始大批离开亚美尼亚高原外迁。九世纪末，若干亚美尼亚大贵族摆脱穆斯林统治，一度兴盛；但后来又被东罗马或曰拜占庭帝国控制。然而塞尔柱突厥人旋即于一〇七一年在曼齐刻尔特[4]击败拜占庭。此后亚美尼亚高原的大部分土地就由突厥语民族控制至今。纷乱导致大批亚美尼亚人离开本土迁徙到地中海东北角的奇里乞亚，并在这片自己不占多数的土地上，建立了奇里乞亚亚美尼亚王国，或称小亚美尼亚王国[5]。奇里乞亚王国与西欧、拜占庭、穆斯林，以及后来的蒙古人等各周边强权周旋，忧患多于安乐。但中世纪亚美尼亚人建立独立政权的两段时期，都是亚美尼亚文化上的兴盛时代。

一三七五年奇里乞亚亚美尼亚王国被埃及马穆鲁克灭亡，加之亚美尼

1　传统说法是公元三〇一年，但现代研究多倾向于三一四年。

2　特尔达特：西方古典语言称为梯里达特斯。

3　迈斯若普：在五世纪的最早文献里面，他的名字只是"马什托茨"。"迈斯若普"一名晚出，但后来逐渐比马什托茨更为流行。为方便行文，下文正文一般只使用"马什托茨"，但引文、译文不在此限。

4　曼齐刻尔特：亚美尼亚语马纳兹刻尔特或马拉兹刻尔特，位于凡湖西北方。

5　这里需要说明的是，"小亚美尼亚"这个说法在历史上有不同所指。安纳托利亚高原和亚美尼亚高原的过渡带、今天土耳其锡瓦斯一带地区，也有"小亚美尼亚"之称。所以本书中尽量不使用这个说法，以免歧义。

亚本土长期沦为近东各穆斯林王朝角逐之地，长期动荡之下，文化也很难繁荣。直到一六三九年奥斯曼土耳其帝国[1]和萨法维波斯帝国签订《席林堡和约》，才又有了大范围的和平；但亚美尼亚高原也再次被瓜分[2]。"亚美尼亚人"的含义也发生了变化：公元前后指说亚美尼亚语、主要居住在亚美尼亚高原的平民与贵族；到了十七世纪时则指归亚美尼亚使徒教会管辖的人群，他们虽然多数仍在亚美尼亚高原务农，但经济实力主要来自高原以外社区的商业和手工业者。十七和十八世纪，亚美尼亚商人的贸易网已经遍布全球。在欧亚大陆的主要贸易城市中，亚美尼亚社区大量存在。工商业的发展壮大了世俗阶层的力量，外迁便利了与外族交往，并吸收外来的技术与文化。贸易的不断增长和与欧洲的更多接触，使得亚美尼亚文化也随之复兴。

　　十九世纪初，沙俄吞并了大部分原归波斯统治的东亚美尼亚。而在日趋衰败的奥斯曼帝国，"亚美尼亚问题"也产生并迅速激化。各种因素导致了奥斯曼帝国境内，原本号称"忠诚教族"[3]的亚美尼亚人与当局的冲突愈演愈烈，引起了一八九四年至一八九六年，苏丹阿卜杜勒·哈米德二世对亚美尼亚人的屠杀，并最终酿成了从一九一五年开始的亚美尼亚种族灭绝事件。这场浩劫的尾声持续到一九二三年土耳其独立战争结束后。虽然其细节存在巨大争议，然而到一九二五年，土耳其境内的亚美尼亚人绝大部分非死即走，却是不容否认的事实。而原俄属亚美尼亚地区在一九一八年至一九二〇年建立短暂独立的亚美尼亚共和国之后，于一九二〇年年底

1　奥斯曼帝国的正式自称从不包括"土耳其"。但由于土耳其人在帝国里的主体地位，它被帝国内的非土耳其人乃至外国径称"土耳其"。本文对"奥斯曼帝国"和"奥斯曼土耳其帝国"两个称呼均予以采纳；而在需要单字简称的时候，就直接使用"土"。

2　按和约规定，亚美尼亚高原为两国瓜分。于是两部分亚美尼亚又分别称为波斯亚美尼亚或东亚美尼亚，和土耳其亚美尼亚或西亚美尼亚。这一点对理解后文非常重要。

3　这里需要对"教族"的说法进行说明。奥斯曼帝国按伊斯兰教法，以宗教对人群进行大致划分，称作 millet。这个词往往被译为"民族"，但在奥斯曼时代，它和现代民族国家意义上的"民族"的意义并不一样。比如所谓"亚美尼亚 millet"里面就包括了并不信仰亚美尼亚基督教的亚述人，但并不包含改宗了天主教或新教的亚美尼亚人，后二者自有其 millet。所以本书中译为"教族"。

成立了苏维埃政权。苏俄与凯末尔的土耳其革命政权于一九二一年签订《莫斯科条约》，一九二三年土耳其与西方签订《洛桑和约》，亚美尼亚地区的国界与民族分布自此基本确定。绝大部分历史上的亚美尼亚地区，包括圣山阿拉拉特，都位于亚美尼亚苏维埃社会主义共和国及今天的亚美尼亚共和国之外，并且大部分地方基本没有了亚美尼亚人。而离开土耳其与俄苏的亚美尼亚人，则进一步壮大了海外亚美尼亚社区。这些亚美尼亚历史上前所未有的巨变，和后来苏联境内发生的各项大事——斯大林体制的建立、大清洗、卫国战争、"解冻"、戈尔巴乔夫改革，直到一九九一年苏联解体、亚美尼亚再次独立一样——都对现当代亚美尼亚文学产生了深远影响。

二

如上一节所述，亚美尼亚的地理位置、历史进程，都对亚美尼亚文学有影响，自然也包括其诗歌。但首先如何定义"亚美尼亚文学"，恐怕细究起来就并不容易。亚美尼亚人用非亚美尼亚语进行创作是"自古以来"的事情；某些用亚美尼亚文写成的作品，其作者可能也未必是亚美尼亚人。所以本诗选的权宜之计就是：只选亚美尼亚族人用亚美尼亚语创作的作品。

在亚美尼亚高原上，迄今所知的最早语言、也是最早的成文语言，是乌拉尔图语。乌拉尔图语是一种高加索语言，而亚美尼亚语则构成印欧语系内单独的一个语族。但乌拉尔图语言文化的某些成分，在亚美尼亚语言文化中保存至今。乌拉尔图本身就受到西方赫梯、南方美索不达米亚等在文化上的影响。乌拉尔图时代之后，亚美尼亚又深受东方的波斯、西方的希腊，以及南方美索不达米亚、叙利亚等地的影响，文化、文学上自然也不例外。以接受基督教之前亚美尼亚的异教神话为例：传说中的亚美尼亚人祖先海克——亚美尼亚语中对本族的称呼哈伊，据说就来自他的名字——这个名字是否来自"赫梯"，仍未解决。而海克之敌巨人贝尔，则来自闪族神话即《旧约》中的邪神巴力。至于托尔克等一些神祇则来自乌拉尔图神话，但大神阿拉马兹德，以及保留神话最多的三位神：男神、雷神、战神瓦哈根，女神、水神、智慧之神、丰产之神阿娜希特，与爱情女神阿斯特吉克，四位中的前三位从名称到作用，都来自伊朗语民族的祆教神话。而在希腊化时期，伊朗、亚美尼亚神话又和希腊神话融合，于是这几族神话中的主神往往都有对应关系。

亚美尼亚语直到公元五世纪才有文字，该世纪号称亚美尼亚古典文学的"黄金时代"；但这个时代最繁荣的是历史叙事文学，可以确定这个时期的诗歌中传世之作并不多。以往认为是作于这个时期的一些诗歌，如"历史之父"摩西·霍连纳齐[1]等人的作品，今天大多认为是托名。其中，摩西·霍连纳齐本人，以及其集早期亚美尼亚史大成之作《亚美尼亚史》，到底确为五世纪之人之作，还是十世纪伪托，学术界至今争议不休。但这部《亚美尼亚史》[2]中收录的一些歌谣，却是公认前基督教亚美尼亚诗歌仅存的吉光片羽。这些歌谣都属于民间创作，出自亚美尼亚神话，以及早期历史故事——当然和其他民族一样，它们往往和神话关系密切。这些神话和历史故事大致可划分为早晚两批，其中都包含歌谣。其中产生最早的，可能是第一批之中描绘大神瓦哈根降生的一首[3]。然而自从公元四世纪接受基督教之后，亚美尼亚文化取向发生了巨大变化。随着异教逐渐被禁绝，其神话及文学作品也要么失传；要么仅仅保留在文献中；要么经过基督教的改造，以民俗、民间文学等形式保存下来。

公元四至七世纪，西方的希腊文化和西南的叙利亚文化[4]，对亚美尼亚文化尤其是雅文化、宗教文化的影响，一度占了绝对优势。亚美尼亚文字就是公元五世纪初，马什托茨等人赴希腊语、叙利亚语地区学习考察之后创制的。新创制的亚美尼亚书面文学，自然也受了希腊和叙利亚文学的重大影响。在诗歌上面的重要表现就是，早期亚美尼亚书面诗歌，无论体裁、格律、语言、修辞，都受到希腊语和叙利亚语诗歌的影响。七世纪以后，亚美尼亚使徒教会使用的圣歌大部分成型，并汇编成集。这些圣歌就是六至九世纪传世至今亚美尼亚诗歌的主体。

七世纪三四十年代开始，亚美尼亚地区逐渐被新兴的阿拉伯—伊斯

1　摩西·霍连纳齐：意译即"霍连（地名）的摩西"。

2　历史上同题著作数不胜数，但署名摩西的这部是最有名的。

3　连早期亚美尼亚语中的"游吟诗人"gusan 这个词，也是借自伊朗语族的帕提亚语——帕提亚语借词是亚美尼亚语词汇里面的最大一批借词，它们和其他伊朗语借词一起，构成亚美尼亚词汇的大部分，以致十九世纪末以前，欧洲学者长期误认为亚美尼亚语是一种伊朗语。

4　这里所说的"希腊文化""叙利亚文化"，都是指古代以希腊语、叙利亚语为媒介创造的文化。创作地区不受当时行政区划限定，自然更不能限定在今日希腊、叙利亚两国领土之内。

兰帝国兼并。九世纪中叶以后，若干亚美尼亚望族建立了实际上的独立王国。随着这些小王国于十世纪后半叶达到鼎盛，亚美尼亚高原的文化重新繁荣。亚美尼亚宗教诗歌的最杰出代表格里高尔·纳雷卡齐[1]就出现在这个时代。他的主要作品是《哀歌集》，或者直接称作《纳雷克》，其诗歌多是虔诚信徒发自内心深处的忏悔和对自己灵魂的拷问，以及对神与人、灵与肉关系的深入探讨。语言铺张扬厉，经常使用长大的排比、头韵、同义词铺陈等修辞方式，但又不空泛或纤巧，风格庄重严肃、沉痛真诚。在古典伊斯兰世界中，信奉基督教的亚美尼亚人，在文学上就像世俗生活中其他大量领域一样，受到伊斯兰世界文化的影响。起先的影响是来自阿拉伯文化的，例如押韵的散文故事这种体裁就是借自阿拉伯语，包括它的亚美尼亚名称"卡法"，也是借了阿拉伯语的"戛非叶"一词，即"韵脚"。而这种影响在诗歌中的表现则比如，出现了按阿拉伯语诗歌用法押的尾韵，阿拉伯语的"颂诗"（音译为"戛隋代"）体是对这个时期亚美尼亚诗歌影响较大的体裁。

但很快，随着拜占庭和塞尔柱突厥势力相继控制亚美尼亚高原，以及此后几个世纪的纷扰，亚美尼亚文化的中心实际转移到了地中海东北的奇里乞亚亚美尼亚王国。奇里乞亚时期在亚美尼亚文化史上之所以重要，不仅因为文化中心再次发生转移，而且还因为这时亚美尼亚文化同时与东西方文化接触，达到中世纪的第二个高峰。中世纪亚美尼亚语成为俗文化的媒介，和古典亚美尼亚语一样有了书面记录。波斯古典文学以及它强烈影响下的西亚突厥语文学[2]等所谓"波斯化世界"的文学，从十一世纪开始逐渐取代了阿拉伯语的文学，成为对亚美尼亚文学影响最大的外族文学。但由于势力强大的亚美尼亚教会抵制外教文化，世俗贵族势力也在衰落，使得中世纪波斯文学对亚美尼亚文学的影响整体上不如它对格鲁吉亚

1　格里高尔·纳雷卡齐：意译即"纳雷克（地名）的格里高尔"。

2　这里采用"西亚突厥语"这个说法，是因为当时尚不存在土耳其语、阿塞拜疆语等当代语言。西亚各地的突厥语大都属于乌古斯语支，书面语则更是基本一致的。但这种书面语又和中亚的突厥语书面语都存在不同（无论在语言上还是文学传统上），遑论口语。所以"西亚突厥语"算是比较简明而准确的称呼。由于亚美尼亚语文受到突厥语的影响基本都来自西亚突厥语，所以下文一般就用"突厥语"。

文学的影响那样大 [1]。不过波斯古典诗歌中流行的格则勒"抒情诗"、鲁拜"四行诗"等体裁，以及玫瑰与夜莺等波斯古典诗歌中的母题，仍然对亚美尼亚诗歌产生了影响：或直接借用；或部分采纳，如其格律、典故、修辞；乃至改造与发挥——比如将伊斯兰教尤其是苏非主义常用的母题按基督教教义予以重新阐释。亚美尼亚宗教诗歌的第二位最杰出代表，内尔塞斯·什诺拉里，或者意译为"优雅的"内尔塞斯，就出现在这个时期的奇里乞亚，"优雅的"这个名号即来自他流畅典雅的诗文风格。虽然在这个时期，亚美尼亚文化尤其是雅文化的中心不在亚美尼亚高原上，但这并不代表亚美尼亚高原的文化活动陷于停顿。由于亚美尼亚高原此时由塞尔柱突厥人统治，高原上的亚美尼亚人与波斯—突厥文学传统的接触更加深入。比如波斯诗歌中常见的玫瑰与夜莺、飞蛾与灯烛等母题，在亚美尼亚文学中都首见于出身亚美尼亚高原的诗人笔下。亚美尼亚民间史诗《萨逊的大卫》——其实这只是史诗第三部分，也是最高潮、最精彩部分的名字；全诗的标题应该是《萨逊的妄大胆们》或《动荡的一家》——也产生自亚美尼亚高原。

奇里乞亚亚美尼亚王国灭亡之后，到十九世纪初沙俄吞并东亚美尼亚为止的这段时期，亚美尼亚人没有自己掌握的高层政权，大贵族势力基本消失，亚美尼亚人无论政治上还是文化上基本都是由亚美尼亚使徒教会代表的。雅文化的传承也大部分仰仗于教会，教堂、修道院以及宗教机构开办的学校，成了书面知识的最主要来源、保管者与创造者。但纷乱中很难产生像以前那样的文化繁荣。尽管如此，这段时期还是产生了不少优秀的民歌作品，如托名纳哈佩特·库恰克创作的一批"海仁"体歌谣，以及劳动歌、流浪歌、情歌、婚礼歌等。十七至十八世纪，亚美尼亚人的贸易网络和社区已经遍布全世界。贸易带来的财富和与外部世界尤其是欧洲的接触，给亚美尼亚文化的复兴创造了条件，乃至为十九世纪开始的亚美尼亚近现代文化史做了准备。无论是从事文学创作的教士，还是世俗的游吟诗人，人数和创作数量、质量都在上升。他们的主要创作手法仍和以前一样：宗教文学早已形成了范式，而游吟诗歌则已长期处于波斯语、突厥语

1　比如，亚美尼亚诗歌中从未出现格鲁吉亚诗歌里那样，借用波斯史诗或叙事长诗故事进行的再创作。摩西·霍连纳齐的《亚美尼亚史》中，甚至将在亚美尼亚流行的伊朗鲁斯塔姆英雄故事直斥为"无稽的传说"。

7

雅俗诗歌的影响下，虽然采用各地亚美尼亚方言创作，但无论词汇、格律、修辞，都受到波斯—突厥语言文学的强烈影响，此外还有大批直接使用突厥语创作的作品。这个时期对游吟诗人的称呼，也已经从早先的帕提亚语借词"戈散"，变成了从突厥语借入的阿拉伯词"阿舒赫"（或"阿西格"）。十八世纪中后期，出现了亚美尼亚乃至外高加索游吟诗人的最杰出代表——萨亚特·诺瓦。无论是他同时使用外高加索四种主要语言——亚美尼亚语、阿塞拜疆语[1]、格鲁吉亚语、波斯语进行创作的能力，还是他作品的艺术成就，都超过同时代其他游吟诗人甚至书翰诗人。他几乎成为了前现代亚美尼亚文学的完美谢幕。而同期，印刷术进入亚美尼亚社区；姆希塔尔·塞巴斯塔齐神父于一七一七年在威尼斯创建亚美尼亚天主教修道院与修会，从事创作、研究、出版等各种文化活动，都预示着亚美尼亚文化取向已经开始发生新变化，新的时代即将到来。

三

十八世纪，欧亚商路上各大城市的亚美尼亚社区中，都有人向欧洲学习先进的技术与文化。由于各地的位置和政治隶属关系不同，主要的学习对象也多有不同：位于南亚次大陆的主要学习英国；位于南欧和奥斯曼帝国的主要学习意大利各邦和法国；位于东欧到高加索地区的主要学习德意志各邦和俄国。十九世纪，欧西势力进一步向东扩张，其中法国通过获取天主教"护教权"等手段，向奥斯曼帝国大举渗透；而沙俄更是通过一八〇四年至一八一三和一八二六年至一八二八两次俄波战争，直接将原波斯控制的东亚美尼亚地区大部兼并。于是，俄国境内的亚美尼亚人向德、俄学习，奥斯曼帝国境内的亚美尼亚人向法、意学习，都进一步密切了。这自然也影响了亚美尼亚文学的取法路径。

无论在奥斯曼帝国还是沙皇俄国，亚美尼亚人都是在经济上有一定地位，但在政治上、宗教上受到压迫歧视的少数民族。工商业的发展，先进科技、现代学校制度的传播，以及越来越多的青年赴欧洲——无论是西

---

1 其实在当时的西亚，虽然类似今天的口语格局已经形成，但并没有"阿塞拜疆语"或者"土耳其语"的说法，仍然泛称"突厥语"。这里说"阿塞拜疆语"只是沿用苏联习惯说法。

欧还是沙俄的欧洲部分——求学，最后导致民族主义在亚美尼亚人中传播开来[1]。接受了民族主义的亚美尼亚世俗知识分子阶层分别在两大帝国内产生，并取代此前的宗教人士成为主要的知识阶层，且拥有了越来越大的政治影响。无论学习哪里，无论最终目的是脱离帝国独立，还是在帝国内取得自治，或以上二者都不追求，只是争取更平等的权利[2]；普及教育，启迪民众，创造适合时代的新文化，都是亚美尼亚知识界的目标。为了达到这个目标，采取适合的语言工具就是重要前提。但不论古典亚美尼亚语还是各地当时的口语，都并不符合这个时代的要求。俄国境内的亚美尼亚知识分子在语言问题上先行一步，基于阿拉拉特谷地（埃里温及周边）方言的现代东亚美尼亚标准语于十九世纪中期确立；而在奥斯曼帝国境内，基于君士坦丁堡方言的现代西亚美尼亚标准语，到十九世纪后期也确立起来。两种当代文学语言是两大帝国内的亚美尼亚知识分子立足本国境内而分别确立的，它们没有统一为单一的当代民族标准语，这也导致亚美尼亚新文学有了东西两种传统。当然它们之间是有联系的。毕竟两种当代标准语仍然代表同一个民族使用的同一种语言；而共同的古典文学传统和各地亚美尼亚知识分子之间的联系，也确保了两种文学传统不可能彻底割裂。

　　十九世纪二十年代到一战前近百年的亚美尼亚文学，在十九世纪初的步调尚慢于欧洲，发展到十九世纪末二十世纪初便与欧洲文学基本同步。这在诗歌领域的表现尤其明显，无论新的体裁、题材，还是创作方法、指导思想，基本都是由欧洲传入的。由姆希塔尔修会的神父们于十八世纪创立的亚美尼亚古典主义，虽然基本仅限在修会内流传，但在十九世纪上半叶仍算是亚美尼亚文学中最重要的流派，并且产生了其最杰出的代表阿尔森·巴格拉图尼。不过从盖文特·阿里尚开始，它就已经向着浪漫主义发展。到十九世纪七十年代，无论奥斯曼帝国还是俄国的亚美尼亚文学，主

1　这里需要说明的是，由于亚美尼亚民族主要居住地长期被分割，属于更大的国家；亚美尼亚族人又散居全世界，再加上政治立场区别等因素，不但在十九世纪，就是直到现在，亚美尼亚民族主义也不能和亚美尼亚爱国主义完全画等号。本书中基本只提民族主义。

2　他们的不同政治立场引起了本选集在翻译时一个非常重要的问题。亚美尼亚语里"故乡"和"祖国"是同一个词，在不确定沙俄或奥斯曼帝国时代作者的政治倾向时，译者一律采用"故乡"；只有比较确定的时候，比如一九一八年有了亚美尼亚共和国，或苏联时代或解体后，才使用"祖国"。

流都是浪漫主义。它在奥斯曼帝国境内的早期代表人物是姆格尔蒂奇·贝西克塔什良、贝德洛斯·图里扬，在俄国则比如哈恰图尔·阿博维扬、拉帕埃尔·帕特卡尼扬、米卡埃尔·纳尔班江，及后来的霍万内斯·霍万尼相。

十九世纪晚期，现实主义又结束了浪漫主义的支配地位。在现实主义、民族主义、俄国社会民主主义，包括"到民间去"等思潮的影响下，东亚美尼亚的霍万内斯·图曼尼扬使用故乡洛里地区的方言进行创作，西亚美尼亚的卡列钦·瑟尔万茨姜茨则将注意力投向民间诗歌，包括搜集整理史诗《萨逊的大卫》。同时，现代亚美尼亚游吟诗人的最杰出代表吉万尼，在民族主义思潮的影响下，使用尽可能纯粹的亚美尼亚语进行创作，将近代诗歌的内容（如启蒙、爱民族等）注入游吟诗的形式里，创造出了亚美尼亚游吟诗歌在萨亚特·诺瓦之后的第二高峰。

而到了世纪之交，象征主义等欧洲新思潮传入亚美尼亚人中，最早也是在诗歌中得到体现。它在西亚美尼亚诗歌界的代表人物如米萨克·梅扎连茨、西亚曼托；东亚美尼亚则有瓦汉·帖里扬。当然，在这时的亚美尼亚诗歌界中，浪漫主义、现实主义等思想及其创作方式仍然有人遵循。世纪之交的浪漫主义，在东亚美尼亚代表人物是阿维蒂克·伊萨哈强，在西亚美尼亚的代表则是塔尼埃尔·瓦路让。作为民族主义的另一种表现，世纪之交到二十世纪初的西亚美尼亚文化界，从象征主义中又发展出了"异教主义"思潮。它在诗歌界的代表人物包括转向它的西亚曼托、瓦路让等人，他们在诗歌中试图追溯亚美尼亚人皈依基督教之前，异教时代的生活、精神，以"回到民族之根"，重建亚美尼亚民族生活、思维方式；而归根结底则仍是希望亚美尼亚民族在严峻的现实面前，摆脱基督教带来的忍耐与柔弱，达到民族自强。

随着马克思主义、社会主义在两大帝国的传播（主要在俄国），还出现了一批亚美尼亚诗人，他们在政治上信奉社会主义，在创作上多样化，比如前面提到的瓦汉·帖里扬，以及被称为"亚美尼亚苏维埃文学之父"的哈科布·哈科比扬等人。于是，在亚美尼亚文小说、戏剧仍在以现实主义创作为主的时候，诗歌的面貌则更加异彩纷呈。高尔基、勃留索夫、曼德尔施塔姆、叶夫图申科等俄罗斯著名作家、诗人[1]也都注意到亚美尼亚

1　虽然曼德尔施塔姆本人是犹太人，但他生活在俄罗斯，用俄语写作。这里为求简化，就将他称作"俄罗斯诗人"，不和俄罗斯族诗人再行区别。此外，高尔基还翻译过亚美尼亚散文类作品。

诗歌，甚至亲自翻译亚美尼亚诗人的作品。十九世纪末，图曼尼扬在梯弗里斯创建了文学团体"顶楼"，东西亚美尼亚的文艺界人士都有参加者，但主要是文学界人士，其中图曼尼扬、伊萨哈强等几位永久成员都是著名诗人。虽不一定在创作中宗奉现实主义，但他们大多持进步思想，密切关注现实生活、人民生活和民族命运。这个组织即亚美尼亚作家协会的前身。而在君士坦丁堡，西亚美尼亚文学界人士也纷纷通过发行同人刊物等方式，组织流派，宣传各自的文学乃至政治主张。

可以说，一战前的亚美尼亚诗歌界，无论是东亚美尼亚语还是西亚美尼亚语诗歌，都达到了到那时为止的历史高峰。然而这个发展势头被第一次世界大战爆发，以及它在奥斯曼帝国引起的亚美尼亚种族灭绝、在俄国引起的革命打断了。亚美尼亚种族灭绝——其开始的标志就是一九一五年四月二十三日，奥斯曼当局集中逮捕君士坦丁堡大批亚美尼亚上层人士尤其文化人士——将西亚美尼亚文化界大批人士，如上文提到的当时西亚美尼亚诗歌界的领军人物西亚曼托、瓦路让等，以及大批崭露头角的后起之秀，和帝国境内大量普通亚美尼亚人一起，直接从肉体上消灭了。侥幸逃生者绝大部分也离开了奥斯曼帝国及其后继者土耳其共和国。奥斯曼帝国后来由土耳其继承的领土，尤其是在亚美尼亚高原上，几乎不再有亚美尼亚人口。原先占亚美尼亚语使用者多数的西亚美尼亚语受此打击骤变成了少数语言，而且西亚美尼亚语言文学从亚美尼亚人有史以来主要居住地的语言文学，几乎变成了纯粹海外亚美尼亚人的语言文学。大量文化精英的消失，给西亚美尼亚语言文学（包括诗歌）带来的损失是无法弥补的。而在俄土边境的俄国一侧，虽然生命损失远不如对面严重，但革命、内战和红色政权的建立，也使得一批知识分子、文化界人士被迫出国。此后，亚美尼亚现当代文学除了按使用的书面语言分成东亚美尼亚语和西亚美尼亚语文学之外，本土文学和海外文学这种两分法也很重要。

亚美尼亚苏维埃社会主义共和国虽然仅仅占据亚美尼亚高原东北一隅，甚至连其民族标志圣山阿拉拉特都未能保住，但已经是亚美尼亚人故土上最后一块居民以亚美尼亚人为主、并建立了政权的地方。但正如其他领域一样，这里的文学（包括诗歌）受到了苏联政治形势的强烈影响，也和苏联大部分地方基本同步。列宁时代，文学界在相当宽松的气氛下，思维活跃，存在大量非官方的组织，出版、宣传自己的主张。虽然有部分人士思想极"左"，受"拉普"等的影响，将一切传统都看成过时的、陈旧的乃至反动的，激烈地主张"与传统决裂"，在创作中不加选择地一味使用口语，在针对不同意见的作家时，存在扣帽子、打棍子等种种现象，但使用的手段还算有限。而其他人，比如苏维埃亚美尼亚诗歌的最杰出代表叶吉谢·恰连茨，在短暂的革命狂热之后，还是回到了探索如何继承传统——不仅是本民族，也包括世界一切民族的优秀传统，尝试创建新的社会主义的本民族文学之路上。然而列宁去世后，斯大林时代将这一局面彻底改变了。一九三四年苏联作家协会成立，除了它及其分支（自然包括亚美尼亚作协）以外，其他的文学组织都被解散、取消；社会主义现实主义成为唯一官方许可的创作方法。而接下来的大清洗，对亚美尼亚文学界来说，则可算是奥斯曼帝国种族灭绝之后又一轮涉及灵肉的劫难。仅以诗歌界为例，恰连茨在屡遭打击迫害之后，于一九三七年以"民族主义"等罪名被捕，同年死于狱中，至今其死因、埋葬地点等仍是谜。古尔根·马哈利是经历过种族灭绝，从奥斯曼帝国逃来俄国，在苏联成长起来的作家、诗人，因认同恰连茨的创作理念，两次被送往劳改营，直到斯大林去世后才最终放归。虽然他本人有幸生还，但本来可以是他创作的黄金年代的十几年就被彻底浪费了。而在亚美尼亚国内，按照"民族的形式，社会主义的内容"的指示，这一时期诗歌界也曾一度流行过仿效游吟诗歌之风——当然，与恰连茨在传统上创新的尝试之作相比，这些作品在艺术水准上根本无法相提并论；而且其中都少不了对斯大林个人的歌功颂德。不过在卫国战争开始后，为了最大限度地团结全苏人民，激发其爱国热情，对文艺界的压制有所放松，也产生了一些具有不俗艺术水准的作品。

一九五三年斯大林去世，一九五四年三月，亚美尼亚籍的苏共中央主席团成员、苏联部长会议副主席阿纳斯塔斯·米高扬在埃里温发表讲话，为恰连茨等人恢复名誉并允许其作品恢复出版。不久苏联取消大部分劳改营，大批文艺界人士重获自由。一九五六年苏共二十大之后，苏联文艺界的"解冻"自然也包括亚美尼亚在内。诗人们也开始总结并反思斯大林时代创作中的问题，探索新的主题、新的表达方式和深度。一九六五年四月二十二日，在埃里温爆发了大规模的纪念种族灭绝五十周年示威。著名诗人帕瑞尔·塞瓦克、西尔瓦·卡普蒂强等人都参与其中。苏联当局在这些知识分子乃至亚美尼亚教会的帮助下，较为平和顺利地解决了问题。此后，苏联正式承认亚美尼亚种族灭绝，亚美尼亚文艺界的表达范围进一步放宽。"二战"后的二三十年间，亚美尼亚诗坛活跃的著名诗人，以一九一五年至一九二五年出生者为主。其中影响力最大的五位，霍万内斯·希拉兹，西尔瓦·卡普蒂强，哈莫·萨香，盖沃尔格·艾敏，帕瑞尔·塞瓦克，都是这十年间生人。他们所关注的主题、创作手法，都更加多样化，但对人性深度的关注、对民族的爱、对民族乃至人类前途的思考，是贯穿他们大多数人笔下的。也是在二十世纪六十年代的苏维埃亚美尼亚，自由诗开始出现。但随着苏联进入"停滞时代"，改革的停顿也在文学中反映出来。一九六九年，帕瑞尔·塞瓦克的诗集《要有光》遭遇审查，删改之后才得以出版，就是"停滞时代"在亚美尼亚诗坛开始的标志。

　　海外亚美尼亚社区的情况非常复杂。它们之中有些是已经存在了几百甚至近千年的古老社区，有的则是亚美尼亚种族灭绝或苏联建立后新出现的。这里不乏从奥斯曼帝国或俄苏流散出去的亚美尼亚文化名人。虽然没有遇到像苏联那样直接而强烈的政治干预，但所处环境的改变，使得他们也不可能完全继续过去的创作路数。无论是从哪里流散出去的，他们要么自己就是种族灭绝的幸存者，要么也受到了种族灭绝带来的冲击。因此，种族灭绝和移民生活是海外亚美尼亚文学的头等重要主题。"二战"之后随着国际局势的变化，原先若干历史悠久、实力雄厚的重要近东亚美尼亚社区（如埃及、黎巴嫩、伊朗的）都遭到了严重削弱。他们多数人离开故地，其中多数又去了欧美。而欧美的亚美尼亚社区成员此时也越来越明白，流散海外恐怕已经是自己不能改变的命运。亚美尼亚人在全世界流散，即使不是永久的，也将是很长期的。而且海外社区，尤其是欧美社区，还面临着年轻一代更多融入所在国，而亚美尼亚身份反而开始模糊的问题。甚至大部分海外社区长期以来通用的西亚美尼亚语，在二十一世纪已经成为濒危语言。此类问题如果完全听之任之，很可能会导致社区在未来瓦解。因此，如何保持自己的亚美尼亚文化特征，是海外亚美尼亚社区的重要话题。而用亚美尼亚语进行文学创作，保持或唤醒成员的文化、身份自觉，自然是一条应对之道。

　　赫鲁晓夫时代开始，苏联走上与西方缓和关系之路，扩大对外交流；苏维埃亚美尼亚和境外尤其海外亚美尼亚社区的文化交流也进一步加强。戈尔巴乔夫提出"改革与公开性"后，以往在苏联不能公开出版的文学作品逐渐解禁，这在亚美尼亚就包括大批海外作品。而随着苏联末期各种问题的表面化、尖锐化，尤其是一九八八年，二月二十七日阿塞拜疆发生苏姆盖特事件[1]，亚美尼亚与阿塞拜疆冲突越发扩大，共和国与苏联中央离心离德，民族主义情绪高涨；加之同年十二月七日亚美尼亚大地震，苏联国内和海外亚美尼亚人的联系空前密切。一九九一年九月二十二日，亚美尼亚宣布独立，将国号改回苏维埃化之前的"亚美尼亚共和国"；年底苏联解体。这让亚美尼亚国内外族人之间原有的政治障碍消失，交流（包括文化交流）基本打通。外部，自然主要是西方的各种文艺思想、创作实践，涌入原苏联境内亚美尼亚人居住区，就像涌入原苏联西部其他各国一样。但这并没有立即带来创作的繁荣。近七十年的封闭之后，面对外部世界这段时间产生的巨量文化产品，亚美尼亚国内的文艺界尤其是批评界，最开始几乎是没有准备，手足无措的；即使到现在都不能说这种局面得到了彻底改变。二十世纪六十年代出名者，此时即使仍然在世，也多已是晚年。二十世纪七八十年代崭露头角的一代，很多人也已经习惯了苏联体系。即使对年轻世代而言，学习理解新的舶来品也需要时间。而在文化领域之外，伴随苏联解体来到亚美尼亚的，是卡拉巴赫冲突，以及由此导致的土耳其、阿塞拜疆对亚美尼亚禁运。种种打击给亚美尼亚带来重创。整个二十世纪九十年代前半期，亚美尼亚国内物资匮乏，甚至基本生活都受到影响，文学也不能独善其身。亚美尼亚作协总部一度由"卫国志愿者联盟"总部使用，大批作家甚至暂时投笔从戎。只有一九九四年亚阿停火，亚美尼亚局势渐渐趋稳定之后，形势才有所改变。

新世纪以来，亚美尼亚国内的八〇后乃至九〇后作家、诗人逐渐崭露头角。他们多数人没有太多的苏联经历，作为年轻人，适应新条件比成人容易得多；且越来越多的人干脆就没有任何苏联经历，而是直接处在"后苏联"环境下，接受本民族、周边民族乃至西方的文化影响，创作日趋多元。而各海外社区除了自己本身的新一代以外，还从亚美尼亚国内或其他海外社区吸收新一代成员。同时，无论在亚美尼亚国内还是海外，也都有一些相同的趋势，比如，随着城市化进程，诗歌也越来越成为纯粹的城市精神生活产物；诗歌所反映的越发偏重诗人的内心体验而非纯粹的描写客观对象；格律的地位越发下降，语言越发口语化；从事诗歌创作的女性日

1　由于卡拉巴赫问题表面化、尖锐化，阿塞拜疆加盟共和国苏姆盖特市爆发了针对亚美尼亚族居民的严重的有组织的暴力事件。事件发生后亚美尼亚族居民几乎尽数逃离阿塞拜疆，而反之亦然。

益增多；等等。二〇一八年亚美尼亚国内发生街头政治运动，最终导致政权和平更迭。二〇二〇年亚阿之间再次爆发大规模武装冲突，亚方惨败。二〇二三年，阿塞拜疆彻底控制了卡拉巴赫，亚政局仍处于不稳定期。这些大事对亚美尼亚文学走向会有何影响，尚待观察。

四

　　本书是迄今为止唯一专门的亚美尼亚诗歌作品汉译选集。编译者的本意是在一个不很大的篇幅内，尽可能向中文读者呈现亚美尼亚诗歌从古至今的概貌。但去世不足七十年或仍然在世的诗人，由于版权问题尚未解决，最终只得忍痛。即使入选者，由于时间所限，很多长篇作品、组诗，也只好留给以后。这些都要先请读者海涵。

　　另外还有一些问题也最好先行解释一下。在本书之前，绝大多数亚美尼亚诗歌作品都是从英、俄等大语种转译。而本书中的译文均为自亚美尼亚文直译的。由此，专名音译可能和以前译本尤其根据俄文的译本，存在不小的差距。亚美尼亚语本身音素较多，无论按汉语还是英语、俄语对音，都会有较大变形。不过译者还有自信的一点就是，直译较之转译，发音上整体能更贴近原语言[1]。此外还有两个地名需要说明。虽然一四五三年奥斯曼帝国就攻克了君士坦丁堡并迁都于此，但直至帝国瓦解也未正式宣布市名。"伊斯坦布尔"只是土耳其人最常用的叫法；而"君士坦丁堡"一名在基督教各族中长期沿用，在亚美尼亚人中也是如此。直到土耳其共和国成立后，一九二三年迁都安卡拉时才正式宣布，旧都法定名称为"伊斯坦布尔"。所以本书中，凡一九二三年前的"君士坦丁堡"一般都沿用，

1　现代东亚美尼亚语和西亚美尼亚语虽然同为一种语言，同用亚美尼亚字母书写，但二者发音存在一定差距。大体说来，东亚美尼亚语的发音，可能更近似亚美尼亚文字创制时期整个字母表所反映的语音状况。而西亚美尼亚语在语音上则比较接近中世纪奇里乞亚美尼亚语——文字材料比较多的一种中世纪亚美尼亚语方言。所以在本书中，古典亚美尼亚语和现代东亚美尼亚语使用同一套对音法；而中世纪奇里乞亚方言和现代西亚美尼亚语使用同一套对音法。至于其他可能涉及的方言，就按它的发音更接近哪种当代标准语，采用哪种对音法。古典时期使用的《圣经》人名，采用"和合本"译法；后来的则根据它们在亚美尼亚语不同变体中的具体音变，采用对应的音译。

不再注明"伊斯坦布尔"。类似地，亚美尼亚人分布区另一端的主要城市，也即格鲁吉亚最重要的城市，在苏联成立之前一般仅称作"梯弗里斯"，不再注明"第比利斯"。

最希望读者能够从本书中体会到的还是：虽然民族有大小，语言的词汇量也有大小，乃至表达方法也有多少之分；但小民族、小语言的文学作品，未必就不如大民族、大语言的。甚至前者的某些独特优势，某些作者取得的成就，反而是后者不能及的。

戈赫坦歌谣

　　这些歌谣是摩西·霍连纳齐收录在其《亚美尼亚史》中的。摩西·霍连纳齐，或意译为"霍连的摩西"，是亚美尼亚古代史学巨匠，号称亚美尼亚的"历史之父"。他编纂的《亚美尼亚史》历来享有第一部亚美尼亚通史的美誉。但近代以来历史学界颇有人（主要是非亚美尼亚族专家）认为，他并非像书中自述那样，是造字先师圣马什托茨的学生，生活在公元五世纪；而可能是公元十世纪人，受当时统治大亚美尼亚大部分地区的巴格拉图尼家族委托，创作《亚美尼亚史》的。有关其书其人的争论迄今未休；不过《亚美尼亚史》这部著作的重要性无可置疑。而书中所收录的这些歌谣，按摩西的说法，是"戈赫坦[1]地方的游吟诗人传唱下来的"，所以统称"戈赫坦歌谣"。即使它们的具体成诗年代无法确认，从语言、风格等看来，也无疑是最古老的一批传世亚美尼亚诗歌。这些歌谣可以按它们出现的故事分属两批，第一批的部分内容可以追溯到乌拉尔图时期，第二批的背景则是后来的波斯帝国乃至亚历山大帝国及希腊化时代。

　　1　戈赫坦：古亚美尼亚地名，大致位于今阿塞拜疆飞地纳希切万自治共和国东南角的奥尔杜巴德区。

瓦哈根降生[1]

天在动摇，地在动摇，
紫色的海[2]也在动摇，
就连海中淡红色的芦苇也在动摇。

从芦秆中出现了烟，
从芦秆中出现了焰，
又从焰中跑出了黄发的小孩。

他有火的发，
有焰的髭须，
而他的眼睛是太阳。

1　瓦哈根是亚美尼亚神话传说中的大神，集火神、雷神、战神的身份于一身。这是《亚美尼亚史》书中出现的第一首诗歌。史书中将瓦哈根列为亚美尼亚第一个王朝开国之君提格兰一世之子，并将所有和他有关的超自然故事斥为"荒唐""无稽之谈"。这自然是后世史家对上古神话传说的历史化。

2　紫色的海：指凡湖，亚美尼亚高原上的最大湖泊。神话中瓦哈根和凡湖地区关系紧密。凡湖西南岸的尼姆鲁德山现在是死火山，但历史上曾经喷发。凡湖湖面上会形成水龙卷。这些都被古代亚美尼亚人和瓦哈根的行为联系起来。

阿兰公主萨帖妮克对亚美尼亚国王
阿尔塔谢斯唱的歌[1]

我对你说话，勇士阿尔塔谢斯，

战胜了勇敢的阿兰族的人。

来吧，相信阿兰美目公主的话，

交回那个少年。

因为为了一桩仇，英雄的规矩不是

夺取其他英雄种人的生命，

或者通过奴役他们，保持其在奴仆之列，

并在勇敢的两族间增强永久的敌对。

1　亚美尼亚国王阿尔塔谢斯战胜了来犯的阿兰军队，俘虏了阿兰王子。阿兰人请降，但阿尔塔谢斯拒绝接受。这时，美貌的阿兰公主萨帖妮克站在库拉河对岸的崖顶上，对隔河对峙的阿尔塔谢斯唱了这首歌。

库拉河是亚美尼亚名称，格鲁吉亚名称姆特克瓦里河。发源于土耳其东北，流经格鲁吉亚、阿塞拜疆，注入里海，是格鲁吉亚、阿塞拜疆，乃至外高加索的最主要河流。格鲁吉亚首都第比利斯即位于它两岸。亚美尼亚高原上的最主要河流阿拉斯河是它的最大支流。

阿尔塔谢斯勇夺美人[1]

好汉国王阿尔塔谢斯骑上黑色的骏马，

并拿上闪光的金色套索，

然后像尖翅的鹰一样过了河，

拉紧了闪光的金色套索，

它落到了阿兰姑娘的腰上，

将姑娘的柔腰勒得生疼，

因为他快快回归了本军。

---

1 阿尔塔谢斯听到萨帖妮克的歌以后对她动了情。亚美尼亚与阿兰讲和并请
　求联姻。但阿尔塔谢斯不是派使节来下聘礼迎请公主，而是自己骑马渡
　河，用套索夺取了公主，带回己方。

格里高尔·纳雷卡齐

（约九四五年至一〇一〇年）

生于凡湖东南瓦斯普拉坎地区一个主教家中，早年在凡湖南岸的纳雷克修道院[1]，他的舅舅、也是修道院住持阿纳尼亚·纳雷卡齐处受教育，成年后又在此出家，一直在此居住，直到去世，故别名"纳雷卡齐"，意即"纳雷卡人"。他的生平事迹传世不多，其中比较重要的是他曾被怀疑为异端[2]面临迫害，他的辩白保存于诗作之中。但他是中古亚美尼亚宗教文学乃至整体文学中的成就最大者，这一点基本没有疑问。他的作品均为宗教内容，绝大多数为诗歌，其中最重要的是《哀歌集》，收录了九十五首宗教神秘主义诗歌，诗风庄严神圣，真诚沉痛，感情真挚，思想深邃。此外他的赞美诗、抒情诗等亦重要且著名。限于篇幅，这里只收录单篇作品。

1　纳雷克修道院：位于纳雷克村凡湖岸边。格里高尔·纳雷卡齐的墓地也在这里，后世成为亚美尼亚基督徒朝圣地。修道院一直保存至种族灭绝，后来建筑毁于土耳其共和国时期。

2　当时亚美尼亚人所谓的"异端"主要指主张二元论的通德拉克派，有学者认为是受了摩尼教影响，甚至就是改头换面的新摩尼教。

诞生的旋律

清晨双眼扩张成海洋

在笑意浓浓的海上，

如两轮闪电般的太阳，

从清晨时分降下光芒。

从石榴色的两颊，

群花边缘的秀顾的月桂，

通过它们的树干，对心规则地

低语着琥珀的爱。

柔嫩的双臂交叉，

伴着欢乐美妙的歌。

在彼此间编织着变化，

平静地移动，华丽地散步。

两片的嘴，玫瑰从嘴唇滴下，

舌头的动作像竖琴唱着甜美的歌。

因为同样的爱给装饰着迷迭香的头发

穿上了酒色的衣服。

秀发众多的装饰，众多的装饰，

三根辫子交织着，环绕着双颊。

放光的胸，充满了红玫瑰，

手腕伴着紫色紫罗兰的手镯。

用充满了圣火的香炉中的乳香熏香，

无有类似的甜美声音在发声。

用美丽的衣服装饰了，

蓝色，紫色，绫罗，胭脂，

各色闪光。

金边闪银光的腰带，

镶着宝石，蓝宝石，

以精细花纹严饰而成的。

自己带着如珍珠般闪光的美而移动，

走去时脚上滴着光。

对那王，对那新生的救主，

对为你加冕的人，永恒的光荣。阿门。

内尔塞斯·什诺拉里

（一一〇二年至一一七三年）

出身于显赫的大贵族帕赫拉武尼[1]家，终生生活于奇里乞亚，十岁丧父后和兄长一直由教会人士监护，在修道院受过当时最良好的教育，其教师中有多位当时亚美尼亚最饱学之士和教会最高层人士。十七岁出家，后为形势所迫，于一一五〇年迁往地势险峻的赫罗姆克拉城堡[2]——当时的亚美尼亚使徒教会总部所在地。一一六三年继任兄长格里高利三世去世所遗的教会首脑——大公宗主教[3]一职，成为内尔塞斯四世，直至去世。他是最重要的奇里乞亚亚美尼亚文学家，

1　帕赫拉武尼：意为"帕提亚裔"。

2　赫罗姆克拉城堡：城堡名意译即"罗马人城堡"（拜占庭即东罗马帝国坚定认为自己就是罗马帝国，在西罗马帝国灭亡后更是唯一罗马正统，所以帝国境内说希腊语的人也自称"罗马人"），位于今土耳其加齐安泰普，历史上的阿因塔卜西北，幼发拉底河拐弯处一处悬崖上。由于什诺拉里此后一直居住于此，故又有别号克拉耶齐，即"城堡中人"。

3　大公宗主教：英文 Catholicos，来自希腊文，这个汉译是按照天主教译法。按亚美尼亚语音译为卡托吉科斯。

也是重要的神学家、政治活动家。其文学成就在中古时代仅次于格里高尔·纳雷卡齐。他去世后被亚美尼亚使徒教会封圣，美名"什诺拉里"，意为"优雅的"，指他的文学作品风格优雅流畅，庄严神圣。其重要作品多为宗教诗歌，包括长篇叙事赞美诗《人子耶稣》，礼仪赞美诗集《我带着信仰忏悔》，长篇叙事诗《埃德萨哀歌》，以及其他大批赞美诗、抒情诗、祈祷文和箴言，还有故事、谜语等世俗文学作品[1]。限于篇幅，这里只选录单篇作品。

1　这里多加一句：美国国家地理频道原金牌纪录片《神奇的地球》，主题曲"亚美尼亚之歌"（Armenian Song），其旋律及歌词即来自什诺拉里作曲的圣咏《主啊，怜悯吧》。

光明的早晨[1]

光明的早晨，
正义的太阳，
对我生光吧。

由圣父感生，
降生灵中吧，
道满意于你。

怜悯的宝藏，
遮盖的宝藏，
找寻我吧。

怜悯的大门
对忏悔者打开吧，
教导上升者吧。

三者一体，
存在者的看守，
怜悯我吧。

1　这种诗歌题材汉语尚未有定名。有"贯顶诗""离合体字母序诗""字母顺
　序诗"等多种译法。其原型在古希伯来诗歌中即已存在，即诗中每一行，
　或每一节中每一行，首字母是按字母表顺序排列的与行或节同序号字母，
　行数或节数正好也就是字母个数。本诗总节数三十六，正是亚美尼亚文字
　母表在文字创制时包含的字母个数。按顺序，每一节中每一行的首字母，
　就是在字母表中与节数同序号的字母。当然这种体裁完全无法用汉字对译。

醒来帮助吧，主！
唤醒沉睡者，
仿佛天使般。

那无始圣父，
实存在之子，
灵永远为圣。

接受我吧，仁慈者，
接受吧，怜悯者，
接受吧，爱人者。

光荣的王，
赦免给予者，
赦免我的罪吧。

善的集合者，
集合起我吧，
在长子群中。

从你，主，我请求，
从你对人的爱中
给我医治吧。

使死者复生吧，
暗淡了的光，
痛的击破者。

建议的知晓者，
给黑暗建议

光明的建议吧。

圣父胸中所生，
用影子遮蔽
生出光荣的光吧。

使得生的救主，
使死者得生吧，
停下被卷起的吧。

用信仰创造吧，
用希望巩固吧，
用爱奠基础吧。

我以己声呼喊，
我以我手恳求，
赐予诸善的礼物吧。

以光明的火炬，
灵巧的领导者
加强被削弱者吧。

光荣的光芒，
给我指路吧，
从天上赶来吧。

圣父的独子，
将我带入你婚礼的
洁净帷幕吧。

当你偕光荣而来，
在可畏的那天，
记住我吧，基督。

将古老更新者，
也更新我吧。
更新装饰我吧。

诸善的赐予者，
赐予赎罪吧，
赐予赦免吧。

欢乐吧，主，
以我灵魂的得救，
使我离开悲伤。

恶的耕种者的，
他的恶种的果，
使之枯萎吧。

诸善的赠予者，
赠予我
欠债的勾销吧。

赐予我眼泪
热流的眼泪，
清除我的罪吧。

你的树脂新酒 [1]，

醉倒我灵魂的欢乐吧，

给我指出光明的路吧。

爱耶稣之名，

以你的爱践踏

我石质的心吧。

为了你的仁慈，

为了你的怜悯，

再生吧。

以你渴望的景象，

给我满足吧，

主耶稣基督。

为你天上的夫子

使我这个学生团聚

到天界人群中吧。

你的血之躯，主啊，

沾湿我的灵魂吧，

使我的人欢悦吧。

以我耗竭的罪，

我呼喊，耗竭，

为我编织诸善吧。

1　树脂用来除去新葡萄酒中的苦涩。这种方法在希腊沿用至今。

全体的救主啊，
赶来拯救我吧，
从有罪的试探中。

诸罪的赦免者，
赦免我的赞美吧，
来歌颂你的光荣。

弗利克
（生年不详，卒于约一三〇〇年）

　　"弗利克"一名明显带有西欧色彩[1]，一般认为不是本名。但他的生平事迹传世很少，只知道他是十三世纪教士、诗人，故乡在修尼克[2]，生活在蒙古时期，曾长期颠沛，最后终老于奇里乞亚。他用中世纪奇里乞亚亚美尼亚语写作，诗歌揭露了社会的不平等、教会及贵族的腐败，以及世人的庸俗、世态炎凉等，并多讽刺内容。因此在苏联时期，尤其是斯大林时代，一度被拔高到了"古代的社会主义思想者"的程度。一九六三年至一九六七年间，亚美尼亚首都埃里温的国家写本馆[3]门前增加了并排的六座中古亚美尼亚文化巨人塑像，每一位代表一个学科领域，其中诗歌领域的代表是弗利克，而非宗教诗歌的集大成者纳雷卡齐或什诺拉里。其实弗利克的批评和讽刺，从《圣

1　辅音 f 不见于亚美尼亚固有词和早期借词；连亚美尼亚字母 f 都是为了拼写借词才后来发明并加入字母表的。

2　修尼克：今亚美尼亚南部狭长山区省份。

3　馆名音译：马铁纳达兰。

经》中、从基督教的信条中，也基本都能找到根据。
不过无论对他的评价随政治气候如何变化，他的诗歌
都可算是中古亚美尼亚俗诗歌的代表。

向基督的投诉

——论富人和穷人的不同状况

执事监院所说[1]

当你为了世界被钉上十字架
和伴着对非人的族裔的感恩，
醉于苦涩如胆汁的醋，
十足地受人唾骂着打耳光，

你将钉人十字架者留在地上，
羞耻落不到他们心上，
你将半个大地给予穆罕默德，
而将另半个给予撒旦。

托尔戈姆[2]族裔的投诉向着你，
我们没有死也不算活，
而是迷失了的意志在危险中，
这危险比所有可悲的民族都大。

哪里有洗礼池中的出生，
哪里就有基督徒存在，

---

1 以上三行是最常见的中世纪亚美尼亚宗教诗歌题目格式：正题，副题，作者名字与身份。不过执事和监院在中世纪都是亚美尼亚使徒教会高层教阶，不太可能用俗语写作。所以这一行的真假历来有争议。

2 托尔戈姆：传说中的亚美尼亚人祖先，海克之父。"托尔戈姆"是《旧约》中，挪亚第三子雅弗的孙子陀伽玛一名的亚美尼亚形式。亚美尼亚、格鲁吉亚等高加索民族接受基督教之后，将他作为自己的祖先。

他们没有多少田野，
也没有石头中间的避难所。

所有都有圆墙围绕，
杀生的野兽，对野鹿
不会放过，不会满足。
它们在刀剑之下消灭了。

我知道，我们是肉体凡胎，
我们不是芦苇，也不是野草，
我们不是投向火种的燃料，
像生刺的田野。

啊，我们没有善的工作
或者也没有对**你**[1]有用，
看啊，愿你一举清除我们，
也不要交到我们不服法的手中。

多少人带了无价的俘虏，
多少人恶意地折磨他人，
多少血流在地上，
多少女人当了寡妇。

你知道我们是活着的躯体，
我们不是带洞穴的岩石，
我们的善主，你一看就看见了，
将我们从各种恶中拯救出来吧。

---

1 "你"在原文中首字母大写，应当指的是上帝。原文首字母大写的词在本书中均用黑体表示，以下不再赘述。

执着一念的人值得信赖，
看啊，他做着每个族裔的俘虏，
唉，为什么这能够存在？
这样不当又可鄙的事情。

一个活到百年，
另一个到不了十岁，
一个有必要活的去死，
而没必要活的兴旺发达。

那没有用的活，
而健康的小伙子死，
掉光了牙的老人更加壮实，
而三十岁的年轻人死。

百岁的老人不倒下，
而小伙子却活不长，
生命希望生命被截短，
而死亡希望死亡远去。

一个有二十个子女，
而一个无生育能力，无儿无女，
俘虏般值得同情地活着，
在大地上不被记起。

自己的父母死去，
孩子们被放在火上烤，
唉，为什么会这样，
非时的哭泣，苦涩的死亡。

让老的或者坏的去死吧，
而不是年轻的或健康的，
让我们值得那样去死，
看吧，它来到无论老小头上。

因为夏娃母亲受的欺骗，
我们到了死亡的坟墓，
这又是从哪里可以得知，
或者从哪里可以懂得呢？

一个是大地之主，
一个只希望小小一块面包，
一个是王侯，父终子继，
另一个贫穷又可怜。

一个代代都是王室，
一个千代父祖都是乞丐，
一个有千匹马骡，
一个没有一只公羊或母羊。

一个有金百镒，
一个没有钱或者黄铜，
一个有珍珠饰带百条，
一个没有玻璃珠子。

一个有丝和天鹅绒，
一个连粗毛斗篷都落不上，
一个有绫和紫袍[1]，

---

1 按罗马帝国到拜占庭的传统，紫色是皇室专用服色。

一个没有遮蔽，赤身露体。

一个有千担衣服，

一个没有一件粗毛袈裟，

一个穿得五颜六色，

一个没有寿衣就得下葬。

一个看着上天，

一个低如深渊，

一个富有且在增加，

一个什么也没有，且命中注定。

一个拥有城堡与城市，

一个上无片瓦，下无立锥，

一个有多少荣誉，

另一个有无数谴责。

一个的肮脏胜利了，

一个的清白失败了[1]，

一个因曲解而获得营养，

一个因汗水而被掏空。

一个是不可战胜的胜利者，

一个弱小又害怕被战胜，

一个胆怯而可战胜，

1　这两句中的"肮脏"和"清白"是阿拉伯语，分别按回族习惯音译为"哈热木"和"哈俩里"，也就是违反和符合伊斯兰教法的"污"和"净"。亚美尼亚人虽然信奉基督教，但并不妨碍他们从穆斯林那里借用如此有宗教意味的词语，来表达不一定有宗教含义的意思。这样的借词和习惯表达法至今仍保存在亚美尼亚日常口语中。

一个披坚执锐，

骑着骡子和阿拉伯马，
一个赤身露体，没有底裤，
站到他面前，他就逃跑，
追上他并抓住他的头发。

将他的妻儿抓为奴隶，
他们无助又无法逃脱，
与野鸟同样，
还有森林中的野兽，

就像鹰隼之于鹌鹑，
或勇敢的鹰之于所有飞禽，
或者残暴的狼之于绵羊，
或者灰狗之于兔子。

王侯将一个个人组织起来，
同情没有降临他的心里，
唉，就让这发生在大地上，
不分大人与小民。

有这么多的名字作见证，
无论他们有关挪亚还说什么，
对我这样回答吧，
我希望考验，这是从哪里显出来的。

认识命运吧，它在哪里？
认识财富吧，哪里找得到它？
一个抓住了并增加了，

一个仍然不幸而耻辱。

一个博学而优秀，
学问和技艺均已成熟，
正如不可动摇的读者，
之于洪水狂流。

一个心智愚蠢，
在大地上环行无阻，
一个因其舌头值得称赞，
心智灵巧而闻名。

因心智和思想而值得赞颂
且自己也高于任何地方，
一个张不开嘴又所做非人，
说的什么话都混乱无物。

心智和思想都如同猪，
且在哪里都混乱无序，
一个的外表值得称赞，
有着许多完美的风度。

命运，带来每一种善吧，
并对每个人显现，
一个因其形态而受嘲笑，
面丑且脏污。

一个没有财富和好运，
而且自己最为顽固，
[......

......] [1]

一个关节疼痛，

眼盲或者无腿，

肢体麻痹或无手，

麻风，不可治愈的疼痛。

一个在每处都受赞颂，

因其惊人的美丽，

而一个丑得不可描述，

或者残疾，或者驼背，或者独眼。

但即使有千种好，

一切也仍有赖命运，

一个在后世得利，

并将保住自己在天上，

一个根本没有安生，

后世他的地方就是地狱，

一个正义，而且英勇，

把斋，自恣，好，有用。

然后，看啊，自己不要搞错，

他在后世没有份，

一个野蛮地游荡，

行为丑陋，所做非宜。

如果忏悔认错，

1　传世文本有阙行，此处用两行省略号表示。

看啊，他做过的就没人记得了。

对一个你命令做个善女子，

如同太阳一般。

对一个你放上婚姻的轭与枷，

她不用沾了污点的眼睛看他，

而如果看了，她就被叫作荡妇、婊子，

并在地狱有份。

对一个你给了他希望的妻子，

日夜在他自己面前，

千条舌头都赞美她，

而看见她的都合意。

一个不在视线之内且尝试着

夜间躺下去睡[1]，

而那如果再次发生，

她就不要再进入教堂。

许多人接触过恶女人，

妓女，放荡且纵欲，

淫乱，翻脸且不服，

骂街并肮脏。

唉，带来信仰吧，不会偏离的信仰，

且如果心不会犯疑，

我的这些事情就是这样，

对公断的法官而言，

1　夜间躺下去睡：通奸的婉语。

对一个给了合乎道的命运，
对一个则发生了千种考验。
一个脑筋里没有思考，
有什么请求，就完成什么。

一个在哀哭并恳求，
而他的目的没有成功，
并不一场空，可怜，
他的每件事都遇到不顺。

一个去了异乡并受称赞，
而从他的妻子那里，看啊，却被冒犯，
她来自可憎的族裔，
一个受兄弟们责备。

我的主啊，回答吧，
我对**你**犯了罪，说了这些，
我是谁？卑污的人，
竟敢在**你**面前如此？

但原谅我吧，哦，**善的父**，
将我列入**你**的牧群吧，
且所有荣誉都归于**你**，
现在和永远，永不沉寂。

古代民歌

　　和其他语言的民歌一样，亚美尼亚古代民歌也有情歌、劳动号子、酒歌、儿歌等类别。不过其中有一类特别发达，大概可以翻译为"流浪歌"。公元八世纪开始，亚美尼亚人就不断从亚美尼亚高原外迁，散布到小亚细亚乃至近东各地，这种历史自然导致了"流浪歌"题材的发达。有的是直接表现流浪者的悲惨生活和对家乡的渴望，有的则是以物起兴，其中最常见的起兴对象是鹤。在亚美尼亚民间，鹤被认为是睿智、善良并能报喜的动物。限于时间、原文难度[1]等原因，只选了这个最有代表性的亚美尼亚民歌类型中最有特色的题材中，流传度、影响力均较大的这一首《鹤》，它约形成于十七世纪。

　　"海仁"则是中古时期一种亚美尼亚民歌体裁，由联句组成，长度四联至八联不等，每联每行十五音节，分六音步，规律为 2-3-2，3-2-3。题材涉及宗教、爱情、风光等。十九世纪的研究者多将这一体裁的诗歌，除了有其他明确作者的以外，都归于十六世纪凡湖东南一位"纳哈佩特·库恰克"名下，较通行

　　1　民歌基本都用各地方言创作，其中又往往混有大量外来词。

的一种版本叫《纳哈佩特·库恰克的一百零一首海
仁》。然而此人生平事迹极为模糊，且传世说法也明
显存在矛盾。从二十世纪上半叶最重要的亚美尼亚古
代文学学者马努克·阿贝江开始，这一说法逐渐被摒
弃。现在比较被广泛接受的看法是，"海仁"非一时
一地一人所作，而是跨越了若干世纪的一批同体裁民
歌，或称民间诗歌，其时间跨度约从十世纪到十五世
纪。马努克·阿贝江进一步认为，"海仁"的名字就
衍生自亚美尼亚语中的"亚美尼亚语"一词，因为这
种体裁为亚美尼亚语所独有。至于纳哈佩特·库恰克
则确有其人，但能明确归于他名下的，是六首土耳其
语诗歌，而非用亚美尼亚语创作的"海仁"。

鹤

鹤啊，你去哪里？我是你声音的奴隶。
鹤啊，你没有来自我们国度的消息吗？
不要跑啊，你的群体很快就要来到了，
鹤啊，你没有来自我们国度的消息吗？

我放下了我的土地和园地，并来了这里，
因为我哀叹，我的灵魂要被拔出来了，
鹤啊，停留一刻吧，对我的灵魂发声吧，
鹤啊，你没有来自我们国度的消息吗？

对你问事情的人你没有回答，
你的声音比水磨来得更甜，
鹤啊，无论你落在巴格达或阿勒颇，
鹤啊，你没有来自我们国度的消息吗？

我的心曾想过要跟你一起飞上天而去，
我们都知道我们这世界的谎言，
我们仍然想念人间的大斋期，
鹤啊，你没有来自我们国度的消息吗？

这世间的事物是很慢，很慢的，
不是吗，上帝听吧，打开门吧，
流浪者的心在悲痛，眼睛流泪，
鹤啊，你没有来自我们国度的消息吗？

上帝啊，请你考验宽厚和慷慨吧，

流浪者的心受了伤，肝是诱饵，
吃的面包是胆汁，水又肮脏，
鹤啊，你没有来自我们国度的消息吗？

不知道每天的消息，也不知道星期日，
鞭子打了我，抓我向火，
我不在意被烧，我想念你们，
鹤啊，你没有来自我们国度的消息吗？

带着欢喜我躺下了，身下是干草，
它的气味我也不厌恶，就好像麝香，
我们仍非常想念床，背心，
鹤啊，你没有来自我们国度的消息吗？

你来到巴格达，还是去边境，
我要写一封信，祝你平安，
愿上帝在你之上作证，
把它拿走，送给我爱的人们。

我在信里写了，我留在了这里，
就算有一天我的眼睛不再睁开，
爱人们啊，我仍然想念你们，
鹤啊，你没有来自我们国度的消息吗？

海仁十首

我从那山中来到原野，

　　　　喊道："哪里有绿色？"
有个人对我那么说，

　　　　"山和峡谷都是绿的。
谁有用心的爱，

　　　　他的心里血脉就是绿的。
谁没有用心的爱，

　　　　他的心是黑的，脸是绿的。"

　　　　　　＊　＊　＊　＊　＊　＊　＊

我坚固得像石头一样，

　　　　小锤子打不开我，
我高得像乌云一样，

　　　　没有人能到达我，
鹿角做的弓，

　　　　弓弦用狼皮包裹，
拉开的人是勇士，

　　　　那样的人才能抵达我的爱。

　　　　　　＊　＊　＊　＊　＊　＊　＊

没有年轻人，也没有老年人，

　　　　没踏上过爱的小道，
我的伤没有医生，

　　　　有的那些并不知道药，
或者我在哪里抱怨，

　　　　去对我的爱人说，

我去对造物主说，

　　我的额头上写了什么。[1]

　　　　＊　＊　＊　＊　＊　＊　＊　＊

当我还小的时候，

　　人们称我金孩子，

我长大了，成了爱的主人，

　　我脸上的颜色消失了，

年轻人们，我说的是你们的太阳，

　　对它的爱，石头也无法抵挡，

对这种爱必须是石头与铁，

　　上面还加上钢制的门。

　　　　＊　＊　＊　＊　＊　＊　＊　＊

我是眼睛而你是光，灵魂，

　　没有光，眼睛陷于黑暗，

我是鱼而你是水，灵魂，

　　没有水，鱼要死去，

当人从水中捞起鱼，

　　并扔到其他水中时，鱼活，

当人把我从你分开，

　　除了死，没有其他出路。

　　　　＊　＊　＊　＊　＊　＊　＊　＊

我说了多少次又多少次，

　　不要爱玫瑰，它有刺，

去吧，爱紫罗兰吧，

　　它没有刺，有甜美的香气，

1　亚美尼亚语"命运"，直译即"额头上的字"。

不要爱绽放的玫瑰，

　　它来到你的心胸枯萎，

玫瑰爱花蕾，

　　它来到你的心中绽放。

　　　　*　*　*　*　*　*　*　*

昨天光天化日之下，

　　他们恃强抢走了一个恋人，

用强力抢走的，

　　或者用钱骗走的，

用钱而成的爱，

　　必将用火烧自己，

爱必须伴着苹果

　　以及等量的糖。

　　　　*　*　*　*　*　*　*

眼睛，我用火包裹住你，

　　使你去燃烧，

舌头，我用钝匕首切碎你，

　　使你不再说话，

心啊，我用匕首刺你，

　　让你散在血泊中，

当你没有了耐心，

　　爱的主啊，你在哪里？

　　　　*　*　*　*　*　*　*

在这个世界上，

　　你是戒指，我是上面的宝石，

哪里有一眼冷泉，

　　你是草木，我是上面的露珠，

你是树枝上的苹果，

　　我是它上面的灌木，

我害怕，如果秋天来了，

　　人们把你摘下，我这灌木就干枯了。

　　　　＊　　＊　　＊　　＊　　＊　　＊　　＊　　＊

我肯定是年轻的燕子，

　　把我的巢建在你们屋下。

我有了雏鸟，我欢唱

　　并因对你的爱而满足。

从清晨到夜晚

　　我注视着你的脸，

当晚上黑暗降临时，

　　我进入你的胸中，

夜晚直到曙光初现，

　　我卧在你的胸中，

当清晨到来时，

　　我在巢中欢唱，

当晨光照耀时，

　　我在我的世界上盘旋。

萨亚特·诺瓦

（约一七二三年至一七九五年）

　　亚美尼亚乃至外高加索十九世纪之前最伟大的游吟诗人。但有关他的生平，迄今仍存在很多谜团。括号中的生卒年只是现在学术界最为接受的看法。有关他的主要书面材料，是他本人和儿子分别的两部手稿，内容都是他创作的诗歌集，但并不全同。从其中的诗歌和题记可知，他是梯弗里斯亚美尼亚人，本名阿鲁汀，即标准亚美尼亚语的哈鲁琼。至于他的艺名"萨亚特·诺瓦"，其具体词源与意义至今仍有争论。十八世纪四五十年代他曾作为格鲁吉亚国王[1]的宫廷诗人，参与了格鲁吉亚和外高加索政治。但在政治斗争中他很快失宠——据亚美尼亚学者分析，他出身寒微，但却爱上了御妹安娜公主，这可能也是他失宠的

1　当时格鲁吉亚仍然分裂，戴有"格鲁吉亚国王"头衔的巴格拉提奥尼王室嫡系，其实也只控制了格鲁吉亚中部的卡尔特利和东部卡黑提两个主要地区。另外值得一提的是，格鲁吉亚巴格拉提奥尼王室源出亚美尼亚巴格拉图尼王室，即使一七九七年格鲁吉亚王国被沙俄吞并后也仍然存在。一八一二年俄法战争中俄方著名将领巴格拉齐昂亲王就出身于该家族；"巴格拉齐昂"即这个姓氏的俄化形式。

原因之一。一七五三年后经历了一次放逐和召回之后，他最终于一七五九年被彻底逐出宫廷，旋即又被强迫结婚和加入教界，所以他有据可考的诗歌创作，也大多集中在十八世纪四五十年代。据梯弗里斯亚美尼亚人的传统说法，他在一七九五年波斯恺加王朝开国之君阿迦·穆罕默德汗攻陷梯弗里斯之后的屠城中殉难。

　　他至少能够用亚美尼亚、格鲁吉亚、阿塞拜疆[1]、波斯四种语言创作[2]，传世之作使用的游吟诗歌体裁多于同时代本地区各族其他游吟诗人，还大量采用了游吟诗歌中对创作技巧、修辞手段要求高的体裁。虽然大多数诗歌表现的是爱情，但其中有大批优秀之作，大多是他的亚美尼亚语作品，立意新颖，感情真挚，语言形象而丰富，不落俗套。少量其他内容作品，表现出他不同流俗的人格。他的作品无论思想深度还是艺术表现力，都是十九世纪之前该地区游吟诗人中最高的。其中有二十余首亚美尼亚语诗歌，他身后仍在梯弗里斯亚美尼亚人中传唱百余年，直到二十世纪初被霍万内斯·图曼尼扬组织记谱，本书选入的就都来自其中。

1　其实这么说并不特别合适，理由见本书前言第8页脚注。

2　诗人之子的手稿里还有六首"俄语诗歌"，但它们的作者历来有争议，亚美尼亚学者普遍不认为那是他本人作品。

我不知道你的价值……[1]

我不知道你的价值，
你好似珍珠与宝石；
你使见你的人疯狂，
你的面容好似蕾莉。[2]

这世界上你是我的，
你无情，你毫无怜惜；
你的双唇上有石蜜，[3]
你好似砂糖与甘饴。

见你的人必会称赞，
皓齿就是玉髓美钻；
面色如同西洋绸缎，
你好似印染又金织。

你的秀发香似罗勒，
别再空想，请可怜我，

1　这首诗的文学价值相对入选本书的其他三首为低，但比较接近一般游吟诗
　　的水平。且与其他入选作品格律不同，所以才选入与下一首作对照。
2　这里用的是古典伊斯兰文学中著名的爱情悲剧典故，蕾莉（阿拉伯语：莱
　　伊拉；波斯语和直接受波斯语影响的各种突厥语、南亚语言、亚美尼亚语、
　　格鲁吉亚语中均为"蕾莉"）与马吉农。这是一对伊斯兰时代之前的阿拉
　　伯恋人，其中马吉农是绰号，意为"被折磨疯狂的"，他本名盖斯·伊本·穆
　　拉瓦，本人就是著名诗人。阿拉伯、伊朗、土耳其、中亚、南亚各地，千
　　余年来以此为题，名诗层出，情节与寓意各异。本节第三行直译就是"你
　　把见到你的人变成马吉农"。
3　石蜜：冰糖的古名。此处所有的甜品名称都是波斯语，又为押韵故用此。

不要带走我的魂魄，
你好似恋人又含慈。

怎能承受如许恶意，
我的眼中淌出血滴，
萨亚特·诺瓦，你好似
娇媚恋人买的奴隶。

整个世界我都走遍……

整个世界我都走遍，直到哈巴什[1]，娇美人，

没见过如你般容颜，常人不及你，娇美人，

你无论粗布或薄纱，都穿如精丝，娇美人，

因为如此，看见你的，都啧啧赞许，娇美人。

你恰如同光辉宝石，娶到你的人受祝福，

谁找到你就不悲戚，失去你的人才痛苦，

但愿慈光照你生母，唉，可惜她早已亡故，

若她活着，还会生出，佳丽正如你，娇美人。

你自始就好似珠花，并且上面镶了金丝，

你的发辫青丝之中，缀有串串珊瑚为饰，

你的眼眸如同金盘，上面摆放一对瓷杯，

睫毛好比飞箭与刀，打磨以砺石，娇美人。

你的脸用波斯语说，好像日月[2]悬在穹宇，

你纤腰上围的绒巾，仿佛系着一条金绦，

你使画师惊呆诧异，竟致手中不能握笔，

你坐下时如同鹦鹉，立如拉赫什[3]，娇美人。

我萨亚特·诺瓦并未，将其根基立在沙上，

奇怪的是你想什么，我都知道你的衷肠，

---

1 哈巴什：阿拉伯语、波斯语中对埃塞俄比亚的称呼。

2 日月：此处原文是波斯语。

3 拉赫什：波斯语史诗《列王纪》中，勇士鲁斯塔姆的骏马。

你是火，你穿的是火，这把火我岂能抵抗，

你在印度印染上面，覆以轻纱幂，娇美人。

一七五八年

你从来就是睿智的……

你[1]从来就是睿智的，不要给傻瓜以时机，

不要以你梦中所见，就把我们[2]一体处理，

我不是一直在灼烧？烤肉不用再次费力，

如果我知道你厌烦，归罪他人实在不必。

没有统治者还像你，你是罗斯托姆[3]，国王，

你的民族世间称赞，你也有光，俊秀国王，

如果我真这样有罪，那就砍我的头，国王，

看在造物主的分上，别生没有意义的气。

为了伤口希望医生给的是药，不是疼痛，

尽管心中希望自主，奴仆也不背弃主公，

你要保护心灵纯净，外人言语不宜轻信，

像呼唤神爱者一样，门外问题不宜搭理。

不是人人能饮我水，我喝的水另有源头，

1　这首诗里的"你"明显是比作者位置更高，对他有处分之权的人。现代学者普遍接受这是诗人对他的主公，格鲁吉亚国王伊拉克利二世的陈辞。从诗中可见这时国王对他的看法已经不会很好。他第一次被逐出宫廷应该发生在写作此诗之后。

2　这里说的"我们"肯定不包括"你"。但具体还指谁已经不可考证。

3　罗斯托姆：即波斯语史诗《列王纪》中的勇士鲁斯塔姆。格鲁吉亚人从波斯古典文学中引进了鲁斯塔姆传说和史诗，并在中世纪创作了它的格鲁吉亚版本。而在亚美尼亚，自从皈依基督教之后，亚美尼亚使徒教会对伊朗系统的神话传说，如果不能吸收进教会和知识阶层构筑的亚美尼亚历史体系，就予以打击。而鲁斯塔姆传说和史诗正属于被打击之列。所以亚美尼亚文学中现在所知的鲁斯塔姆故事都是伊斯兰时代从波斯人及突厥人那里借入的。

不是人人能读我字，我写的字另有缘由，
要知我根基非沙土，而是石岸上，岫岩头，
像洪水般不会枯干，你想摧毁也是无力。

哪怕狂风想全卷走，海也不会缺少细沙，
无论我在还是不在，聚会不会缺少琴家，
若我缺乏，缺的是你，世界不会缺少毫发，
请勿让萨亚特·诺瓦流离异域，客死天涯。

一七五三年

每种乐器都称赞你……

每种乐器都称赞你，你实在完美，卡曼恰，[1]

残忍者不能看到你，你是他禁地，卡曼恰，

先努力再过好日子，然后轮到你，卡曼恰，

除了我谁能弹起你，你表我心思，卡曼恰。

你的琴耳必须银做，琴首镶嵌珍珠为饰，

你的琴柄是剑鱼刺，琴腹螺钿珠母为质，

你的琴弦必须金蘂，琴支在下，钢铁打制，

无人知道你的价值，如连城宝石，卡曼恰。

你的琴弓必须鎏金，身形要有千种色彩，

弓弦来自良驹之尾，你的音律才能甜美，

用你琴声唤醒众人，晚上再送他们入睡，

你是金杯盛满美酒，饮之使人醉，卡曼恰。

你的乐手需要两样，首先是茶，咖啡其次，

你在艾旺[2]里面长大，闲暇时间，以你休憩，

当你光临聚会时候，带来娱乐，带来欢怡，

美人环绕在你周围，无你不成席，卡曼恰。

多少沉痛由你抚慰，多少病患由你治愈，

1　卡曼恰：西亚弓弦乐器，形制基本同于中亚到新疆的艾捷克。本诗在部分
　　选本中即题作《卡曼恰》，虽于原始写本中无据。

2　艾旺：波斯语。建筑术语，在各地所指不同，西亚多指三面为闭合拱廊，
　　一面有拱顶大厅的四合建筑结构，而且砖石结构建筑规模可以很大。中亚
　　则不一定有拱，而且越向东土木建筑渐多，规模渐小。

当你甜美声音响起，仿佛美酒，开启欣愉，
人们也要如此祈求，弹奏你的，真该赞许，
萨亚特·诺瓦只要在，你就有希冀，卡曼恰。

一七五九年

纳哈贝特·鲁西尼扬
（一八一九年至一八七六年）

生于安纳托利亚中部，卡帕多西亚最大城市开塞利[1]附近的埃夫凯莱村。一八二八年随家迁居君士坦丁堡。一八四〇年获奖学金前往巴黎继续学医。在巴黎索邦大学上了文学类课程，并接触到立宪等先进思想。一八五一年回到君士坦丁堡，经人引荐成为重要政治人物穆罕默德·富阿德帕夏的家庭医生，同时他自己也参与帝国亚美尼亚教族的政治事务，还从事写作、翻译等。他最有名的诗歌《奇里乞亚》，虽然是改编自法国作曲家兼词作家弗雷德里克·贝拉的著名歌曲《我的诺曼底》歌词，但仍然配原曲传唱开来，成为著名亚美尼亚诗歌。

---

1 开塞利：安纳托利亚中部自古以来的重镇，罗马—拜占庭时代的凯撒利亚。

奇里乞亚

当希望之门扇扇打开，
且冬季逃离我们土地，
我们亚美尼亚奇迹般的土地，
照亮甜美的日子，
当燕子回到巢中，
当树木穿上树叶，
我希望看见我的奇里乞亚，
给我以太阳的国度。

我看过叙利亚的原野，
黎巴嫩山和它的雪松，
我看过意大利的土地，
威尼斯和它的刚朵拉，
没有岛屿像我们的塞浦路斯，
也没有一片原野，真的，
美过我的奇里乞亚，
给我以太阳的国度。

我们生命中有个年龄，
那时每种渴望都结束，
有个年龄，那时灵魂渴望，
记起自己的思念，
那时我的里拉琴冷却，
给爱以最后的问候，
让我去睡在我的奇里乞亚，
给我以太阳的国度。

盖文特·阿里尚

（一八二〇年至一九〇一年）

　　"阿里尚"是土耳其词，最终源于阿拉伯语，意为"杰出的"。他生于君士坦丁堡，一八三二年赴威尼斯继续学业，在那里加入姆希塔尔修会，一八四〇年毕业后正式出家。一八七二年后放弃诗歌创作，专注于学术研究。他的诗歌标志了亚美尼亚诗歌从古典主义向浪漫主义过渡的开始，而其研究则在亚美尼亚学学术史上占有重要地位。

亚美尼亚人的国度

亚美尼亚人的国度，你的春天到来了，

现在你美丽的春天来了，

哦，你，早已忘记的故乡，

哦，你，我心中不忘的地方，

现在你的阳春到了，到了，

大马西斯山边友好地注视你，

那乌黑的云转而逃跑，

那白白的群山无惧怕，

在雪中开出路来，

鹌鹑甜美地叫着翻飞过了千条河流，

从那高到接近天空的岩石

早晨生出了对生命的祝福。

现在你的山丘，亚美尼亚人的国度，

你那无数的山丘和无数的溪流

你的千万峡谷，千万原野，

忍受了许多寒冷的冬天和雪，

广阔的山地和谷地

如画般装饰，新娘一般，

你蓝色的群山戴着各色冠冕

系在头上如新的国王，

从接近天空的山边，

山花散布直到深谷，

每条河边都开了百合，

伴着明亮的波浪露水滴下流去，

每座山边都现出了玫瑰，

啊，浅红的玫瑰，伊甸的子孙，

夜莺从远处灵活地离开

海和陆地，迅速飞走，

对着空气呼喊了三遍你好

将双足放在了山上，

从山上对着玫瑰的叶子，

亚美尼亚人的国度，它给你带好，

红腹灰雀向着山来了并且留下了，

因为无罪的前定成了歌手，

鹳鸟在屋顶哀悼了它的巢，

停下鸣叫，"亚美尼亚人的国度"，

鹳鸟飞了，上下翻飞，

小声叫着说了许多话，

斑鸠降下，越降越低，

胸口贴到河面，咕咕叫着，

羊倌和牛娃，绵羊，公牛和母牛

满意于上帝，绕着草地来了。

上帝错误地给了你美丽的春天，

使你像天堂一般，亚美尼亚人的国度，

他经过，用春天将你变成了小天堂，

而将天堂隐藏起来，如将明亮的太阳隐藏在云中。

但我对年长的先祖该说什么？

我是比任何花都更短暂的，

我的春天已过，并已到了秋天，

我像干枯的叶子等待着风，

何时它从山中吹向深海，

真正地将我从死亡的峡谷中拉出？

我的先祖的生命足够了，

带着欢乐在自己的亚美尼亚活过了，

是从哪个故乡走开的时候了

那里可爱的兄弟们真的不会分离，

带着欢乐我从你走了，亚美尼亚，

从你这里带走了泥土，给你埋葬，

从你的胸中亚当站了起来，

我从你的胸中不枯萎地升起。

哎，孩子们，你们来到先祖周围，

跟在诗人后面，听他丰沛的歌声，

夜莺和红腹灰雀更新了歌唱，

然后我的斑鸠和泥土平齐，

孩子们，亚美尼亚的土和水滋养了我，

我用心爱着那土和水，

故乡的财富是香甜的土，水，

故乡的刺，甜过异乡的玫瑰，

亚美尼亚的空气甜美精细，

风甜，溪流光亮，

水和果实给出不死的味道，

如镀金的草对绵羊们的嘴，

镶金线的凉爽的云对园地

流动着降下了微小的露珠，

太阳下成的露水带着红光

生命的吗哪[1]从黑暗中发芽来了。

哦，开花的群山，哦，笑盈盈的河水，

你们将甜美的风带到我近旁，

与马西斯山交换着民歌与谣曲，

你们从方舟的屋中拿走了我最后的呼吸，

并使我听到了托尔戈姆的孩子们。

我告诉你们，可爱调皮的儿童们，

1　吗哪：这里虽然用了《旧约·出埃及记》典故，但据手头版本的注释，也确有所指，是西亚美尼亚部分花叶子上会长出的一种有甜味可食的物质，类似蜜。

本来亚美尼亚人的国度是谁的，

不要否认你们可爱的土地和民族，

树因有根而为树，房因基础而为房，

当我们的主降世时，从天边

将大地的基石放在了艾拉拉特[1]，

那从我们马西斯天形状的山上

打开了所有，又重新上升，

那里他丈量了自己先人的边界，

将天堂之杯放在了幼发拉底与叶拉斯赫[2]，

生命之树在那里开花，

从恶的知识中，善被给了我们，

从亚美尼亚人的土地，亚当组织了

亚美尼亚香甜的空气，夏娃吸吮过的，

她的双眼明亮，脸无有相似，

他们相遇在那里，天使面前，

我的这些花朵正是从那些花中生出，

成为了夏娃的冠冕与座位，

这是我们群山古老的回音，

对上帝的声音给予了回答，

从这里爱与忏悔的歌

从我们先前的土地升上了天，

基督在这里以亚伯的血做武器，

再次又再次地对我们许诺了希望，

年老的亚当在这山下

对子孙们祝好，

夏娃疯狂地哭着，去了这峡谷，

1　艾拉拉特：地名，即阿拉拉特山下的阿拉拉特平原，阿拉斯河河谷地区。

2　叶拉斯赫：地名，现为亚美尼亚阿拉拉特省一村镇名，是亚美尼亚与阿塞拜疆的纳希切万自治共和国边境线上，火车从亚美尼亚入境阿塞拜疆的位置。但此处与幼发拉底河似乎并无关系，所以怀疑是西亚美尼亚历史地名。

头因为思念伊甸而撞了石头，

那里睡着第一批人，

与天使们一起，上帝祝福过的。

当天空吼叫，河流害怕，

云针对海，海针对云跑了，

从那山边挪亚进入了方舟，

舰队环绕大地漫游，

下降停在了马西斯高处，

温柔的鸽子送出福音，

大地是可怕的空荡荡荒漠，

只有在亚美尼亚有人类的地方。

我们是真实的老挪亚所生，

继承了河谷和群山。

贝尔暴君前定，

停下了魔鬼般高而宽的神曲，

他带来了许多士兵组成无数队列，

从我们光亮的天空中抓住了暗淡的太阳，

海克听到了，勇士们在呼唤，

山跑下去，如同云的闪电，

拉紧了弓，如同桥一般，

雷鸣般射出梁柱般的一箭，

咬开了巨人的铁和黄铜，

射穿了巨人的心和肺，

贝尔从城堡落到了深深的坟墓，

然后士兵们成了黑烟般散去，

凭着屡次勇猛壮举他拿下了亚美尼亚，

像海克般的勇士打倒了许多贝尔，

罗马，亚述，米底，斯基泰，波斯，

在亚美尼亚人的剑下成为碎片，

这些每处山，谷和原野

流过红色的汗，饮过红色的水，

在那里奋战过提格兰和特尔达特，

瓦尔丹和瓦汉，阿肖特和森巴特。[1]

那里从火中跃出了亚美尼亚少年的箭，

清除了一支支敌军，如溃疡一般，

这些城堡边女人们展开了旗帜

狮和鹰与十字架一起鲜活，

武器干渴地来了，变得醉了，

皱纹连连的额头变得光展，并戴上了冠冕，

其他亚美尼亚勇士投向了那里

一只手是长矛，另一只是十字架，

他们从原野上飞向天空，

与格里高利，特尔达特，瓦尔丹一起升座。

阿布加尔国王[2]用书信

和神子说了我们高贵的智慧，

从基督那里得到了祝福和礼物，

使臣接受了使徒达太，

将那圣殓布上的第一幅画像

刺开救世主胁侧的唯一一支圣矛，

---

1 这两行中的人名：提格兰和特尔达特事迹见前言。瓦尔丹和瓦汉指马米科尼扬家族两位族长，五世纪亚美尼亚著名政治家、军事家，事迹见本书第83页。阿肖特和森巴特则是九世纪亚美尼亚最重要的巴格拉图尼家族名王。

2 阿布加尔国王（生年不详，卒于公元四〇年）：罗马附庸国奥斯罗埃涅国王，都城为埃德萨（今土耳其尚勒乌尔法）。按塔西佗说法，他是阿拉伯人。基督教世界传统说法认为，他是通过写信向耶稣请教，因基督的回信而成为第一个皈依基督教的国王。但从摩西·霍连纳齐开始的亚美尼亚古代史书均宣称他是亚美尼亚人，且从圣使徒达太（早期说法是基督七十二小使徒之一的小达太；但后世说法里面成了十二使徒之一的大达太，或称圣犹大，不是出卖耶稣的叛徒犹大）那里接受了基督教。于是就将亚美尼亚皈依基督教的时间又向前提了近三百年，并且仍然是第一个接受基督教的国家。

以及其他许多圣遗宝，各种部分

保藏在亚美尼亚国度的胸中，

许多使徒有自己的布道，

许多神圣的牧首，高贵的烈士，

拥有无数的小教堂与大殿

千千的隐修所和修道院。

从上帝那里得到了语言和文字，

翻译了从每个民族那里选取的书籍，

送伶俐的青年们去了斯坦布尔[1]，雅典，

亚美尼亚人用罗马语言[2]战胜了希腊，

写了许多书籍做我们的收获与资粮，

然后麦子堆起来比阿拉拉特山还高。

然而，唉，现在，邪恶的敌人

真的毫不顾及亚美尼亚人的国度，

教堂，修道院，图书馆，宫殿，

他们用剑，用火攻击了一处又一处，

无论在哪里都摧毁并俘虏这个民族，

四向的风吹来又散去，

唉，你啊，唉，亚美尼亚人的国度，

天堂般的家园，年复一年地崩坏。

1　斯坦布尔：伊斯坦布尔在东方基督教民族中也被广泛称作斯坦布尔。当然看上下文，此处用突厥人来到小亚细亚之后才有的地名，明显有时代错乱之嫌。

2　罗马语言：由于东罗马帝国一直自认为罗马正统，所以直到近代，希腊人长期自称"罗马人"。所以这里字面上的"罗马语言"不能肯定实指希腊语还是拉丁语。不过译者倾向于希腊语。亚美尼亚人的古典学问主要是通过向希腊人学习，引进并翻译希腊文书籍而建立的。这里似乎还暗用了中古哲学家"无敌大卫"的典故。"无敌大卫"是公元六世纪的新柏拉图主义哲学家，本人用希腊文写作，由于其演说与雄辩能力而获得"无敌"这一绰号；但作品只有亚美尼亚文版本传世。亚美尼亚传统一直将其作为亚美尼亚人。

我还要哀叹你审美，亚美尼亚，

当看见面前的上帝之手时，

它自己命令摧毁，自己建设，

移去了冬天的痕迹一如春天。

上帝自始就爱我们的国度，

即使给了诅咒，那也是爱的。

从乌云里出现了暴风雨，

将树木与树林打到土地一样平，

树叶和葡萄串如珍珠链

从脚下走去了黑暗，

云和暴风雨很快上去，

新的太阳，春天，树和园地要来了。

老根发新枝，老枝发新花，

献礼给自然，亚美尼亚人的国度，

你们要么是翻转的微风，要么停下，

连起你们的拱顶吧，哦，神圣的教堂，

重建毁掉的修道院，灵魂之家吧，

你们的《诗篇》，你们甜美的哈利路亚，回来吧。

那是你的福音，亚美尼亚人的国度，

你是至大的标志，枯萎的花朵，

你枯萎了，但是是玫瑰，干枯了，但是是芦荟，

谁将你和外族的花一起改变，

他就是瞎子，傻瓜，将不死的味道

按假的形色改变，蠢货和幼稚，

傻瓜就是傻瓜，将灾难的大话

拿去卖给外族，

我们国度的规矩，双亲不可改变，

不要做叛国贼，不要成为叛教者，

树有根才是树，根有树才是根，

新的少年们，你们下方是阿拉拉特，

站稳了，上帝从上方放出光来，

灌木中有新芽与小花，从它们将长出玫瑰，

不要嫉妒，不要作对，

否则将像草一样恶名昭彰，

对其他的芽与花，虽然有点晚，

恶意仍将永远是荆棘，永远有刺，

那些聪明人，因爱存在，如泉水的，

看到你的春天，亚美尼亚人的国度。

再者，你是族长，干枯的老人，

我去将我们的老问题交给福音，

我说，他们昨天将春天给了亚美尼亚人，

你们对我的族长的灵魂，说吧，

给你们年长的族长柔软的土，

因为他坚定地爱过你，亚美尼亚人的国度。

姆格尔蒂奇·贝西克塔什良

（一八二八年至一八六八年）

　　生于君士坦丁堡，就读于佩拉区的姆希塔尔修
会学校，一八三九年至一八四五年在帕图亚继续学
习，返回后即因其文才与社群活动著名，但最终因肺
病年寿不永。他是西亚美尼亚浪漫主义的最早代表。
在写作戏剧时使用现代亚美尼亚语，但写作诗歌时仍
用古典亚美尼亚语。

我们是兄弟[1]

美妙大自然的无数声音中，
歌声充满爱地飞翔，
处女最美丽的手指
轻柔地拨动里拉琴，
没有一种声音那么可爱，
超过称心的名字，兄弟。

把你的双手伸给我，我们是兄弟，
我们因为风暴而分离，
命运的每种背叛，恶意，
在一吻中都消散开去，
群星之下还有什么更可爱
超过称心的名字，兄弟？

当白发的亚美尼亚母亲
看到儿子们环绕在周遭，
她心中深处残酷的伤口
被甜美发光的眼泪治好，
群星之下还有什么更可爱
超过称心的名字，兄弟？

过去我们在一起哭泣……
来吧，重新永不分离地

---

1 这首诗的创作动机，是当年分别信仰使徒教会基督教和天主教的亚美尼亚
  人之间爆发了摩擦。而后来这首诗则经常被俄土边境两侧的亚美尼亚人乃
  至今日亚美尼亚国内外的亚美尼亚人，在各种涉及双方关系的场所引用。

哭在一起，笑在一起，
让我们的生命不止一次。
群星之下还有什么更可爱
超过称心的名字，兄弟？

我们一起辛劳，一起播种，
一起挥洒我们的汗水，
让我们好好翻耕田野，
使亚美尼亚的原野获得生命，
群星之下还有什么更可爱
超过称心的名字，兄弟？

一八七〇年

米卡埃尔·纳尔班江

（一八二九年至一八六六年）

生于新纳希切万（今俄罗斯顿河畔罗斯托夫）。基础教育靠自学，后放弃做牧师的打算，于一八五三年赴莫斯科。一八五四年至一八五八年在莫斯科大学旁听医学。一八五八年与 S. 那扎良一起，创办了著名的《北极光》期刊，并担任编辑约一年。他是作家、诗人，是启蒙主义者，也是革命者。一八六二年自印度返回俄国后便被捕，遭指控与流亡国外的俄国革命者一起从事地下活动。在彼得堡被监禁三年后，流放西伯利亚，因肺结核病逝于卡梅申。

自 由

自由的上帝从那天，
享受地将呼吸吹入
我泥土制成的身体，
从而赐予了我生命，
我，不会说话的幼童，
只会伸出两只手时，
就用我无力的双臂，
拥抱了自由。

直到夜晚，我仍不休
在摇篮中，被捆绑着
不停哭泣，
打扰我母亲的睡眠，
我想让她
放开我的双臂，
我从那天起就发了誓
热爱自由。

当我打转的舌头
被松开了，解开了，
当双亲因我的声音
笑了，开心了，
因为我说出了第一句话，
不是父母，或其他什么，
而是自由，跳出了我
孩童的口中。

"自由？"——命运在我头上

对我重复——

"你从今天开始就意愿

应征成为自由的士兵？

哦，你的路充满荆棘，

许多考验在等着你，

爱自由的人，

这条路很窄啊。"

"自由！"——我喊道——

"让我头上响起

闪电，惊雷，火焰，铁刃，

让敌人对我使用奸计，

我直到死亡，上绞架，

直到上可耻的死刑柱，

都要吼叫，都要重复，

不停地。自由！"

一八五九年

意大利少女之歌

"我们祖国，虚弱无主，
被我敌人践踏侮辱。
她的孩子，现在呼喊，
为她复仇，为她雪耻！

"我们祖国，满身锁链，
束缚之下，长年许久。
英雄儿女洒神圣血，
务使祖国重获自由。

"看哪，兄弟！赠你旗帜，
我以双手亲自制成。
多少夜晚，辛苦无眠，
以泪洗净，终于完工。

"看这旗帜，三种颜色，
是我民族珍贵标志。
让它猎猎在敌面前，
看奥地利凶焰消熄！

"多少儿女，原本羸弱，
战争当中，一样工作，
或在战场，或在后方，
为你爱意，我不会拒。

"看我所做，这面旗帜，

你快上马，勇士一样，
前去拯救我们祖国，
奔赴前线，烈火战场。

"无论何地，终有一死，
每人一生，必死一次，
但如有幸，为我民族，
献身自由，在所不辞。

"去吧，兄弟！上帝爱你，
爱族爱民，给你勇气，
去吧，虽然我不能来，
但我的心，和你一起。

"去吧勇士，从容赴死，
莫让敌人看到后背，
莫让敌人如此去说，
意大利人胆怯心坏。"

小姐边说，边递上来
给予兄弟一面旗帜，
丝绸做成，手艺高上，
三种颜色，确定无疑。

兄弟接过，并且祝福
他的可爱温柔姐妹，
拿起武器，刀剑火枪，
骑上自己那匹乌骓。

"妹妹！"年轻勇士喊道，

"留步安好！我的亲爱，
它的旗手必将看见
意大利人整支军队。

"对我而言它是神圣，
正如受洗礼仪和泪，
你交给我神圣记忆，
祖国授予不能忘记。

"如我死去，你莫悲伤，
而要记住，黄泉路上，
前往冥国，我不唯一，
多少敌人，一起死亡。"

他一边说，一边驰向
奥地利人会战战场，
以其鲜血作为代价
永久自由换给母邦。

哦！我的心如刀寸割，
因为看到如此的爱，
为了一个虚弱祖国，
受人践踏，永远不再。

她的一半，再分一半，
即使如此，在我族中，
可曾有过？我族妇女，
说话轻柔，岂有此种？

哦……眼泪在把我窒息，

我说不出其他言语，

不……意大利并不虚弱，

因为还有如此妇女。

一八五九年

附注：这首诗的第一、三、四、七节，经过修改，成为一九一八年至一九二〇年的亚美尼亚共和国国歌。一九九一年亚美尼亚重新独立后，又得到恢复，也就是亚美尼亚现在的国歌。修改内容集中在第一和第四节。完整版本是：

我们祖国，自由独立，

世世代代，生生不息，

她的孩子，现在呼喊，

亚美尼亚，自由独立！

看哪，兄弟！赠你旗帜，

我以双手亲自制成。

多少夜晚，辛苦无眠，

以泪洗净，终于完工。

看这旗帜，三种颜色，

是我民族珍贵标志。

让它猎猎在敌面前，

使我祖国光照万世！

无论何地，终有一死，

每人一生，必死一次，

但如有幸，为我民族，

献身自由，在所不辞。

童年的日子

童年的日子，好似梦一样，
你们度过了，就不再回来，
哦，欢乐的你们，哦，无虑的日子，
只接受快乐的日子。

你们之后来了知识，
它面孔严肃，在世界上，
每件事都落入思考之下，
自由或空虚一分钟不留。

在它之后又来了良知，
民族境况使我心沉重，
阿波罗给了我他的琴，
用以消除我心中痛苦。

唉，那琴在我手中发出
一样的哭声，一样的悲伤，
正如我的心，我的情感，
找不到一根欢乐的弦。

我那时仅仅感觉到
我不会从这痛苦中自由了，
只要我的民族仍是奴隶，
在外人手中，无言，悲苦。

童年的日子，为何那么快，

你们飞走了，永远不回来，
我那时无忧无虑且自由，
想着我是这世界的主宰。

奴役的锁链我感觉不到，
还有暴力那无情的爪子，
你们之后它们变沉重了，
噢，我诅咒那些日子。

你，琴，安静了，不再对我作响，
阿波罗，以后你再拿起它吧，
给另一个人吧，给接受
为所爱女孩牺牲生命的人。

我必须出来了，向着广场，
没有琴，带着无装饰的语言，
我必须呼喊，必须抗议，
办法是对黑暗作战。

现在的日子里黑色[1]的琴又有何用？
必须有剑在勇士手上，
以血与火加在敌人头顶，
这必须成为我们生活的忠告。

---

1 有哀伤意。

拉帕埃尔·帕特卡尼扬

（一八三〇年至一八九二年）

　　生于新纳希切万一个著名知识分子家庭，父亲是著名作家、教育家加布里埃尔·帕特卡尼扬。他在欧俄多处听课。一八五二年他与另两位诗人结成小组，共同使用来自三人姓名首字母的笔名"加马尔·卡提帕"。后来三人组破裂，他单独使用这个笔名创作。一八六七年他回到家乡，和父亲一样当了教师。他是和米卡埃尔·纳尔班江并列的早期东亚美尼亚语浪漫主义诗人。

阿拉斯河的眼泪

献给盖沃尔格·卡纳尼扬[1]

沿阿拉斯母亲河岸边
我漫无目的地散步，
古老诸世纪的记忆
在我的血液中成熟。

但它永远在流动，
丰沛浑浊的河水
拍打着河岸
哭泣着逃离。

——"我的阿拉斯，为何不
与鱼儿共跳孩童般的舞？
你还没有到达海洋，
却忧伤得像我一样。

"为何你骄傲的眼中
眼泪一直在喷涌？
为何你飞快地逃离
这亲近的河岸？

"不要搅浑你的水底，

---

1 盖沃尔格·卡纳尼扬（一八三六年至一八九七年）：俄国亚美尼亚史学家、教育家，也是"加马尔·卡提帕"的成员之一。

平静地欢乐地流吧，
你的童年短暂，
很快就到海了。

"让玫瑰丛发芽生长
在你好客的河岸旁，
夜莺们在玫瑰丛中
直到清晨地歌唱。

"让常绿的柳树
在你河水冰冷的胸中
将它们的细枝与树叶
每天沾湿，隐藏。

"让勇敢的牧人们来到
你河岸近处歌唱——
绵羊和山羊的羊羔下到
你宽广清澈的水中。"

阿拉斯河拱拱背，
从下面泛起泡沫，
像云一般轰鸣着，
从河底这样地说——

"勇而无谋的年轻人啊，
我为何一睡几世纪？
你一生气，又新添了
我无数的痛苦。

"我何时曾见过，

爱人死后，寡妇
从头到脚打扮
还用珍贵饰物？

"我为何要打扮？
我要惹谁的眼？
我恨许多人，
对许多人我是异族人。

"我的同族，疯狂的库拉，
尽管守寡如我一般，
像奴隶一样承担着
诱惑者粗糙的锁链。

"但她不是我的榜样，
我是亚美尼亚的，我认识我的亚美尼亚人，
不希望异族夫君，
我要永远守寡。

"有一度我也曾
严妆如新娘般，
戴着千万装饰，
逃离我的河岸。

"我的河底清澈明亮，
波浪翻卷，
光亮直透
在水中游泳。

"那一天之后我还剩什么？

哪座近水村庄？
哪座我建造的城市？
哪些欢乐的地方？

"阿拉拉特山每天
以母亲般的关爱
从她的神圣胸襟
赠我以纯洁的水。

"但我必须用这圣水
来自圣雅各泉的，
浇灌我憎恶的
异族人的田野吗？

"同时我的子女——谁知道呢？——
干渴，饥饿，无主，
散落在异国，
双脚无力，半死不活……

"他们将我的亚美尼亚本族
远远地，远远地驱离故土，
在她的位置上给我
不信教的疯狂民族。

"我要为了它打扮
我好客的河岸吗？
或者要去吸引它
用那模糊瞪大的眼？

"因为我的子女们

就这样依然流浪，

你们要看到我永远悲哀，

这就是我无欺的神圣誓言……"

然后阿拉斯不说话了，

泛起可怕的急流，

如盘曲的蛇一般，

疯狂地爬向前头。

大　会[1]

亚美尼亚母亲的年代也已经过去，
她正困于同样的忧愁，同样的痛苦。
从豁开的宽阔伤口中，血正在渗出，
每天仍在一滴一滴地不停流走。

我们灵魂的愁苦，我们的哀报悲泣，
痛楚地开启了我们的泪水之涌流。
没有人曾看到了，没有人感觉到了，
光明开化的欧洲仍然是又瞎又聋。

那无罪的羔羊——可怜的亚美尼亚——
已经成了大食人[2]的燔祭，用以自救。
已为斯拉夫各族彻底摆脱的锁链，
他们带来锁住了亚美尼亚人的手。

为什么？让那无情的欧罗巴来吧，

1　大会：指一八七八年最后一次俄土战争结束后，列强为制止沙俄独吞巴尔干和高加索而召开的柏林会议。会上签署的《柏林条约》大幅削减了俄国此前在《圣斯特法诺和约》中取得的利益。而且与此形成对比的是，虽然有削减，但巴尔干的塞尔维亚、门的内哥罗、罗马尼亚、保加利亚等四个基督教民族仍然获得了独立、自治等大量权益。然而在亚美尼亚人方面，条约却为奥斯曼帝国保住了原先要割让给俄国的一半亚美尼亚土地，并将原先许诺给亚美尼亚人的、由俄国监督奥斯曼帝国进行改革以保证亚美尼亚人权益的条款，变为由"列强共同监督"，实际不具备任何执行力。此后亚美尼亚人针对奥斯曼帝国的武装反抗逐渐抬头。

2　大食人：这个词与汉语的"大食"同源，故用"大食"翻译。中古时代原指穆斯林，一开始基本也就是阿拉伯人；后来在中亚渐渐专指塔吉克人，而在亚美尼亚语中，则从指穆斯林渐渐变成专指土耳其人。

来说出彼拉多曾经做出的判决吧，

以前它曾为我们的无罪而忏悔过，

然而恶意又把我们献给了十字架。

一八七八年

拉菲

（约一八三五年至一八八八年）

本名哈科布·麦利克—哈科皮扬，生于伊朗西北萨尔马斯城附近的帕亚朱克村，在本地上完小学后赴梯弗里斯继续学业，但一八五六年被迫中断学业返家，维持已近破产的家境。一八五七年至一八五八年广泛游历伊朗和历史亚美尼亚地区，这对他后来的思想和创作有深远影响。十九世纪七十年代开始与格里高尔·阿尔茨鲁尼合作，为后者主编的在近代亚美尼亚文化史上具有重要地位的《农夫》期刊撰稿；但一八八四年两人关系破裂。后终老于梯弗里斯并葬于本地亚美尼亚先贤祠。他是亚美尼亚近代著名作家、思想家、民俗学家。但出名的诗作只有本书选入这一首。

出声吧，湖啊……

出声吧，哦，湖啊，为什么你沉默着？
你不想为我的不幸同哀吗？
动一动啊，和风，吹起波浪，
将我的眼泪与这湖水混合吧。

在亚美尼亚的经历作证，
从开始到现在，我求你，对我说吧，
是不是亚美尼亚要永远这样？
充满荆棘的荒漠，有时也曾是果园。

是不是可怜的民族永远那样，
要做外族王公的奴隶？
是不是上帝的座椅附近
亚美尼亚人的子孙不配？

有一天是否会来，时间，
看见马西斯山顶一面旗帜，
而从四面八方，流浪的亚美尼亚族人
看着他们所爱的故乡？

只是，那太难了，你上面的管理者，
使亚美尼亚的灵魂活起来吧，
你的知识之光使他们兴起吧，
以它作为他们理性的实质，
让他们认识人的生命的建议，
以工作成为主的赞颂者。

突然湖面上一道光，

从水中出来一位可爱的处女，

她一手中有点燃的灯，

而另一只，闪光的象牙里拉琴。

她是仙女吗？无名的天使——

不？像是亚美尼亚缪斯们的模样。

——读亚美尼亚人的命运吧，哦，缪斯，

读现在并预言未来，说吧。

（那天界甜美的灵魂说。）

——我给你福音，年轻的香客，

洗净你眼中流出的咸泪吧。

新的日子将要来了，欢乐的日子——

当主的意志，自由而正义的

君临时，又将是黄金世纪了。

——亚美尼亚的缪斯们将再次觉醒，

亚美尼亚的帕尔纳索斯[1]将重新开花，

而阿波罗的光明的战车，

将环绕亚美尼亚昏暗的天穹。

——我们再次像你一样——当深夜

包围了亚美尼亚——悲痛的日子

我们度过了很多，可爱的现在，

我们再次接受了橄榄的和平。

爱里拉琴生锈的弦吧，

1　帕尔纳索斯：希腊神话中文艺男神阿波罗和文艺女神缪斯们的住地，实际在希腊中部德尔斐一带。

伴着狂热的歌声出现吧，亚美尼亚，
使亚美尼亚已死的活力觉醒，
意志实现，时间到了，
那个日子要开启了——现在爱神
用记号通知了你们，**上帝**说。
再次暗淡了。那形象消灭了。
长时间那魅惑的声音
与波浪混杂在一起被听见，
浓郁的香气统治了空气。

怡人的消息，甜美的福音，
为的是快乐，美丽的缪斯，
对我们说吧，离开吧，有没有可能
那使肉身觉醒者不要再次死去？

卡列钦·瑟尔万茨姜茨

（一八四〇年至一八九二年）

　　本名奥汉内斯·桑滕茨。生于凡城，自幼接受教会教育，其导师也是近代亚美尼亚历史上的著名人物姆格尔蒂奇·赫里米扬（一八二〇年至一九〇七年）。一八六四年正式成为独身教士。在宗教身份之外，他是重要的民俗学家、民歌研究者、教育家、作家。他在历史亚美尼亚范围内进行过两次大范围游历以及其他小游历，采集了大批亚美尼亚民俗学第一手材料，其中最闻名的自然是首次报道民间史诗《萨逊的大卫》。种族灭绝之后，他在西亚美尼亚采集的材料大部分已成绝响。不过他的诗歌出名的只有入选本书的这一首，出自他所作的话剧剧本《沙瓦尔尚的百合》。

阿瓦莱尔英雄哀歌

释：原文仅题作《哀歌》，现在这个题目是英译者增补的。鉴于诗歌涉及的历史背景在前言中没有足够篇幅解释，所以将这个并非原题的题目补在诗前，并加注解释。

亚美尼亚自从希腊化时代开始，各大贵族世家的势力就非常强大，大贵族构成统治阶级的最重要力量。安息王朝时期，国王与贵族势力的斗争从未停止。公元四二八年，应亚美尼亚贵族请求，宗主国萨珊波斯废黜亚美尼亚安息王室。原波斯藩属亚美尼亚王国全境成了萨珊帝国一个最大最重要的边境行省。此时，以祆教为国教的萨珊波斯允许亚美尼亚人继续信仰基督教。但后任萨珊皇帝伊嗣俟二世（四三九年至四五七年在位）对亚美尼亚教会主要接受希腊罗马影响不放心。伊嗣俟试图使亚美尼亚人改信受波斯人信任的基督教聂斯脱利派，即景教，或改信祆教；但和平手段并未奏效，于是在公元四四九年下诏强迫亚美尼亚人改宗祆教，并试图以武力推行。亚美尼亚随即爆发起义。

四五一年五月二十六日（当年的五旬节，但具体日期有争议），在亚美尼亚骑兵统帅（亚美尼亚最重要的军事统帅。按亚美尼亚的封建制度，各种官位几乎都是由大贵族家族世袭的，这个就是马米科尼扬家族的世袭职务）大贵族瓦尔丹·马米科尼扬的率领下，六万多出身各异、训练水平不一的亚美尼亚军队在阿瓦莱尔（今伊朗最西北角马库城东南）大战精华尽出的二十余万波斯军。结果是亚美尼亚军队取得先机，但最终惨败，主帅瓦尔丹·马米科尼扬等大批将领阵亡。但这一战也使波斯军队损失惨重，伊嗣俟迫于内外形势，不得不暂时放弃武力改宗企图。四八四年，继续奋战了三十多年的亚美尼亚人在瓦尔丹的侄子瓦汉·马米科尼扬率领下，终于保证了自己宗教不受波斯干涉。

阿瓦莱尔之战作为亚美尼亚重要历史事件，被亚美尼亚人视为自己在道义上的胜利，在教俗两界均受到高度重视。瓦尔丹·马米科尼扬由亚美尼亚教会封圣。民族主义兴起以来，相关事件人物也多被用来作为亚美尼亚民族主义、爱国主义，乃至苏联时代苏维埃爱国主义的标志和号召。关于这一事件在文学上最重要最著名的作品，大概是著名作家迭雷尼克·迭米尔强（一八七七年至一九五六年）于一九四三年苏联卫国战争期间创作发表的长篇历史小说《瓦尔丹南克》（或可意译为《瓦尔丹义师》）。

如果戈赫坦的里拉琴

对故乡的加冕者寂静，

请让不死的灵魂从天而降，

为亚美尼亚人的勇士们加冕。

马西斯山巅使多少天使

成军地从天上来，

上帝降临亚美尼亚

嗅到了亚美尼亚人的血。

逃走吧，群云，从沙瓦尔尚[1]，

也不要放出你们的光芒。

沙瓦尔尚被浸润了，

被亚美尼亚勇士们的血。

而这原野中没有草，没有玫瑰

在发芽，在生长，

而是瓦尔丹倒在了地上

神圣的信仰将要开花。

勇敢的雕塑家叶吉谢[2]

手握着笔来到了阿尔塔兹[3]，

从丈量，从形式，从文字，从旗帜，

生，死，瓦尔丹义师的信仰。

---

1 沙瓦尔尚：历史亚美尼亚地名，位于今伊朗西北角马库。

2 叶吉谢：《记瓦尔丹与亚美尼亚战史》一书的作者。按书中第一人称口吻
  叙述，他是瓦尔丹之战的同时代人。但有关他的史料几乎不存在。现代有
  历史学家认为此书应是后世作品。

3 阿尔塔兹：沙瓦尔尚的别名。

啊，瓦尔丹之名值得
马西斯停下做墓碑，
众修道院十字架在拱顶
福音的神圣殿堂。

发光吧，太阳，你的光线
在迦勒底的群山，在昏暗的角落，
那里倒下了勇敢的赫马亚克[1]，
那里躺下了烈士。

月亮，月亮，用你不眠的眼睛，
保护亚美尼亚人的忠骨吧，
并用五月的欢乐的光芒
照在他们的墓穴上吧。

亚美尼亚的鹰隼们
和白鹳，坚定的客人，
你们警卫这世界吧，
继承亚美尼亚人的房屋吧。

你们要坐在灰烬上，
用废墟建起巢，
而燕子来了又去
直到亚美尼亚人的春天来到。

---

1 赫马亚克：瓦尔丹·马米科尼扬的兄弟，与他一起战死。他是瓦汉·马米
  科尼扬的父亲。但这样一来，上一行的"迦勒底"反而不好解释，所以此
  处存疑。

加扎洛斯·阿加扬
（一八四〇年至一九一一年）

生于博尔尼西·哈钦村（位于今格鲁吉亚的博尔尼西区），从事过作曲、编辑、教师等行业。一八八五年被沙俄当局怀疑参加了亚美尼亚革命政党而逮捕并流放，一九〇〇年回到梯弗里斯并终老于此。他一生中写作过小说、诗歌、儿童文学，有大量作品以亚美尼亚古代或民间故事为本。他还是上个世纪之交时最重要的亚美尼亚文学团体"顶楼"的终身成员之一。

纳斯尔丁和加一天希望……

纳斯尔丁和加[1]一天希望
欺骗并嘲笑无罪的群众，
"知道吗？"他说，"某座城堡下
发现了一座古代的宝藏。"

"那么我们就靠近那山石，
你们将看到，沙子一般散
落的金子银子，各色宝石，
还有其他各种饰物成堆。"

听了这些，无论大人小孩，
一个个拿起麻袋开始跑，
还有人骑马，还有人套车，
想从不竭宝藏里捞大份。

当和加看到人民奔跑时，
产生了怀疑，大大地吃惊，

1　纳斯尔丁和加：纳斯尔丁是人名，此人是中西亚地区最常见的机智人物故事主人公，也即阿凡提，有真实历史人物为原型。"和加"即"和卓"，本词为波斯语，本义是"贵人"，旧时是所有以波斯语为雅文学语言的所谓"波斯化地区"都常见的对男子的尊称，但不同地方含义不同。它在伊朗逐渐变成对宦官的尊称。而在伊朗以西，主要是土耳其，这个词则转意为"老师"。至于中亚乃至新疆，在伊斯兰教一些苏非派别中，它成了首领的尊称；但这些派别之外，也可以用来尊称一定的世俗人物。所以纳斯尔丁这个机智人物，在土耳其的最常见叫法是"纳斯尔丁和加"，在伊朗、阿塞拜疆是"毛拉纳斯尔丁"，在中亚则经常只叫作"阿凡提"。"阿凡提"是土耳其语中的希腊语借词，也是对人的尊称，今意为"先生"。

"明显我说的是真的，"——他说——

"所以没脑子的人们才跑。"

他自己也很快拿个口袋

跟着他骗了的人们开跑。

一八八六年

记 忆

燕子造了一个巢，
一边造，一边唱，
每个粘上的碎片，
都记得上一个巢。

它造好了一次巢，
就要修补很多次，
但这次回来时候，
找到的巢已毁坏。

现在它重造了巢，
一边造，一边唱，
每个粘上的碎片，
都记得上一个巢。

它记得过去一年，
对它养大的雏鸟
在它们路上下手
的那嗜血的敌人。

但它再次造了巢，
一边造，一边唱，
每个粘上的碎片，
都记得上一个巢。

一八八六年

森巴特·沙哈齐兹
（一八四○年至一九○七年）

生于阿什塔拉克[1]，受教于莫斯科拉扎列夫学院，毕业后一直于母校任教，直到退休。十九世纪八十年代他发表了两部诗集，此后几乎再未发表诗歌作品。他最著名的学生之一就是著名浪漫主义诗人霍万内斯·霍万尼相。

---

1 阿什塔拉克：今亚美尼亚阿什塔拉克省省会。

梦[1]

我听到一个甜美的声音，
它在我年迈的母亲身边，
闪耀着欢乐的光芒，
但是可惜！它不过是个梦。

那里私语着流过的泉水
仿佛翻转着珍珠，
它清澈得如同水晶一般，
但那不过是个虚幻的梦。

而母亲一般的悲伤旋律
让我记起了童年的日子，
我感觉到了母亲的亲吻，
唉！可惜，它不过是个梦。

它满怀思念，压着我胸口，
洁净了我的眼，湿润盈眶，
但我的眼泪已经流去了，
唉！为什么那只是个梦！

一八六四年

1　选自其长诗《列文的痛苦》。是长诗中最著名的选段，后被谱曲传唱。

吉万尼
（一八四六年至一九〇九年）

　　本名塞洛夫贝·列文尼扬，生于阿哈尔卡加克[1]地区的卡尔扎赫村。早年学习了游吟诗人的技艺，后先到梯弗里斯，一八六八年再赴亚历山德拉波尔[2]居住。其间他广泛游历了亚美尼亚高原及相邻地区。一八九八年返回梯弗里斯定居并终老于此。他可以创作传统风格的词曲，但更多的作品含有自由、启蒙等时代话题，而且用尽量纯粹的亚美尼亚语创作。他是亚美尼亚现代史上最杰出的游吟诗人。

1　阿哈尔卡加克：今格鲁吉亚阿哈尔卡拉其。
2　亚历山德拉波尔：今亚美尼亚第二大城市，希拉克省省会久姆里，苏联时期称列宁纳坎。

鹤

鹤啊，如你去我们的地方，
感念神，给生我之地带好。
它的土和灰，都值得赞叹，
给天赐的神圣故乡带好。

故乡的空气和水多甜美，
土地各种美好，收获丰沛。
从前丰饶，现却成了沙海，
给那可悲叹的废墟带好。

流浪者没有一秒的平静，
几乎既非死人又非活人。
鹤啊，如果你到亚美尼亚，
请在那里停几天，带个好。

请到我们群湖四周漫步，
看看亚美尼亚废墟惨图。
给古今的所有烈士英魂，
给捐躯者们的青冢带好。

一九〇〇年

来了又去

多舛的日子冬天般来了又去，
不要绝望，它总有头，来了又去，
人身上苦涩的伤口不会长留，
如顾客般，一队一队，来了又去。

各族头上的考验，迫害和压逼，
如路上的驼队一般，来了又去，
世界是特别的园地，人们是花，
紫罗兰，玫瑰，忘忧草，来了又去。

勿任有力者吹嘘，无力者不幸，
变化有种种的通路，来了又去，
太阳毫无惧怕地放射出光辉，
云彩向着祈祷之所，来了又去。

大地如母亲般爱抚饱学子嗣，
无教育的种族流浪，来了又去，
世界是旅舍，吉万啊，人是过客，
这样是自然的法则，来了又去。

一八九二年

贝德洛斯·图里扬

（一八五一年至一八七二年）

　　本名贝德洛斯·曾巴扬。生于君士坦丁堡。毕业后从事戏剧与新闻，但因肺病而早逝。近代亚美尼亚文学史上，颇有几位和他一样命运的天才文学人物。其文学才华的最高体现，是他在生命最后几年写就的少量抒情诗。

她[1]

若春的玫瑰
不是处女的
双颊的模范，
谁尊敬它呢？

空灵的蓝色
若不似处女
双眼，谁又要
凝视天空呢？

若没有处女
可爱又无瑕，
诸天的上帝
男人何方求？

一八七〇年

1　她：亚美尼亚语的人称代词本来不分阴阳性。不过从古代翻译希腊文作品
　　开始，语法学家仿效希腊文，生造了一个第三人称单数阴性代词。但一般
　　只存在于古代翻译作品里，文学作品中也极少见，图里扬就是仅有几例的
　　创造者之一。这里选取的作品凡译文出现"她"时，原文基本都使用了这
　　个代词。

去　爱

一群目光，一捧微笑，
一坩埚的言语，诱惑了我的心。

我希望过寂静地独处，
爱花开，丛簇的隐蔽处，
爱蓝天的闪电，
早晨的露水，晚上的雾岚，
读我命运的黑线，
沉思，沉潜，沉迷谎言。

哦，一束秀发，一座伊甸园的气息，
一条裙子在我周围沙沙响。

我希望孤孤单单
与清澈的溪流同心，
它没有与记忆一起，
我寻找一颗心，直到潜入河底，
我找到我在那里，苍白，清晰
它有个秘密——那无数的波浪。

我听到了些微心的狂跳，
窃语着——你想要心吗？来我这里。

我希望爱温和的西风，
它从天上片片飞来，
它从来不爱伤害，

一个灵魂，其秘密是香气，

知道爱抚无数的梦，

使穷人记起天的香气。

哦，一捧火焰对我嘶嘶细语，

——你希望崇拜一个无瑕的灵魂吗？

我希望带着一把里拉琴，

独爱这里，这苍白的地方，

只崇拜这里，只拥抱里拉琴，

认识爱者的本质，

按我的口味调弦，

并像爱者一样同心。

她轻柔地靠近了，说

——你的里拉琴是寒冷的心，而你的爱是痛。

我的灵魂迷失地振翅，

它认识她，美与火，

她的心纯净，如同溪流，

无罪，如同苍白的微风，

忠诚如同里拉琴，

拒绝生命的孤独。

一群目光，一捧微笑，

一坩埚的言语，诱惑了我的心。

一八七一年

去拒绝

一捧皱纹，一群闪电，
一个地狱，用诅咒伤了我的小灵魂。

我希望过崇拜她，
爱她的微笑，无际的花开，
爱黑眼的群星
和那沉思，那从黑暗
到光明的额头，是那朵云
描画着她月亮般的脸。

一个夜晚，一声悲伤，无底的叹息，
搅动了她的灵魂和胸脯。

我希望过永在她身旁，
听她的心跳，
呼吸，饮她的灵魂，
并只感受她雪样放光的
后颈上一圈一圈
散开的秀发的波浪起伏。

我听到过一片悲伤的海洋，
"你在烦扰我——"它对我私语。

我希望过是一把里拉琴
在她手下喘息，
深深地羡慕她的灵魂

成为一张被轻轻摇动的图像，

忘掉我，只沉思她，

点燃一个梦的一线光。

一朵雨云呵斥动摇了我的灵魂，

它叫喊："你不能爱我！"

我的心徒劳地第一次吐烟，

那颗心将对沙漠散发香气，

我指给她我褪色的额头，

我的胸脯成了空洞，我眼上的白翳，

我的双唇徒劳地颤抖，

将自己对我的爱清晰地私语。

她远离了我，说，

"——我爱够了你，保重。"

我的沉思的云发出了雷鸣，

电击了我的灵魂，

我的梦为我变成了灰，

我的命运从上方大笑，

有一个洞，没有嘲笑我，

这寂静的洞是我的坟墓……

一捧皱纹，一群闪电，

一个地狱，用诅咒伤了我的小灵魂。

一八七一年

小　湖

小湖，为什么他们都傻了，
你的小波浪也不跳跃了？
会不会是，在你镜中带着渴望
的一个美人在凝视？

或者会不会是它们，你的小波浪，
被天的蓝色魅惑了？
还有那些光线开花的云
好似你的泡沫的？

我青郁的小湖，
和你一起我们亲近，
让我爱，也如你
被吸引，沉寂并沉思。

你有多少波浪，
我额头就有那么多思虑，
你有多少泡沫，
我心中就有那千万计的伤。

或者如果你的胸口也被
天上群星结团落下，
你也不能像我的灵魂，
那是无际的火焰。

那里群星不死，

那里花丛不败，

那里云朵不湿，

当你和空气和平时。

小湖，你是王后，

因为你若也因风起皱，

再一次在你深处起了纷扰，

因为你要用颤抖留住我。

很多人拒绝了我，

"你只有一把里拉琴。"——他们说，

一个道："它在颤抖，你面无人色。"——

另一个也说："他要死了。"

没一个人说——"可怜的小伙子，

你为什么会起烟呢？

也许有个漂亮姑娘，

如果我爱，他就不会死。"

没一个人说——"我们撕碎了

这个小伙子哀伤的心，

我们看看什么留在那里了……"

——那里有大火，而不是书卷。

那里有灰……记忆……

让你的小波浪激动起来吧，小湖，

因为看来，在你深处

有一种带着渴望的失望。

一八七一年

和她在一起

我从她那里获得了一个吻，
一个无际的爱之吻，
当红色的光芒熄灭在
地平线之上时。

我的手被放到她那胸口，
爱的一重天起了雷鸣，
我玷污了她的怀抱，因为
一个无际，苍白的吻。

她让我坐在她旁边
绿色的地毯上，
最后的一束光正照在
她的脸上。

我支吾了……发抖了……
获得了无数的吻，
"咱们说吧"，她说——哦，说，
浪费了，仅仅为了我。

当她眼中的火焰熄灭，
当她的心的狂跳停止，
只有那时才有必要，
无力的嘴唇张开说话。

火的地平线熄灭了，
天空中展开了群星，
我再次获得了一个吻，
以散开的群星的名义。

她自由散开了她的秀发
微风把它们向着我带来
永远带火地吹拂着
我的额头，带着凉爽的香气。

哦，那镀金的一小时
无疑地流走了，飞走了，
由她无情的命运的
铁质的黑手中。

我们的吻用沙沙作响
保住了树叶，
而群星从那无云的天空
给了光线以光辉。

我们抬手对着群星，
互相缔结了爱的约定，
群星也颤抖了，
因为我们可怕的誓言。

天听见了我们热烈的约定，
群星为爱而散开，

大自然成了加冕官[1]，

为我们用群星加冕……

一八七一年

1　加冕官：指婚礼中给新人戴上冠冕的傧相。

低　语

哦……保重吧，**上帝**与太阳，

你们照耀在我的灵魂之上……

我也走去给诸天增加一颗星星，

群星是什么？如果不是无瑕的话；

还有不幸的灵魂们的悲哀的诅咒，

飞去燃烧天空的额头的？

还有对**上帝**来说，雷霆的根本，

增加他的火的武器和装饰……

还有，哦，我说什么？……雷霆劈了我吧。

上帝，巨大的沉思粉碎了我的原子，

而天的深处大胆的伸展，激情迸发，

登上群星的乏味的阶梯，

问候你，**上帝**颤抖的存在，

光芒，花开，波浪与音节，

你，我额头的玫瑰，我眼里的火焰，

根除了我唇上的振动，我灵魂的翱翔，

给了我的眼睛以云，给了我的心以喘息，

他们说，在死亡的门口，你将向我微笑，

无疑你给我组织了一条后世的生命，

无际光线，香气，祈祷的一条生命，

然而我最后的气息将失去

在这里哑而无私语的暗雾中，

从现在起，让我成为一道苍白的雷霆，

为你的名字而翻腾，不停地呻吟，

让我成为你身旁的一道诅咒而迷失，

让我称你"善妒的**神**"。

哦，我颤抖，我失色，失色，

我里面的泡沫形同一个地狱……

我在黑松林中呻吟出一声叹息，

将要落下的一片秋季的干叶……

哦，给我火花吧，给火花吧，我要活着，

什么？梦结束后拥抱寒冷的坟墓？

这命运多么黑暗，**上帝**，

是否用坟墓的沉淀划线了？

哦，给我的灵魂一滴火吧，

我仍然希望爱和活下去和活下去，

天上的群星，你们落到我的灵魂里吧，

把火花，生命，给你们多舛的恋人吧，

春天，我苍白的额头上没有一朵玫瑰，

天上的光不给我一个微笑。

夜晚永远是我的棺材，群星是火炬，

月亮总在哭泣，要寻找深渊。

他们是人，没有一个哭泣者，

为了他，**他**放置了那个月亮，

而濒死之人也希望两件事，

先是他的生命，后是一个为他哭泣的人。

群星徒劳地给我写了"爱"。

而夜莺徒劳地教了我"去爱"。

微风徒劳地鼓舞我"爱"，

而清澈的波浪指示了年轻的我，

灌木丛徒劳地在我周围沉寂，

秘密的叶子永远不呼吸，

它们不惊扰我崇高的梦，

允许我永远梦到她，

而群花，春天的群芳徒劳地

永远熏香着我深思的祭坛……

哦，它们所有都嘲笑了我……

世界也已是**上帝**的嘲笑……

一八七一年

悔 恨

（一天结束时）

昨天当我在冷汗中

睡着一个黑觉，

且一对枯萎的玫瑰

燃烧着我的双颊的时候，

无疑我的额头上

闪烁着一种死亡的苍白，

且我有一次死亡的飞翔，

我听见了我母亲的叹息……

除了我疲惫的眼睛，

我看到了我母亲的眼泪……

哦，真实的喜爱

谎言与虚假的珍珠……

我母亲有一种无际的痛，

那黑色的痛就是我……

啊，我的头晕了……

这黑色的洪水涌了出来……

哦，原谅我吧，我的上帝，

我看到了我母亲的眼泪！

一八七一年

我的痛

带着神圣的渴望，孤独地渴，

发现许多泉水枯干，

在花的年龄枯萎，

哦，那么多的痛不是为我准备的。

用一个热吻尚未点燃

我这苍白的冷额，

休息在泥土做的枕上，

哦，那么多的痛不是为我准备的。

尚未拥抱过的存在——一捧

用微笑，用美，用火编织在一起的花环，

拥抱了这寒冷的土块，

哦，那么多的痛不是为我准备的。

用甜梦受胎的一觉

没有平抚我被风雨击打的头，

睡在泥土做的被子下面，

哦，那么多的痛不是为我准备的。

穿上坟墓的烟炱——名字，

吮咂着它的渣滓——如空气般永恒，

同时永远痛楚，

哦，那么多的痛不是为我准备的。

可怜的人类的一根枯枝，

我有一个不幸的故乡，

帮不了它不起眼的死亡，

哦，那么多的痛是为我准备的。

一八七一年

我的死

如果苍白的死亡天使
带着一个无际的微笑下降到我面前……
我的痛和灵魂蒸发了，
你们就知道，我还活着。

如果在我的枕头上，我的脸像
一团蜡，瘦弱而惨白，
哦，闪着冷光，
你们就知道，我还活着。

如果以我鎏满泪水的额头
将我在冷如石头般的绷带里
卷起，放入黑色棺材，
你们就知道，我还活着。

如果不幸的哒哒声响起，
死亡的恶意的振动的笑，
哑口迈步，作为我的棺材，
你们就知道，我还活着。

如果那唱挽歌的人们
有着黑而粗峻的脸的，
播撒起了香料和祈祷，
你们就知道，我还活着。

如果人们夯实我的坟土，

并且我爱的人们
带着呻吟从哀悼中分别，
你们就知道，我永远活着。

但是如果我仍然是没有标志的
大地角落里的一个土块，
连对我的记忆都凋谢了，
啊，那时我就死了……

一八七一年

他们在说什么？

他们对我说——为什么你寂静了？——
哦，晨光，燃烧起来的，
有词或者言语吗？
因为那也是无际的，像我一样。

他们对我说——你总是悲伤的——
我不这样还能怎样？我头上的群星
一颗接一颗地摇摆颠簸……
一道晨光尚未从我心中走去。

他们对我说——你没有火热，
你像一个小湖一样死去了，
你的脸和样子都苍白的——
哦，我的泡沫在湖底。

我对我说——你的时辰到了，
马上去你的第二个黑色母亲那里吧，
坟墓，那里你马上要找到
玫瑰，摇摆，翱翔和群星……

一八七一年

叶吉亚·戴米尔济巴相

（一八五一年至一九〇八年）

生于君士坦丁堡，除了在马赛留学并供职几年以外，一生都在出生地度过。他是西亚美尼亚象征主义代表人物之一。一九〇八年因为肺病日趋加重，心态悲观最终导致自杀。

兀鹫之歌

一只黑色的大鸟，像乌云一般，
大，在我黑发的头上永远盘旋。
它是我的主保天使，但是黑的，
如黑夜，如黑色地狱，它是黑的。

一只形象可怕的黑鸟，宽翅膀，
鸟喙长，而不祥恶毒似魔鬼样，
在我头上，在我头上成圈翱翔，
我的个体消逝，难道已经死了？

在其翅膀下，一个白点不出现，
它本身黑色，从羽毛流出灾难，
爪子黑且锐，如无光锋利匕首，
对我而言，它嚎叫着，如同饿狗。

展开宽翼，于是遮住我的光线，
天色阴沉，地则是广阔的牢监，
一切都在这影中，天与地与风，
这鸟甚至给我挡住雪和雷霆。

我看不见我苍白的脸，而且，
乃至我不能目睹处女的笑脸。
群星黑的，湖是黑的，百合黑的，
什么声音？黑鸟嚎叫，像狗一般。

我仿佛在无底深渊边缘站立，

执念的鸟仿佛嗅着我的冷尸，

我，唉，仿佛妖怪们在与鸟争论，

"走开！这具肉身终是属于我们！"

然而那鸟有力，无情，狠烈残暴，

黑色大鸟，呻吟抗议俱是无效，

它翼下有死亡之吻，黑色，无底，

我活了十年，死之钟无声地嘀。

一个晴朗夜晚在摩达岩[1]上面，

十年前，在未闻之役中，唉，败战。

敌人对我来了，它叫**物质**，说着，

吼着，"生命，光荣，爱，都是虚空的！"

我还年轻，为爱所燃，充满希望，

对敌作战角力，"喂！冲上来啊！上！

我的灵魂，驱逐魔鬼！把它战胜！"

我喊了，无用。我知道那只是空。

那时起我的太阳和欢乐渐无，

而**物质**指给我并喊着，"我是主，

只有我才永久统治这个宇宙。"

而从波涛深处，甜美声音涌出……

物质，涅槃，使我迷失在那一夜，

上帝睡了，而我灵魂也将耗竭，

我看见月上小黑斑，不寻常的，

它变大，靠近我，我越发恐慌了。

1　摩达岩：今伊斯坦布尔亚洲一侧海滨景点。

我死了，食腐兀鹫就是那黑斑，
它离开那发光的尸体，月亮，反¹
向朝我飞来了，狂喜，嗅闻，舔舐
我的裸胸，那里有基督，被钉死。

在那悲剧般黑鸟的翅膀之下
我绕地而行，我主保天使是它，
我胸上再无十字，此后也再没有
神圣信仰。我是具尸体，到永久。

如月亮般——我看，无论消减发福——
我都是具尸体，走向那双黑翼，
给它我丑陋的肉，如幼童交差，
且永远颤抖，每当听到那声**爱**。

那黑鸟吞噬着我，当我还活着，
救救我！我不能面对这痛苦了！
啊，我还没死透，因为……我还在**爱**，
我非死尸，但……全都叫我**敌基督**！

啊，黑鸟，已十多年了，还不够吗？
我的肉体，唉，它总吞不到头吗？
啊，黑的鸟，啊，黑的天，啊，黑的地，
够了，到时了，我要做一捧灰……

一八八四年

1　这首诗原文第二行的最后一个字，语意上与第三行相连，但又与第一行押
　韵。译者在此尽量保留了这个特点。

扎贝尔·阿萨杜尔（西比尔）

（一八六三年至一九三四年）

　　本姓汉吉扬，笔名有西比尔、阿娜希特等。生于君士坦丁堡，很早开始写作，是亚美尼亚近现代文学史上最早的女诗人之一。主要工作是推进女子教育，再婚后与第二任丈夫赫兰特·阿萨杜尔一起致力于编辑课本与文学读本。

精美的梦

层云之上，群星之上，生命之上，
我梦到一座神性的宫殿，
我希望宽阔清澈的海将它围绕，
而自由成为它门下的槛。

它的拱顶不是金的，不是银的，
但白白的梦抓住了它，
梦的花从投射光芒的笑
到达了快乐的一道光。

那里存在没有稳定的形式，
它们的躯体是光芒、香气和光晕，
永远在改变，正如夜晚的太阳
在云中，如丁香、玫瑰，带红抹绿。

心是水晶质的巨大灯塔，
情感自由惬意地生活，
每片唇都重复着歌、爱、诗歌，
没有小的，没有丑的和秘密的。

而爱是宫殿中的女神，
带着普遍各处的绫罗的一种羡慕的
灵魂展开，环绕起来
像丝绸一样堆满花的香炉。

真理赤裸，神圣，清明，无限，

美总有早晨，火焰和花开，
用鸽子宽而慵懒的雪白双翅
不可言说的善向那里翱翔。

它们的崇拜，不可变更的奇迹
是众灵魂的冕和桂冠，
而大爱的火堆中的焰光
燃烧着，燃烧着，但绝不熔化。

霍万内斯·霍万尼相
(一八六四年至一九二九年)

生于瓦加尔沙帕特[1]。一八七七年赴莫斯科深造，先入拉扎列夫学院，教师之一是著名诗人森巴特·沙哈齐兹，并在校报上开始发表诗歌。一八八四年入莫斯科大学，一八八七年出版第一本诗集，声名鹊起。一八八九年回到家乡任教，一九〇八年出版第二本诗集，一九一七年出版第三本诗集，红色政权建立后于埃里温退休终老。他是东亚美尼亚浪漫主义诗歌承前启后的代表人物。

1　瓦加尔沙帕特：阿拉拉特河谷城市，亚美尼亚古都，亚美尼亚使徒教会总部埃奇米亚津位于市内。历史上埃奇米亚津只是教会总部所在地的称呼，有如梵蒂冈；苏联时代为"破除宗教神圣观念"，将世俗城市和教会总部统称埃奇米亚津市，仅保留了瓦加尔沙帕特区。

致加马尔·卡提帕

他用有力、迷人的笔，
打开了亚美尼亚人的灵魂，
又用动心、自由的歌，
为我们准备了喜悦和哭泣。

就让他大胆的旋律
在今天发出声来吧，
让好汉的声音震响
亚美尼亚人的全境。

而那生动燃情的布道，
讲着不计利的爱，神圣的事工，
正如丰沛的河流，
让它延展到每个地方吧。

让他那清晰而不可腐蚀的言语
给日常的孱弱以力量吧，
勇士要分配不会减少的，光明的
信仰，热情与能量。

一八八六年三月三十日

新　春

等你的没有了，
你要来哪儿啊，春天？
赞你的没有了，
你白来了啊，春天。

黑暗包围了世界，
山和谷都变了血，
这年给我们带来了哀叹，
你要来哪儿啊，春天？

夜莺来了，让它唱吧，
谁必须让你笑呢？
又是哪颗心将激动呢？
你白来了啊，春天。

夜莺来了，没有玫瑰，
花丛还在，没有玫瑰，
而还有谁没有痛呢？——
你要来哪儿啊，春天？

你带回了鸟群，
但它们怎样做窝呢？
我们没有净土了，
你白来了啊，春天。

吟游诗人的口闭上了，

萨兹—卡曼恰也封住了，
心在无火地燃烧——
你要来哪儿啊，春天？

等你的没有了，
你白来了啊，春天。
赞你的没有了——
你来哪里啊，春天？

阿拉斯河来了……

阿拉斯河来了，携着波涛，
拍打着岩石与河岸，
我要把痛苦埋在哪里，
它才不打我枯竭的头？

哎！我的阿拉斯，你的水丰沛地流，
你可曾看到我可爱的恋人？
我没有实现我的梦，
阿拉斯！你可曾有过我的想念？

云朵落在马西斯山头，
我仍然想念我的恋人，
看在上帝分上，你明年
给我烧过的心一个答复吧。

无眠的夜里我将写信，
我的泪水将涌流成河，
阿拉斯！晨光没有给你的河水镀金，
我将给你带来我黑色的痛苦。

好似光线落到石头上，
火落到了我的心头上，
由如弓的眉毛，黑色的眼睛，
痛苦落到了我年轻的生命上。

阿拉斯河来了，携着波涛，

拍打着岩石与河岸，

我要把痛苦埋在哪里，

它才不打我枯竭的头？

一八八七年

命运如铁匠

碰撞激荡，惊雷回响，
　　巨大的闪电，
　　杏黄的火焰……
血包围了天与地，
世界是铁铺，而命运即铁匠，
以粗大、坚牢、固执的臂膀
用死亡的狂热，盲目的命运铁匠
举铁锤敲击着铁砧，一下又一下。
还有冒烟的熔炉，如火焰升腾的地狱
日夜不停地喷射出
锻造的白热的可怕的铁。
　　他来来去去
　　敲打着铁砧
命运自己的铁锤，冷漠地敲打
在宇宙这铁砧上，
既撞击着，又创造着生命
在永不满足的铁铺炽热的胸中。
诸族在死去，而其他死亡的民族
又再一次获得新生，
盲目的命运铁匠用巨大
不可摧毁的臂膀抓住铁锤
　　敲击，敲击，
　　硬化着生命。
血的洪流经过的天与地，
消灭着生命，唉！无能者们——

以死亡的狂热，一下又一下，

盲目的铁匠敲打着自己的锤。

一九一七年二月五日

亚历山大·扎图良

（一八六五年至一九一七年）

生于扎卡塔拉[1]。一八八一年父母双亡后，迁居梯弗里斯；一八八八年迁居莫斯科，从事文学创作、翻译、编辑等工作。后健康不断恶化，于一九一七年抵达梯弗里斯不久后去世。

1　扎卡塔拉：位于今阿塞拜疆西北角。

不要哭了，夜莺

不要哭了，夜莺，不要担心
　　不义的暴风雨
将可爱的玫瑰，红色的玫瑰
　　从花丛上拔下，带走……

日子将过去，而将重来
　　一个带来玫瑰的新春，
并且，忘记你旧的苦痛，
　　你将再次歌唱玫瑰的爱。

但是，唉！生活的这个可怜的歌手，
　　早先就成了孤儿，
它那可爱、健谈的玫瑰，
　　它已交给了冰冷的土地。

为了歌手，春天不再来，
　　以免它爱上新的玫瑰，
它必须哭泣，必须哀痛，
　　直到永远沉默……

　　　　　　　　　　　　　　一八九三年

哈科布·哈科比扬

（一八六六年至一九三七年）

生于亚历山德拉波尔，一八八六年因无钱而辍学赴梯弗里斯，先后在梯弗里斯和巴库从事过多种行业。一八九三年定居梯弗里斯，一九〇一年开始任梯弗里斯商业银行总会计师，一九〇四年加入俄国社会民主工党。一九二一年格鲁吉亚苏维埃政权成立后，被任命为梯弗里斯银行业人民委员。一九二二年他又建立了格鲁吉亚无产阶级作家协会亚美尼亚分会。一九三四年在全苏作协领导层任职。他被认为是亚美尼亚无产阶级文学及苏维埃文学尤其是诗歌的奠基人。

我的国度

我多么希望努力向着你
　　崇高光辉的山顶，
并拥抱你洁净积雪的胸膛，
　　我多么希望
　　高高地，高高地冲天而起，
像鹰一样骄傲地翱翔，
　　但，贞洁的群山，我还是不能
　　放弃大地，
它在虚假与黑暗中摸索，
　　无尽地忍受，
所以我选择有需要的国度——
　　被压迫，无助的，
那里痛苦与剥夺互相拥抱在一起，
　　寻找一个出口。

而你们，明亮的群星，
　　无论你们怎样魅惑，
哪怕你们的妖魅将心收入其中，
也无论你们怎样捕获我做梦的灵魂，
并将我带往你们的天界，
　　再一次，我不能，
我自愿和故乡被捆绑在一起，
永存永续的人群的哭泣，
　　痛苦和忧愁，
呼唤着我："来吧！诗人，
　　哭我们的痛苦吧，

成为我们的朋友吧。"

哦！升天是多么甜美啊。

　　忘记痛苦，疲惫，

在月光中沐浴，翱翔，

　　拥抱群星，

但无情的现实的

　　黑色幽灵

如一个残酷的魔鬼，

像是化身成了叛逆的火焰，

　　发布着命令，

——从梦幻的天上席位下去吧，

　　去接近生活，

你对它有歌，有伤要受。

于是我必须下去……逃离人群

　　困难啊，困难，

我的灵魂在其中被铸造，

我的神经与它的神经捆在了一起，

　　一条另外的道路

并不存在，永远，对我而言，

而无论你们的妖魅有多么魅惑，

　　天空和群星，

还有一个充满汗水，有需要的国度

　　被压迫，无助的，

　　我选择它，

那里痛苦与剥夺互相拥抱在一起，

　　寻找一个出口。

　　　　　　　　　　一九〇五年

霍万内斯·图曼尼扬
（一八六九年至一九二三年）

　　生于今亚美尼亚洛里省的德赛赫村。自求学时起定居梯弗里斯，后成为梯弗里斯乃至外高加索亚美尼亚社区的重要领导人。创作上起先学习霍万内斯·霍万尼相等人的浪漫主义，后接受现实主义。是上个世纪之交时最重要的亚美尼亚文学团体"顶楼"创建者之一。一八九〇年出版第一部诗集。一九一二年创建亚美尼亚作家协会，并任主席直至一九二一年。由于其社会活动，曾两度被沙俄当局监禁。一九〇八年至一九〇九年，他和其他亚美尼亚、阿塞拜疆著名人士一同为结束外高加索的两族冲突、弥合分歧、修补创伤而奔走。一九一五年又是他出面组织救济躲避种族灭绝而从奥斯曼帝国逃到俄国境内的亚美尼亚难民。一九一八年时，他曾经出面试图调停格鲁吉亚和亚美尼亚之间的军事冲突。一九二〇年至一九二一年，他担任亚美尼亚救济委员会主席。他使用家乡的洛里方言进行创作，格言是"向自然，向人民，亚美尼亚作家们"，享有"全亚美尼亚诗人"的美名。除诗歌、故事、短篇小说创作外，在亚美尼亚人的整个文化领域都多有贡献。比如萨亚特·诺瓦的相关资料，有大量就是赖他搜集而免于失传的。一九二三年逝世于莫斯科。

四行诗选[1]

过去了……
我的日子飞走了，过去了，
带着唉声与叹气，带着痛苦
吃掉了我的心，过去了。

一八九〇年

*　*　*　*　*　*　*　*

结束了……
我的生命熄灭了，结束了，
做了多少希望，成空了，
多少的欢愉，到头是痛。

一八九〇年

*　*　*　*　*　*　*　*

两世纪之间，
两块石之间，
我已厌其间
新朋和旧痛。

一九一七年一月十五日

1　中古以来，亚美尼亚的四行诗也处于波斯鲁拜的影响下。

我的痛苦是海，深而无岸，
充满了数以千计的水源，
而我的脾气用爱充满了，
我的夜晚，则用群星充满。

一九一七年二月九日

* * * * * * *

这旧世界，每天
新进来人成千，
千年事工尝试
每天重新开始。

一九一七年十一月十一日

* * * * * * *

我白白逃跑，欺骗自己，
上千道绳索捆绑着我，
我和每个人一起生活，
按每个人的分量烦恼。

一九一七年十一月十二日

* * * * * * *

谁知道我们落到哪里？
谁知道我们做客几天？
当爱与心都没有时候，
我们落向火，落向徒然。

一九一七年十一月三十日

我看过了多少痛苦？
我看过了欺诈背叛，
受人摆布，原谅与爱——
我看过了有好有坏。

　　　　　　　　　　一九一七年十二月二十四日

　　　＊　　＊　　＊　　＊　　＊　　＊　　＊　　＊

我被多少只手点燃过，
我已经变成燃烧和火，
我变成了火，放出了光，
因为放光，我已被耗光。

　　　　　　　　　　一九一七年十二月二十四日

　　　＊　　＊　　＊　　＊　　＊　　＊　　＊　　＊

我的灵魂在对谁微笑呢？
对恶，对善——对所有，每一样，
它给我的整个生命以光，
还有我那条模糊的路上。

　　　　　　　　　　一九一八年一月四日

　　　＊　　＊　　＊　　＊　　＊　　＊　　＊　　＊

我的剑啊，在你醒着的耳朵里
永远响着一个深远的声音，
带着无际、不眠的思念
在我自己近旁将我呼喊。

　　　　　　　　　　一九一八年一月二十六日

有过一个遥远的角落，
有过儿童的正义睡眠，
在梦中有过欢乐
喜悦且和平的童年。

一九一八年二月二日

* * * * * * * *

一天我打了一只鸟，
它飞了，带伤飞走了，
我思想里它总在飞，
翅膀带血，方向迷失。

一九一八年二月二日

* * * * * * * *

两个墓穴，彼此一起，
永恒寂静，相互连接，
冷冷痛苦，并且思考，
从世界上，取了什么。

一九一八年二月四日

* * * * * * * *

云雀们在田里
颤抖着，加快着，
与我年轻灵魂一起
高天上飞，翱翔，狂喜。

一九一八年六月

他们死了，他们死了……而今

生与死已经混了起来，

我现在不明白，不理解

世界上的"存在和不存在"。

一九一九年十月八日

* * * * * * * *

你是个无闻的诗人，直到今天不为人见，

你播撒着无词之歌，用的是光明的眼神，

我也好比是幸运的，令人惊异的阅读者，

读着这些这样欢乐，而且这样深刻的歌。

一九一九年十一月

* * * * * * * *

嘿，贪婪者！嘿，贪婪者！你的思想长，你的生命短，

多少人像你一样把世间走完，在你以前，在你面前？

他们从生命中带走了什么，你就将什么一起带走，

从你这两日路程中，和平地走吧，开心地走吧。

一九一九年十一月

* * * * * * * *

睡着醒着，我的日子都有许多梦，过去了，

精细与倏忽的梦，匆匆来了，又匆匆过去了。

梦，梦想，匆匆过去了，但无一人到达了，

我的生命被轻易拿来给去的决定来了，过去了。

一九一九年十二月

我在哪个世界里事很多，我在想，这个还是那个？

在中间停下来，我思考着，不知道，这个还是那个？

上帝自己也怀疑，不理解要做什么，

拿去吧，放下吧，哪个是好的，在哪边以内？这个还是那个？

一九一九年十二月八日

*　　*　　*　　*　　*　　*　　*　　*

我丢失的，要去哪里找？

将你的地方给我，我来找，

我在这黑暗中踱着步，

找着去到你近旁的门。

一九二〇年二月四日

*　　*　　*　　*　　*　　*　　*　　*

你知道造物者什么不可言说的秘密？——

他创造了朋友，将世界上每个人互相联系，

他使得诗人孤单，孤独得像**他**一样，

以便像**他**一样盯着每个人，每条生命。

一九二〇年四月六日

*　　*　　*　　*　　*　　*　　*　　*

海亚姆对爱人说："请你的脚小心踏足土地，

谁知道你现在是否踩踏着美人明眸……"[1]

---

1 这一联诗句出自古代波斯奥马尔·海亚姆《鲁拜集》，原文作："当心，你的脚请轻轻踏下，或许美人的明眸就在那片地底。"引自张鸿年等译《波斯古代诗选》，人民文学出版社，1995年，第178页。

嘿，亲爱的！我们也小心经过吧，谁知道现在
我们是否踩踏着那美人明眸，或海亚姆带火的舌头。

一九二〇年四月六日

* * * * * * * *

这样的热望，无尽地和你在一起——和我的生命在一起，
一千个热望，在原野中孤独，和天空在一起，
但谁将提供那享受呢，我自己也感觉不到，
并且我融化了，消散了，和每个人在一起了。

一九二〇年五月十二日

* * * * * * * *

我一直每日呼吸着活的**上帝**的气息，
我每日听**他**不曾无声的呼唤和声音，
我的全听的灵魂升高又升高，
每日听着宇宙的深邃的旋律和私语。

一九二一年二月十四日

* * * * * * * *

带着充满血的灾难，带着恐怖的噪声，
西方机器和金钱的的奴隶们，
大量地从他们灵魂的荒漠中逃出
向着东方我灵魂的神圣的故乡。

一九二一年五月一日

每次当**你**从**你**给的物事里面拿走一件，

每次，当我看着，还留下多少时，

我惊异，因为，哦，慷慨啊，你又多给了我多少，

我又将多给**你**多少，我们才能重新合一呢？

一九二一年五月二日

* * * * * * * *

历经千年，千世纪，无论前后，又有什么？

我曾存在，或者，我将存在，千秋万世，又有什么？

我变换一千如此的形状，形状是暂时的游戏，

我灵魂永存，和宇宙的大灵魂一起，又有什么？

一九二一年五月三日

* * * * * * * *

你说："所以我有的只是这灰与名字了……"

当你的微笑对着我的灵魂无边地放光时，

——你有的那不长久的灰是什么，还有名字？

你是神，你无边，无名，并且要做……

一九二一年五月六日

* * * * * * * *

属于星辰的梦的滴光的世界里，

大思想的爆发的纯净的远方中，

不记得的回忆的漆黑的雾霾下，

有时仿佛我感到，我将抵达**他**身旁。

一九二一年五月十六日

古老的亚美尼亚国度高峻，而马西斯及天，

我深刻的灵魂和**他**一起，对那高处开言——

从不可及之物，从一开始，当它们尚不存在，而它也还没有，

直到不会逝去者的逝去，世纪复世纪地查考。

一九二一年五月二十一日

*　　*　　*　　*　　*　　*　　*　　*

哦，无言的**独一**，你在一生中与每个人合一，

在每一生中和不可见的血脉里，在不燃烧的火焰里，

它们是完整自由的，并在这世界中和**你**亲近，

完整的都在**你**之中，不死，无尽，他们用**你**的声音歌唱着**你**……

一九二一年八月三日

*　　*　　*　　*　　*　　*　　*　　*

我们的世纪里每一颗心都被痛苦充满过，

我们的世纪里世界被痛苦的心充满过，

我们的世纪里痛苦的国度来了，充满了

整个我开放的心，我的大心。

一九二二年六月九日

*　　*　　*　　*　　*　　*　　*　　*

源泉发着声，并且经过了，

渴者渴望着，并且经过了，

而梦幻般欢乐的源头，

诗人们呼喊着，并且经过了。

一九二二年六月九日

我的灵魂是宇宙中一个属灵的旅人，

我的灵魂比大地更短暂，与大地的光荣无缘，

它远离了并上升了，直到遥远的群星，

为了留在下面的人，它已经名实不符。

一九二二年七月八日

* * * * * * * *

我心中的痛苦，废墟那么多，

我心中无数丢失的好，那么多……

这一刻，我也记不起恶与黑暗，

当快乐的日子在我心里照耀过。

一九二二年七月十二日

* * * * * * * *

嘿！道路们，道路们，

没有回头且古老的道路们，

哪些人经过了你们，

他们去了哪儿？道路们。

一九二二年

* * * * * * * *

——存在的，是这个……你说得对，拿来你的杯！

——要走的也是这个，梦里的罪，拿来你的杯！

生命在牛拐宽的宇宙中流动，

一个活着，另一个在等，拿来你的杯！

一九二二年八月十四日

艾瓦佐夫斯基[1]画前

出现了，大洋不受阻碍的波浪，
以沉重的水流击打着上方，
积累成山一样，伴着恐怖的吼叫，
而暴雨在那里有力地呼吸，
在无际且无终的
空间里。

"你们停下！"画笔在手，
巫师般的老人，对着各种元素，
和沉默，顺从的天才之声，
昏暗的波涛，暴雨的时刻喊道，
亚麻画布上
它们就停下了。

一八九三年

---

1 伊凡·康斯坦丁诺维奇·艾瓦佐夫斯基（一八一七年至一九○○年）：或
 者按作者自己的亚美尼亚文署名称为霍万内斯·艾瓦姜，是俄国克里米亚
 著名亚美尼亚裔浪漫主义画家，尤以海景画闻名。

在亚美尼亚群山中

我们的路黑暗，我们的路是夜晚，
我们在那无尽
无光的黑暗里
用漫长的诸世纪向上走
在亚美尼亚群山中
在艰难的群山中。

我们自古就掌握了无价的宝藏，
我们的宝藏如海，
它在诸世纪里
生育了我们深邃的灵魂
在亚美尼亚群山中
在高高的群山中。

但有多少次黄色沙漠的
黑色的兽群
互相跟随着
前来袭击我们高贵的商队
在亚美尼亚群山中
在血染的群山中。

而我们的商队混乱地，惊慌地，
被抢劫，被屠杀，
并被分割星散
自己承受了无数的伤口
在亚美尼亚群山中

在哀伤的群山中。

而我们的眼睛思念地注视着

远方的群星，

天穹的边界，

明亮的早晨何时到来？

在亚美尼亚群山中

在绿色的群山中。

一九〇二年

阿赫塔玛尔[1]

从多笑的凡湖
岸边一个小村，
有一个小伙子
每晚秘密下湖。

他下湖不用船，
而用成人双臂
把水分开，游泳
向着对面岛屿。

从黑暗的岛屿
射出一束亮光，
灯笼呼唤着他，
不会迷失方向。

可爱的塔玛尔
每晚那里点灯，
并焦急地等待
隐蔽在那附近。

湖水涟漪拍岸，
也拍着少年心，
湖水可怕轰鸣，

---

1 阿赫塔玛尔：凡湖中最大岛屿的亚美尼亚语名称。岛上有著名的中世纪亚美尼亚建筑精品——圣十字修道院，至今尚存。至于本诗的内容，自然是根据岛名的民间词源学解释所产生的故事。

他得奋力相拼。

塔玛尔期待着
已经听见近处
分水，于是全身
全心如同焦灼。

寂后，暗中岸边
停下一个黑影……
是他……他们相见……
神秘黑暗夜晚……

只有湖中波浪
轻柔拍打岸边，
难解难分难离
两人低语走远。

他们窃窃私语，
群星从天见证，
并且悄悄谈论
放荡的塔玛尔。

处女心中私语……
时间已到……于是
一个再跳下湖，
一个岸边祝祈。

但有一次恶人
得知他们秘密，
熄灭灯光黑夜

可怕有如地狱。

游泳年轻恋人
他在湖中迷途,
而风带来呻吟,
道:"啊嗬!塔玛尔!"

黑暗中声音近,
直戳在岩石下,
那里湖在狂啸,
有时震耳欲聋,
有时力竭仅闻:
"啊嗬!塔玛尔!"

清晨湖水拍岸,
岸边伏尸一具,
嘴唇冷而僵硬,
好似临死之时
冻住了两个词:
"啊嗬!塔玛尔!"

岛从此为了他
叫阿赫塔玛尔。

一八九一年

洛里人萨科

一

那是洛里的山谷，那里相对的

山岩，积累的深邃的愁云，

脸对脸停下，带着执拗而坚定的

眼神，平静地互相凝视。

它们的脚下，暴怒地来了

盘曲着的、疯狂的戴夫—贝德[1]，

疯狂地从石头们头顶飞过，

从不受阻的口中喷吐着泡沫，

喷吐着，并击打着多岩的岸边，

寻找着开花的古老河岸，

并疯狂地吼叫着：

——哇什！维什！哇什！维什！……

从黑暗的洞穴中，以千种形式，

不安生的精灵们，发着"呵得比得"的声音，

给魔鬼们的呻吟做了回声，

嘲笑着它可怕的吼叫，

并疯狂地重复着：

——哇什！维什！哇什！维什！……

1　戴夫—贝德：洛里最有名的戴贝德峡谷中，流淌的河与河谷同名。诗中用
　的是这个河名的民间词源学解释，相当于"拆字法"，从河名中拆出了"戴
　夫"一词，即"魔鬼"，源自伊朗语。

夜晚，月亮胆怯的光
于是进入了那黑暗的山谷，
与波涛一起颤抖地游戏，
通过无声无息且黯淡的一条生命的来
那里的所有东西获得了灵魂，
呼吸着，活着，既黑暗又可怖。

这位置之上，一座修道院在祈祷，
那岩石头边，一座城堡在守护，
从黑暗的塔楼上，多么恐怖，
猫头鹰在尖叫，有时传播开来，
但从石头头上，寂静，如人一般，
一座古老的十字架注视着峡谷。

二

看那山谷之中有座小屋。
那里一个晚上，萨科正孤单。
萨科是羊倌，有一个朋友，
像撒旦一样，他这晚上也
去了家里。群山的羊倌——
远离村子，一千零一件事，
谁知道，口袋里没有了狗食？
对绵羊，盐也是必需品？
将来的丈母娘想吃煎鸡蛋？
还非常想念未婚妻？——
把绵羊放下，就回了家。
以上种种，于是这个同伴在早上
把他的羊群朝山上赶了出去。
而无眠的萨科，

脱下了湿的毛鞋，擦过了，

把袜子往火炉上一挂

就躺下身去，

一个人心酸。

三

即使一个人孤单索居，

大块头萨科怕什么呢？

你没看见这大个头，

怎样伸展开来吗；好像成了可怕的

跛子掉进了树林。

而如果他从地上突然站起来，

头僵硬，木杖在手里，

出声，呼喊凶恶的群狗

并粗硬、野蛮地停下，像山一样，

那时你就知道，为了什么，

无论是贼，还是野兽，正因为空洞的害怕，

从他索居之处远远地逃走了。

而像他一样的朋友们

从孩子时候起就有爱地生活在上面。

在属神的夜晚从那边来，

收集木头，在空气里点燃，

嘈杂地彼此混杂在一起，

吹笛子，玩耍，一味地开心……

四

但这一晚既聋又暗的空气里，

萨科落了单，没有朋友。

在火炉旁边寂静地躺下身

他想着……还是一个人，突然，

不知从哪里，总之是峡谷中

妈妈过去的对话来到了他脑子里……

来到了他脑子里，而我们的萨科不情愿地

开始想到了恶灵上面，

它们怎样成群地，一起，

用打弯的腿脚，在夜半时分，

化作土耳其女人的样子，

对永远孤单的男人出现……

或者精灵们如何从洞穴里的黑暗中，

当人们从石岸头顶上看过来时，

或者迟来地经过峡谷，

用熟悉的声音欺骗着，呼喊着，

并像人一样地开宴会，

吹唢呐，敲鼓……

而妈妈过去的言语从远方

以幽灵般的声音，令人害怕地重新响起，

——它们说，萨科！来我们跟前吧，

来我们跟前的婚礼吧，

看啊，我们多么欢乐地跳起舞啦，

可爱又年轻的新娘，大姑娘。

——来我跟前吧，我要做煎鸡蛋……

——来我跟前吧，我要做煎饼……

——我是你姑姑……我是你娘……

——还有我，你亲亲的亲戚……

——萨科！萨科！来我们跟前吧，

这个姑娘，看啊，多好啊……

看啊，我们多么欢乐地跳起舞啦，

嗒啦——尼——那……嗒啦——尼——那……

而荒唐的形象，丑陋不堪，

排着奇怪的队列，密集，无序，

笨重地来到了萨科对面，

幻象来了，慢慢地经过了，

黑暗而缓慢，像影子一样，

带着恶意的微笑，凶狠而无耻……

五

迅速的黇鹿吗？还是狼追逐猎物

从索居近处经过？

是岩羊突然从岩石中靠近

踩得一块石头滚进深渊吗？

是叶子因为夜风而颤抖吗？

是胆怯的小老鼠在角落跑过吗？

还是那绵羊们柔弱的叫声？ ——

在萨科看来，是一声脚步

来了并停在了索居处之上，

停下了并寂静了……

他竖起耳朵……

六

——谁往炉子里撒土？……

那是谁从窗子外看？……

这是谁从房顶轻轻经过？

他在门后吸着气……
——你是谁？哎嘿……你说什么？……
你怎么静了，不作声了？……

没有回答，在寂静之中
只有峡谷里的河瞌睡着沙沙作响：
——哈，我知道了，是盖沃，
害怕我的狗，就安了什么心啊？……
吓怕了……哈，哈，哈，哈，哈……
——盖沃！……

　　没有声音。
只有可怕的寂静中
峡谷里的河，聋的，瞌睡着沙沙作响。
而这时谁醒着呢？
世界睡了，风睡了，
仅仅不眠的恶没睡，
快乐的峡谷抖动着，
在黑暗中组织了，开场了魔鬼的仪式，
像影子一样跑着，跳着，
直到它们找到孤单的一个人，
喊着，咯咯笑着……它们进到索居处了……

眼睛停止在火上，看着，
牧羊人沉重地呼吸着，喘着，
而山里人野的灵魂
荡起了可怕的怀疑。
"不是，那是风……那是狼的影子……
那是星星的眼睛在眨，
从窗户里掉进来……"

他希望也听一听上面，

而不敢。

他竖起耳朵……

它们又轻轻地来了，慢慢地，

从门后秘密地低语着，

——他在那里，

——哈，哈，哈，哈，

——看啊，看啊，看啊，看啊，

这么看着，

听着，

——哈，哈，哈，哈……

　　萨科汗毛倒竖，

看着门槛，发抖……

吱呀……突然门开了，

屋里满是土耳其女人，

土耳其女人充满了屋子，

喊着，嚷着，大笑着……

七

可怕的峡谷。一点月亮

秘密地看着，藏在云中。

那黑暗、可怕的半夜

萨科在洛里的峡谷中奔跑。

邪恶跟在他身后，

成杂乱的群，喊着，尖叫着，

到了他的腰上，抓住了袖子，

击打着，用蛇形的鞭子击打着……

精灵们也从洞穴里用唢呐和鼓伴奏着

喊着，用熟悉的声音呼喊着，

——萨科！萨科！来我们跟前吧，

来我们跟前的婚礼吧，

看啊，我们多么欢乐地跳起舞啦，

可爱又年轻的新娘，大姑娘。

——来我跟前吧，我要做煎鸡蛋……

——来我跟前吧，我要做煎饼……

——我是你姑姑……我是你娘……

——还有我，你亲亲的亲戚……

——萨科！萨科！来我们跟前吧，

这个姑娘，看啊，多好啊……

看啊，我们多么欢乐地跳起舞啦，

嗒啦——尼——那……嗒啦——尼——那……

那戴贝德河的波涛那样飞舞，

波涛升起，波涛膨胀，

在黑暗中欢闹地激荡，

——抓啊！疯了的萨科逃走啦！……

一八八九年

阿努什[1]

序 歌

> 基督升天节[2]的前夜

对着月亮众多微妙的光辉，
风的翅膀飞翔着，
仙女们在山顶上
趁着夜里聚集起来。

——来啊，姐妹们，高傲的群山上
美丽辉煌的精灵们，
来啊，我们哀悼夭折的
年轻恋人们的爱。

从奥赫坦泉水里，姐妹们用瓮
取来了水，寂静又缄默，
从奥赫坦群花中拔出花，
捆成爱的花束。

把水和花献给群星，
对群星请求，
以柔软的心请求，

---

1 这是作者长篇叙事诗中最著名者之一，后被俄国亚美尼亚音乐家阿尔门·提格兰尼扬改编为歌剧，成为亚美尼亚民族歌剧最高成就，常演不衰。
2 基督升天节：复活节后第四十天。

它们对自己的爱善意地微笑……

哎，阿努什，山中的花，

哎，你的小伙子爱人，

哎，你纤美的身材，

哎，你那海一般的双眼……

而和她们一起，闪光的眼泪

充满了心和眼睛，

山上的群花伴着不幸的微风

在那个夜晚叹息。

——呜—呜，阿努什，呜—呜，小妹妹，

呜，你的爱，你的爱人……

呜—呜，萨洛，呜—呜，小伙子，

呜，你爱过的群山……

来吧，姐妹们，高傲的群山上

美丽辉煌的精灵们，

而仙女们如此悲伤地，

唱了整个晚上。

她们用奇妙魔幻的

声音呼唤着，

而太阳的光芒到那时还照耀着，

也不可见，无踪迹地消失了。

泉眼深深地悲痛了，

进入了榛子树坚实的根部，

而群山中的溪流

浪花在闪耀。

首 歌

一

她再次呼唤，不停地呼唤，
对那辉煌的地方不眠的思念，
而双翼现在如统治者般展开，
灵魂在飞翔，飞向家。
那里在故乡的炉灶面前
她们早已思念地等着我，
并在长长的冬夜坐下，
谈论着洛里久远的精灵们。

向着那些山，高大、雄壮的，
醉于跳的圆圈舞的队列，
跳着巨大的圆圈舞的天空中，
她们欢乐着，好似在那盛大的婚礼上
优雅的阿拉加茨山的可爱的女儿们，
代夫—阿勒，代夫—贝特和其他大河们，
古老的国度的傻傻的大河们，
逃走了，带来了坚不可摧的洛里。

二

哎，老相识们，哎，绿色的群山，
现在我看见你们了，并陷入了思考。
首先在我面前来了欢乐的日子，
可爱的面庞，现在没有了的。
它们过去了，正如群花一样，
过去的春天曾在你们胸中存在过，
过去了如你们去年的雪，
但我来了，呼喊着它们。

问候，问候你们，我生命的头桩记忆，

我悲痛的灵魂问候你们，

鸟带着想念寻找着山和峡谷，

用魅惑的声音呼唤着奇迹。

再次从墓穴中，从黑暗中出来吧，

出来吧，我要看见，触及，听见，

你们用生命呼吸吧，重新生活吧，

充满诗人崇高的愉悦吧……

三

而从黑暗的长满青苔的岩洞中，

从寂静的长满灌木的山谷深处，

我现在重新听到了

孩子年纪的笑声的回音。

如帐篷中快乐的噪声在回响，

从我认识的营地升起了烟，

而所有的，现在，重新活了，

从第二天生机勃勃的黑暗中出现，

而新鲜，覆盖着露水的山坡上……

安静，听着——牧羊人在呼喊……

四

姑娘，上帝分上，坐到帐篷里吧，

你喜欢什么？你把我深深迷惑，

你惹人爱，我无法平静，

编着歌，

到了疯狂的地步，

我无主的绵羊，

我落到了草地上。

平静吧，我的心因为对你的爱而燃烧，

你用你的头发做线，捆住了我的脚，

我再也不能承受，我要坚决逃跑，

哎，群山的姑娘，

哎，可爱的姑娘，

哎，你的下巴，

黑头发的阿努什。

你的父母如果不将你许给我，

我将使血泼洒像河一样，

我要掉下群山，无疑我要消失，

哎，黑眼睛的，

哎，有海一般眼睛的，

双耳如弓的，

姑娘，都为了你。

五

萨洛歌唱着，而姑娘不能

平静地坐在帐篷中。

——那是谁，妈妈，叫过咱们的那个，

你不知道……听啊，看啊……

有趣啊，阿努什，进帐篷吧，

因为你要飞出去，看这里那里，

观者也要说——这是什么姑娘啊？……

看见者也要说——这是什么姑娘啊？……

她要去到千人近旁，说。

——看啊，妈妈，那山坡上，

多少酢浆草[1]在吐绿……

1　酢浆草：亚美尼亚的常见野菜，采到之后一般编成辫子保存。

妈妈，让我去拔来编成辫子吧，

我对那山坡上的"江古丽木"[1] 说。

——闲闲吧，阿努什，你是大姑娘了，

你跟放羊的小伙子那里有什么事？

坐在帐篷里干你的活吧，

体面点，姑娘，那羞啊，羞。

——啊，我的心，妈妈，我不知道为什么，

一个在悲伤地、不幸地哭泣，

一个展开翅膀想要飞，

我不知道哪里，我不知道哪里……

亲爱的妈妈，我要怎么做？

你失眠不能平静的孩子该做什么？

亲爱的妈妈，让我拿上水罐，

和姑娘们一起去泉边吧……

六

水罐在肩上响着

姑娘们下到河边，

笑着彼此换肩，

歌声在山上响着。

——河从云下来，

水流疯狂，起着泡沫，

那恋人坐在哪里哭泣？

在那山中引人心伤。

哎，冰冷的河，清澈的河啊，

你们来自群山，

1　江古丽木：突厥语"我亲爱的玫瑰"。

经过原野和荒地，
我的爱人也从这河里喝水吗？

伤心地喝着，伤心地发冷
那爱人燃烧着的心，
伤心地发冷，伤心地过去
那心肝中无眠的痛……

——姑娘，你的爱人来了经过了
被对你的爱燃烧着，抓住了，
燃烧着的心肝来了经过了，
用冰冷的水不能冷却……

河从云下来，
水流疯狂，起着泡沫，
唉，我亲爱的恋人在哭泣
在那山中引人心伤。

七

而老妈妈的心中突然
有个隐藏的黑暗犹疑的声音发声了，
——那是什么时候，阿努什拿上了水罐，
去了泉边就不回来了？……
云上来围住了群山，
充满了山谷，它们彼此卷在一起，
千种的恶，千种的肮脏，
成千的年轻人现在聚集了起来……
而老妈妈突然从地方出来，
——丢了吧，阿努什，剪了头发的……
她在峡口，手放在额头，

喊着，喊着不害怕的孩子。

姑娘，小坏蛋，你不害怕吗，

一个人进山谷？

云挤过来了，天都黑了，

你死哪里去了？你找不到了……

姑娘，嘿，阿努什，唉，姑娘，阿努什……

她膝盖一软，呻吟道"呜"，

在峡口迷了路，停下来

不幸的心看着下面。

云上来遮住了群山。

充满了山谷，它们彼此卷在一起，

千种的恶，千种的肮脏，

成千的年轻人现在聚集了起来……

八

——让开，他们在叫我……我知道我妈妈……

——不，阿努什，一小会儿，留下一小会儿……

——不，让我走……啊，你这么疯狂！……

你不爱我，你不像我一样爱，

所以我才一个人哭泣受苦，

你在山坡上玩耍呼喊……

早就，早就把我忘了……

当我来到这里就震惊了

我仍是你的，仍然是，没道理

我仍然这样，我眼中淌泪，

你不听我，

你不叹息，

也不说话，

你在吞着什么……

我要变成火，

我要熔化，

我要变成水，

我不知道，

我要变成什么，

如果我仍然是这样……

柳树们说

姑娘像我一样，

忠贞于恋人，

而他不来看，

不幸伴着颤抖，

无望地俯身，

因痛苦而干枯，

变成了柳树。

河面上

探着头

它仍在颤抖

并慢慢哭泣，

而整整一年

做一个思考，

恋人怎么会

忘记恋人……

——啊，阿努什，阿努什，你做着什么？

你还不听吗？

我在说山坡上的游戏，

我和谁说话？……

那个人，我每晚为之叹气的，

那个人，我正在呼唤的……

那个人，我仍然迷失地坐着的时候

是谁和我在一起？……

那个人，我在呻吟哀叹时，

我记着的是谁？……

啊，阿努什，阿努什，不信上帝的阿努什！……

醉了，无力地

牧羊人呻吟着，心落了下去，

熔化了，消失了……

九

——阿努什！哎，姑娘！阿努什！回家吧……

母亲呼喊着，呻吟着，呼喊着……

——我来了，我来了，妈妈……

姑娘的声音从谷里传出。

她的乱发垂腰，

散在发红的两颊上，

轻轻地从云下出来的

阿努什，像鹿一样逃跑。

她又把空罐带了回来，

但肩头铺开的垫肩没有了，

她忘在了河边……

啊，不小心的年轻姑娘……

——妈妈，我害怕，她抱怨着，

并且想哭，但不能，

妈妈，我在下面看到了人，

我想，是土耳其人在洗澡……

老母亲生气地诅咒着

她健忘的、胆小的阿努什，

并且一边诅咒着，一边低下身，

将空罐上肩带了回来。

第二歌

十

基督升天节的早晨

基督升天节来了，山上群花盛开，
伴着平原上花的地毯。
一群群姑娘登上群山
用激情的歌预测着命运。

——基督升天节啦，亚伊拉！
亚伊拉江，亚伊拉！
黑色的群山，亚伊拉！
亚伊拉江，亚伊拉！

歌混杂着香气，
手拉着手
伴着群山，
拔着花，
戴着花玩耍，
像蝴蝶一样。

——基督升天节啦，亚伊拉！
亚伊拉江，亚伊拉！
好日子，亚伊拉！
亚伊拉江，亚伊拉！

用群花装饰的
基督升天节来了，
向我们的命运提问，

定给我们的是谁呢?

——哎,亲爱的小伙子,放羊的小伙子,你是谁啊?
——看在上帝分上,看在世界分上,你是我的。

那么带走吧,姑娘,
他真是好命,
让我们唱歌赞美
那个爱人小伙子。

——那个爱人,胡须分两叉,身材细高挑,
我多么心痛啊,因为世界上有了他。

——基督升天节啦,亚伊拉!
亚伊拉江,亚伊拉!
热情似火,亚伊拉!
亚伊拉江,亚伊拉!

歌声在回响,心灵在欢笑,
并围成一圈,姑娘们测着命,
一个的梦和爱显出来了,
另一个的梦想仍留在心里。

十一
命运又重新转了个圈,
面纱在头上,花编成十字花环,
从"江古丽木"们的心中回响,
然后又在开花的群山间回荡。

——哎,深色头发的姑娘,

哎，熟悉山间的姑娘，

不管谁爱你，姑娘，

心肝就像中了弹。

——哦，多么黑暗的命运降临了你，

黑色命运的小妹，娇美的阿努什。

你牵了谁，要切掉你的手……

而所有人都停在原地，迷惑了，傻了。

——是谎话，小妹，你不要相信，

这只是单独偶然一句坏话，

不要为了谎话伤了你的心，

做你的游戏吧，"江古丽木"说。

——唉，不，我知道，我没有运气，

我从来，从来没有过运气……

我永远要这样没有运气，

从孩子时候起他们就诅咒我……

据说有一天，我在摇篮里，

一个达尔维什[1]老妇人来到了我们家，

唱了她的歌，想要她的份子，

我妈妈没有给她一份子，

她说——快走，赶快离开我家门，

我孩子吓哭了，躲远点，走！……

而达尔维什在那里诅咒了我，

正是那天开始，我哭着生活……

唉，那个达尔维什无情的诅咒

和这知晓命运的上帝，

1　达尔维什：本意指伊斯兰教苏非派的游方僧。

我的心永远是关上的，我的心永远昏暗，
我不知道，我面前长存的是什么……

不要悲伤，阿努什，不要固执，
用我们的手抓住的是一个没有思想的命运，
一个疯子达尔维什，一个愚蠢的诅咒，
而我为你那样的惊吓而哭……
平静下来吧，小妹，你不要相信，
生命为你仍然是火热的春天，
在你那刚刚成年的青春处女年华
面前还有欢乐的日子。
是谎话，小妹，你不要相信，
这只是单独偶然一句坏话，
不要为了谎话伤了你的心，
做你的游戏吧，"江古丽木"说。

（合唱）
好运的姑娘，
祝福你的爱，
你熟悉山间的
黑黑的眼睛。

——基督升天节啦，亚伊拉！
亚伊拉江，亚伊拉！
爱的日子，亚伊拉！
亚伊拉江，亚伊拉！

我在你的春天死去，
你是群花盛开的春天，
你有为了你山一般的腰

停下来的恋人。

——基督升天节啦，亚伊拉！
亚伊拉江，亚伊拉！
山和恋人们，亚伊拉！
亚伊拉江，亚伊拉！

（阿努什独唱）
啊，我的命运在呼唤我，
我不懂得向着哪里……
我的黑色而不幸的心
因为它冰冷的声音而颤抖。

你们也一样，山上可爱的群花，
有一种寂静隐藏的痛，
你们的眼睛充满眼泪，
你们的心黑色而不幸。

啊，这世界上的群花
永远这样白白地受折磨，
它们被践踏并枯萎，
黑色而不幸的心。

（合唱）
——基督升天节啦，亚伊拉！
亚伊拉江，亚伊拉！
燃烧的痛，亚伊拉！
亚伊拉江，亚伊拉！

第三歌

十二

有一个婚礼在冬天晚上，

村里的人群在不能阻止地欢乐，

牧羊的年轻人下到了村里，

看姑娘，跳舞，摔跤。

而舞后，他们把宽阔的广场

打开，做了宽敞的大屋中堂，

吹唢呐的吹出了摔跤的调子，

老老少少混杂着过去。

喝着彩："拉住！哈，拉住！……"

而外面两个人用力拉住，

一个是我们的萨洛，而另一个是

阿努什的长兄牧羊人莫西。

整个村子站住像墙一样，

分边站成两军，

每支都选出大力士，

并站在小伙子之一后面。

从两军中吼叫着，呼喊着，

——勇敢起来，别害怕，小伙子们！

而新来的新娘和幕后的伴娘们

停在幕后看着。

小伙子们激情剧烈地兴奋起来，

把衣襟扎进腰带里面，

手用力击打着地面，

相互疯狂剧烈地扭在一起……

然而那昏暗的谷中有个规矩，

且对这古老的规矩一直遵从，

人群面前小伙子在这天

不把同伴小伙子打倒在地。

萨洛和莫西相互抓住，

拉住，佯摔，

倒在地上，又一起站起来，

似乎很难一个战胜另一个。

沉醉的人群徒劳地喊着，

姑娘们白白喘着气，看着，

而阿努什白白屏住呼吸，

停下仿佛冻住，犹如一幅画。

阿努什停下了……萨洛盯着，

心悸了一下，并迅速攻击，

眼前模糊遮蔽，

忘了伙伴，规矩和世界。

当莫西还在做伙伴间的游戏，

开着玩笑放开了对方，

萨洛使上力气，稳住怒气，

将朋友摔倒在地。

人群热闹地散开，

让两个年轻的大力士跳起，

并伴着快乐的喧哗，

在欢乐的声音中，鼓着掌，

墙壁与屋顶晃动着，颤抖着。

而新来的新娘和幕后的伴娘们

停在幕后看着。

十三

莫西站了起来，身上多处受伤，

——让他过来！他吼道，我们重新来一场，

要不他不是人，我对太阳发誓，

他逃不掉，什么时候都逃不出我的手。

不要扶我起来……他骗了我……

把广场打开，让那个人再进来……

而各个方向都传来欢乐的大笑，

他们带着恶毒的嘲笑叫着，喊着：

——不好吗？那不好吗？

还没人扶起他来呢，

莫西摔啦——

是伴摔……

哈，哈，哈，小伙子们，

做得真好，

给他个背摔，

让那个人也抓住……

哈，哈，哈，小伙子们，

给他个背摔……

十四

而从喧闹的婚礼家中

严重受伤的莫西走了出来，

血从他痛苦的心中滴下，

他着急地走去，迷失地迈步。

——你耻辱啊，莫西，遭人唾骂，

耻辱啊，像你一样受人称赞的小伙子，

不要记住你的名字，不要看你的块头，

地面还没看到过你的后背呢。

你怎样像山一样倒地的，

整个村子都停下看着呢……

你！……被萨洛压在他的膝下，

在他之后你出现在女人们面前……

这件事就真来到了你头上？……

你成了全村的笑料……

不如死了吧，唉，钻进地里吧，

待在家里吧，纺线去吧……

十五

——唉，唉，莫西江[1]，不要杀我，

这以后我再不爱他了……

我害怕……把你的匕首收起来吧……

我的心颤抖得像一片树叶……

无力而苍白的妹妹跪在

哥哥面前哭着请求着，

莫西，闪光的匕首在手，

希望亲眼看着杀了他。

——那你用我的名字发誓，糊涂东西，

说你再不爱萨洛了，

要不，看见我拿的匕首了吗？

我就一刀捅进你心里。

——我是你脚下的土，莫西江，莫西！

你对你的俘虏发个誓吧……

我也不爱萨洛了，说吧，

你看见我是怎样跪下哭的了吗？……

——你骗我吗？撒谎，骗子，

你不爱吗？那么那是什么？

那是什么？我们进去的地方，

你晚上在黑暗里抽泣，

说："萨洛江，萨洛！……萨洛！"

——莫西江，莫西，放过我吧，

1　"江"：亚美尼亚人和伊朗人乃至中亚人一样，在人名后面加上波斯语"江"，表亲热。

不要杀我，放过我这一次吧，

我不爱了，既然你不希望，

我就不在梦里叫他了……

不要杀我，把你的匕首放远吧……

我不是你的妹妹吗？……我的莫西，你不是？……

十六

而那婚礼以后，原先兄弟般的

两个小伙子因为这件事成了敌人，

他们的朋友、亲人来来去去，

没有一点重新和好的可能。

固执的莫西，无论在哪里，

只要他的眼睛睁着，就在这光明的世界上，

看见了他亲妹妹

在非人的朋友萨洛怀里。

也许夜里也一样，因为他生气而失眠，

他希望杀死年轻的妹妹，

用隐藏的匕首的刀尖，从她心里

挑出萨洛的名字和爱。

谁知道呢，也许就在这个晚上

两个敌人小伙子，不可调和、固执地，

从彼此的羊群里拉出一只绵羊，

为了彼此报复。

一样可能突然发生，

某人的谷垛，收获的产品，

在夜晚时分，着起火来，

烟火一直到达天上群星。

第四歌

十七

云彩像骆驼般慢慢地
从峡谷中重新喝了水，升起来，
因为切林达格山多石的后背
新升起的太阳镶了边。
村里的老妇人们集合起来，
喧哗着彼此经过屋顶檐下，
小伙子们跑向石岸边，
手握在火枪的中间半截。

十八

来了一位高龄老人，
停在心焦的年轻人之间，
平静地将手指伸向峡谷。
他这样叙述，使劲抽着烟斗，
——昨晚，夜半时分，
我还没闭眼，
失眠了，早早来了精神，
我每件事上都那么可怜……
哈，那是个漆黑半夜，
狗站在这背墙角，
嘿—嘿，我叫道，不敢大声，
狗生气了，狗不高兴了，
嘿，懂了吧，我心里对自己说，
以前那个小伙子留下了什么，
我在自己小屋里早早睡下，
听着一个从地上飞起的声音……
我说着，仍然没有睡着，
夜半时分是苦涩的，

两个人形的黑影

从狗前面逃走，落在了外面……

　　散在这边那边的小伙子们听了这个，

　　赶紧进了峡谷，

　　而入口下方，道路曲折，

　　他们找到了两个人新鲜的足印。

十九

整整一个月，装备光鲜的一组人

踏遍了群山峡谷，

为了找到牧羊人萨洛，

因为他从山上下来，拐跑了阿努什。

一个月以后，小伙子们回来家里，

称赞着他精明的作为，

——那小伙子好啊，对姑娘够意思，

就得这么拐跑姑娘。

阿努什孤独的哥哥——莫西，

留在田野中，他发了誓，

他们两个在哪里，

他找到了，就杀掉，这样他才心安。

他留在田野中。而正巧有一天，

在收麦子的女人当中，偷偷地，在暗中，

穿着破烂衣服，悲伤的，脸上无光的，

阿努什从峡谷里回到了父母家里。

二十

——闺女，玫瑰上的露水，你如果还爱你的灵魂，

撒一把大麦，看看怎么说吧，

我的眼睛瞎了，我没了视力，

我在梦里看见了一个幻象。

在一条黑暗的峡谷里，在一条狭窄的峡谷里，

不幸的萨洛的绵羊停下了，

开始讲话，还唱着歌，

唱得还字正腔圆……

撒一把大麦吧，笑一笑吧，

可是这个梦我试出来不好，

慈悲的上帝啊，打开你的门吧，

我们是你脚下的尘土——你创造了我们……

不会说话的羊羔们在昏暗的峡谷中

唱了歌，还出声地哭了，

萨洛的妈妈也在它们面前

摘了头巾，跳起了舞……

——闺女，小紫罗兰，你看到了坏事，

大麦也是，看啊，出来的是这样，

这是坏，这是好……萨洛是这样……

看啊，这样，他陷入了黑路，

上帝饶了这个小伙子吧，

上帝饶了他不幸的妈妈吧……

二十一

而萨洛在群山之中流浪，

他像一只野鹿一样逃跑，

面前是赞美，背后是子弹，

田野就是地狱，朋友就是仇敌。

而当平静空寂的夜晚

从群山上降下时，黑暗围了上来，

他唱起了忧伤的巴亚提[1]，

---

1 巴亚提：词源突厥语，是一种民歌，或民间诗歌体裁。具体格律各地均不
  完全一样，但都是四行一节。本诗中的巴亚提，每节一、二、四行行尾有
  双关语构成叠韵。

对着群山朋友说着，哀怨着。

——高高的群山，群山啊，
我对你喊着"唉"，群山啊，
你们也给我回声吧，
和我的痛苦为友的群山啊！

我是猎物，我对你们有过希望，
在你们的峡谷里、岩洞里藏身，
我希望彻底地消失，
从这个厌倦了的世界上。

我厌倦又徒劳地消失，
在这空荡荡的多石群山中，
今天以后，我要死了，完结了，
也许就能休息，睡眠了。

啊，我要死了，但是她，
唉，他突然想起来了，
我从这种痛苦中解脱了，
她却要两眼带泪地留下。

第五歌

二十二

阿努什哭着，脸朝下跌倒，
女邻居们停下来，围绕着她，
且找不到话说，羞耻地，
把不幸的姑娘抓起，带回。
上帝饶恕了她，她粗暴的哥哥

还没从远处的田野里回家，

然而她阴郁白发的父亲

开始口吐白沫地唾骂，诅咒了。

——出去！滚吧！唉，淫荡、不要脸的东西，

愿你出嫁戴的冠冕无光而哀伤！

滚吧！不要在我眼前再出现一次，

你这高身量可以下河。

你看见没有，莫西恨那个人，

你看见没有，你父母不希望那个人。

你肩膀上长了几个脑袋，

敢起来跟他一起逃跑？

聚集起来的村民们从房顶上下来，

去安抚粗暴的父亲的怒气，

村里的牧师同样接到通知，

他是个可敬的大个子老人。

——你们出去吧，出去，牧师喊道，

让阿努什直接对我说，

让她告诉我她的心思和爱，

那以后事情就清楚了。

不要哭，我的姑娘，对我忏悔吧，

你爱他吗？你逃走是出于自己意愿吗？

如果你爱，就不要痛苦，

我绝对将给你们戴上婚礼的冠冕……

——他们在叹息什么……那是谁，不要看，

外面突然这样喧哗起来……

谁在等待？……莫西？……谁？……哪里？……

——阿努什，嘿，阿努什……给我水啊，水……

二十三

突然像一道洪水般出现，

从天上变暗的云中降下，

如暴雨一样激烈迅速地，

从村里飞奔出一群勇敢的人。

因为痛苦而发热，也不问什么事情，

他们飞奔，如被恐惧迫害般，

而在他们面前，充满血的峡谷

嘶嘶着，可怖地敞开。

村庄一瞬间腾空了，

在石岸头没有耐心地停下，

寂静，听着心跳，

看着下面……一声不出，

戴贝德孤单地在深渊里，带着涨起的

震耳欲聋的悲叹声爬向下游。

二十四

而杀人者从峡谷走出，

面无人色，步子迷乱，

恐惧从他带血的眼中滴下，

而他的外貌整个变了。

他不看人们的脸，

不说话，痛苦，残酷，

走近了大厅，在一根柱子上

挂上了一杆火枪，像黑蛇一样。

人群同样被钉住了般噤声，

没一个人敢叫出来，

只有单独一个人不可阻止地发了怒，

喊着"哈来！"手扯着脸。

她是死去的牧羊人的老妈妈，

因为痛苦而疯狂地大喊，哭泣，

交厄运的母亲现在跑来，

峡谷中传来了悲伤的喊声。

二十五

悲痛的妇女们在她后面
喊着"哈来！"跑进峡谷，
重新记起了自己失去的，
在尸体周围按次序排起。
用感人的哀歌哀叹着小伙子，
哀哭着，放着悲声，
小伙子们也阴郁着，寂静而蒙羞，
留在附近的石头上坐着。
他们哀悼着无呼吸的尸体，
他留下的无主的绵羊，
狠狠地诅咒着，记起了他
留在世上无力可怜的恋人，
还有和他有关的，朋友们
去到田野中，去呼唤萨洛。
从山里逃来的受饿的狗们
必将在屋顶嚎叫。
沉重的大头棒，头上揳进了钉子，
必将在屋顶染上灰炱，
长长的匕首，挂在墙上，
仍然留在鞘里，满是锈迹……
习惯了山风的妈妈
没有萨洛也不去山里。
她穿着黑衣坐在家中，
回想着过去的日子。
而每个词，每点记忆，
都切碎着老妈妈的心，
她哀求着死去的儿子，

说一次话吧，睁开眼吧。

——为什么你不说话？为什么你不睁眼？

我的白天和太阳，生命和灵魂，儿子啊，

你简直就是毁了我的坟墓！

你是敌人吗，你是叛徒吗……

　　但闭上的双眼没有睁开，

双唇冰凉，已经干枯，

它们张开，中间现出

两排白色的牙齿。

而她疯狂了，狠狠地咒骂着，

对着贼老天跳起来，

又喘息着，捶着胸，

而人们也出声地哭着……

——从红太阳中落下，萨洛江，

从绿叶子上落下，萨洛江……

我的太阳熄灭了，萨洛江，

我的夜晚降临了，萨洛江……

　　夜晚降临了，黑暗加重了，

悲伤的声音消退了，

人们累了，歇息了……年老的戴贝德

独自在黑暗的深渊中悲伤。

悲伤的河，

老戴贝德，

心已崩塌，

河水起泡，

河岸多石，

山边石岸，

河水仍在

拍岸呻吟……

二十六

而几个小伙子朋友

在峡谷里，河岸边，

挖了坑并心碎地

将牧羊人埋进那里。

树和花，沙沙响着

喷出魅惑的香气，

老戴贝德也用可怕的声音

唱着崇高的圣歌。

而悲伤又沉默的小伙子们

朝着家回去了，

在峡谷中留下一座黑色的小丘，

一座无名的坟墓。

第六歌

二十七

春天来了，群鸟来了，

群山和峡谷穿上了花衣，

一个姑娘来了，一个孤单的收麦者，

在河边迷途地转圈，

迷途地转圈，又笑又哭，

唱着歌，踱着步。

——可爱的姑娘，你在哭什么？

那样孤独又迷途，

你在哭什么，踱着步

每天在那些峡谷中。

如果你哭，你希望玫瑰，

五月要来了，会有一点，

如果你哭，你希望恋人，

啊，他走了，他走了……

流着泪，那样哭着

你也不放回你的俘虏，

为什么你徒劳地熄灭了

你眼中年轻的火？

他那不幸的坟上

冷水流成了泉，

你也去寻找新的爱吧，

世界的秩序就是这样。

——谢谢，不能永存的哥哥，

愿上帝保佑你的恋人，

阿努什眼中的笑意

停在了你的路的终点……

带着快乐的心，你们

享受了你们不衰的爱，

主给了我眼泪，

我必须哭泣，必须哭泣……

而她踱着步，

唱着歌，哭着，

唱着无关的歌，悲伤的歌，

歌像眼泪般徒然地流，

但她哭泣着，唱着歌，

并且永远不成话地自言自语，

世界是怎样突然改变的，

生命中一切事情怎样变得空虚，

群山仍然哀悼，没有牧羊人，

他是怎样突然远去的，

而且不会回来了，不会回来了……

——回来吧，回来，小伙子，

回来吧，小冤家，

你思念的恋人

双眼变成了泪水。

让你的绵羊绕着那山

行走吧，回家吧，

借着夜晚逃走

并暗中来吧……

啊，那绿色的山坡上

那睡着的小伙子是谁？

身上披着黑色的斗篷，

仰天睡着的那小伙子……

天啊，是我的恋人，我会为他而死，

他沉醉于花香，

在山坡上，微风中，

柔和恬静甜美[1]地睡去。

起来啊！起来，小伙子，

起来啊，小冤家，

让你的绵羊产奶，

变成每天的食物……

来啊，亲爱的，来啊，

我要为你的到来而死，

黑皮肤的牧羊人，来啊，

我要思念……

---

1 "阿努什"的本意就是"甜美"。

看啊，看啊，打着达甫[1]，吹着唢呐，

出来的是怎样的婚礼，

欢乐的人们，伴着雨和雪，

赛着马，打着拍子……

姑娘，姑娘，看啊，

我看到了什么景象，

谁看见了这样的婚礼？——

没有新娘，没有新郎……

他们带来火，

啊呀，在我们房屋对面……

下来啊，我要

打散我的辫子……

我也来，

你们把他带去哪里了？……

你们也把我埋在

他的坟里吧……

啊，不，啊呀，他们说的是

一具沉默、冰冷的尸体，

血在干枯的脸上，

双眼不眨，已经翻白，

他爱过，芳香的

充满笑意的双眼，

他来了，带着露水，

笑话和歌……

1　达甫：波斯语，手鼓。

来啊，亲爱的小伙子，

来啊，小冤家，

你思念的恋人

双眼变成了泪水。

不要推迟，

我已经活了很久，

也不要让我落泪，

我已经哭了很多……

看啊，我将有麻烦，

我也将哭泣……

我没和你说过话……

我也没爱过你……

二十八

戴贝德河浑浊的水

不会沉默地汩汩流淌，

它的岸边小伙子孤独的

坟墓长满了青草。

它的周围可怜的女孩

放声哀悼着，哭泣着，

为她的萨洛放着悲声

并迷途地踱着步。

不幸的姑娘的眼泪

夜以继日地流淌，

但她爱过的小伙子再也

没有了，没有了，没有了……

河流汩汩而过——呜，呜，

并给予着丰富的流量，

还叫着："来啊，阿努什，

来啊，我带你去你恋人近旁……"

——阿努什，唉，姑娘！阿努什，回家啊……
母亲从上方喊叫着，喊叫着，
峡谷都沉默了，可怕地沉默了，
只有敌人戴贝德在低吼。

呜—呜，阿努什，呜—呜，小妹，
呜，你的爱，你的恋人，
呜—呜，萨洛，呜—呜，小伙子，
呜，你爱过的群山……

二十九

基督升天节的前夜，那有魔力的夜晚，
有着奇妙、欢乐的时刻，
天上金色的大门正在打开，
下界的一切都无声了，沉默了，
并带着上帝的不可企及的意旨
充满了他神圣的怜悯。

那辉煌夜晚的崇高时刻，
从无际的天上，遥远的言语中，
失去梦想而死的情人们的
群星相伴着飞来了，
带着思念来了，并且接吻
在远离尘世，湛蓝的天穹。

一八九〇年至一九〇二年

列文·山特
（一八六九年至一九五一年）

　　本姓纳哈什贝江，后改用父名姓[1]赛赫波相。生于君士坦丁堡，于君士坦丁堡、埃奇米亚津、德国历受教育，先后在高加索和君士坦丁堡的亚美尼亚学校任教。在高加索任教期间（一九〇六年至一九一一年），成为"顶楼"成员。一九一三年离开君士坦丁堡赴西欧，躲过种族灭绝。一九一八年至一九二〇年参加亚美尼亚共和国政治活动，苏维埃政权成立后一度受监禁，出狱后一度辗转，于一九二九年定居贝鲁特并终老于此。他本人是剧作家、小说家，同时也是诗人，他流传最广的诗作出自其代表剧本《先前的诸神》，其中作为主人公的年轻修士，因焦虑与思考而在脑海里出现了幻影——那是王公多年前在湖中溺亡的女儿——她在主人公面前施展魔法，用各种幻象填满大坑时唱了一首歌，即本书所选的这首《下来下来梦下来！……》。

1　父名姓：即用父名衍生的姓氏。蒙古时代之后，十八世纪末之前，亚美尼亚人的姓氏主要都是父名姓。

下来下来梦下来！……

下来下来梦下来！

小心下来梦下来！

温柔甜美梦下来！

媚软精致梦下来！

鲜花绿叶新编环，

命运呢喃与心愿。

颤抖倏忽与想念，

暗中怀疑的泪眼。

脑子想法的矛盾，

永远等待新生命。

下来下来梦下来！

小心下来梦下来！

温柔甜美梦下来！

媚软精致梦下来！

诱惑微笑色与香，

清澈晶眸吻唇芳。

无尽无言的向往，

疯狂折磨与盼望。

儿歌煽动与情感，

心跳歌唱与爱恋。

下来下来梦下来！

小心下来梦下来！

温柔甜美梦下来！

媚软精致梦下来！

迷人群星焰与电，

幻想闪亮旋黯淡，

力量伟大的信赖，

光荣欲求的存在，

噪声回声与傲慢，

智慧……无数的欺骗。

下来下来梦下来！

小心下来梦下来！

温柔甜美梦下来！

媚软精致梦下来！

阿尔沙克·乔班尼扬
（一八七二年至一九五四年）

生于君士坦丁堡并于此受完教育，从事过教师、刊物编辑等多种职业后，于一八九五年移居巴黎。诗人、剧作家、评论家、出版家、翻译家、记者、公共活动家。其创作经历了从浪漫主义向现实主义的转变。一生著作丰富，主编过多种重要的亚美尼亚文化类刊物，融入欧洲主流知识界、文化界，是亚美尼亚文化在海外重要的介绍者、推广者。

亚当的痛苦

群山脚下，草坪上，
一棵树铺展开的阴凉下，
一条清澈的银色小溪近旁，
夏娃温柔地躺倒。

火烧般的太阳从地平线上
胜利地升起，和风甜美地
在空气中展开柔软的翅膀，
玫瑰在喷香，夜莺在歌唱。

但无论太阳，还是群花，
夏娃都不看，她用力抱紧
自己双臂中一个可爱的婴儿，
双颊如苹果，蓝眼睛，金色头发。

她不停摇着不消停的婴儿，
婴儿用手指游戏着
母亲的鬓发，而她，满足地，快乐地
吻着他，对他微笑着。

从一棵树后亚当注视着
那惬意而优雅的景象，
并静默地，充满悲伤地，思考着，
眼睛抬起到自己初生的婴儿身上。

突然他的双眼充满了泪水，

从胸中飞出一道充满悲伤的呻吟，

手打着额头，带着一个苦涩的重音，

"主啊！"他说，"为什么你没给我一个母亲？"

歌

芬芳的姑娘，我在每个地方都找到你，
当我在黑夜里盯住你的星眸时，
它们是那样清澈，那样柔和而无辜，
我想在它们可爱的光里
看见你水晶般的凝视。

树下，当我在晚间出现
愚蠢地重复着你的名字散着步，
那优美愚蠢的爱抚的音乐，
新鲜的风在群丘之中唱着的，
在我听来不像你的声音。

早晨，当我从窗里看到
明净的天空中太阳的诞生，
和风，晨光带着玫瑰般微笑的呼吸，
前来轻柔地抚摸着我的头发的，
带给你的吻以颤抖。

夜莺死了……

夜莺为爱抽泣而死，
成了孤儿的树木，悲伤
寂静地沉思，夜晚现在
没有生命了，并且冷；在树林之上。

但一首哀歌现在沉闷而柔和地，从
被压缩的黑暗深处，突然振动着，
任性的玫瑰的心无法无天，
它带着翻涌的悔恨，哭泣着。

一首歌

对为了改变长久的艰难苦痛而走上的
充满冒险的旅程，当孤孤单单，
从艰难而黑暗的峡谷中过去时，
赶车人有一首甜美而摇摆的歌。

你们，从黑暗而废弃的路上
踏上生命的艰苦旅程的，
有一首歌吧，能醉倒你们灵魂的，
一首歌——**艺术**、**英雄气概**或者**爱情**。

鲁本·沃尔佩良

（一八七四年至一九三一年）

　　生于安纳托利亚与亚美尼亚两高原交界处的马拉提亚，在美国新教传教士于哈尔贝尔德开办的幼发拉底学院受教育，十九世纪九十年代初迁居君士坦丁堡，于君士坦丁堡和士麦那[1]执教之后，又于一九〇三年前往吉布提经商，直到一九二〇年永久定居巴黎。他的第一本诗集（含韵文与散文诗）出版于一八九三年，但直到一九二〇年左右，诗艺才渐趋成熟。然而一九二三年他又中风，从此不能执笔写作。

1　士麦那：今土耳其伊兹密尔。

处女的灵魂

孩童的灵魂到底在哪里？……
——在天上不死者之中一起，
那里它仍在可爱地睡眠，
或者于存在中无踪无迹……

玫瑰的灵魂到底在哪里？
——在气息芳香的微风里，
天上的红云之中，
或者爱吻的嘴唇之中……

处女的灵魂到底在哪里？
——重云之后仿佛一轮太阳，
或者多情的群星之中……

爱的无际的天空之上，
或者青年的胸口下方……
——哦，在那里，那里有处女的灵魂……

我的理想

我曾不希望成为一个雕塑大师，
他的生命和大理石被锁链捆定，
也不是一个有崇拜价值的画家，
他的颜色，就像花一样迅速凋零。

也不是一个可敬的演员，他面前
聚集惊羡的人群每秒都在颤抖，
或者雄辩家，声如雷霆，语似霹雳，
或者有一副痛苦而甜美的歌喉。

我生为诗人，请让我就那样下去，
你的心是我悲伤里拉琴的花冠，
你鼓舞了我灵感之火焰的喷射，
是我生命的灵魂，我温柔的女神。

时间使玫瑰枯萎，使记忆枯萎，
我将在我被遗忘的墓下长眠，
而如果我的歌从心翱翔到心，
你就将永生在我的歌曲中间。

我们的世纪在上帝面前

过去的所有世纪
被聚集在天空中，
它们有听过"要有光"的，
它们有看见过童年的人的，
半裸的，起皱纹的，灰发的诸世纪。

它们躬身，如风下的麦穗，
群星感到了颤动，
上帝来了。
他来了，一边创造着新的太阳们，
庞大并永远可畏，崇高并永远谦恭，
而宇宙唱着"神圣，神圣，神圣……"

他就坐在永恒的宝座上，
并记起了我们的世界，
我们遗忘了的原子世界，
他正颠覆在黑暗中的。

耶和华皱起了眉毛，
寂静在宇宙之上凝聚，
——"让十九世纪过来"，他喊道，
于是古老的诸世纪重新躬身，
信仰的，希望的，爱的诸世纪……

双手如俄式的毛质手套，
上面是条顿的柔软上衣，

脸上是巴黎香粉，

与死亡天使说着情话，

他的黄面色因奇迹而变红，

像英国女人一样，我们的世纪叹息着经过。

中世纪，虽然歪斜，

一个希望的颤抖从他们中间经过，

隐遁的诸世纪战栗了，

当我们世纪清脆的声音响起时。

"主啊，人类叹息着去了，

你之名的新庙宇，

科学的新火炉，

我将欢乐给予了大地……"

突然他的含爱的声音被打断了，

而从诸世纪的威严集群中，

升起了一声悲伤的吼叫，

那是耶稣的世纪，高声哭泣着……

上帝火一般的面孔失了色，

盯着正义燃烧的地方，

"让历史做决定吧"，他喊道……

于是历史的天使古板地来了，

冰冷如北方的寒风，

面孔精致平淡，如无感觉的大理石，

又向我们这可爱的世纪靠近了一些，

它的美就毁了。

香粉从先前的双颊落下，

而悲哀甜美的目光

让位于鬣狗的目光，

且手上光亮的毛碎裂了，

狼的脚掌、利爪被看到了，

它希望哀悼……好像一条蛇嘶嘶作响。

阿维蒂克·伊萨哈强
（一八七五年至一九五七年）

　　生于亚历山德拉波尔，在附近的加扎拉巴德村度过童年。一八八八年至一八九二年在瓦加尔沙帕特求学时，成为霍万内斯·霍万尼相的学生。从瓦加尔沙帕特时期开始的几十年中，他出于各种原因，比如求学和参加反沙俄的革命活动，辗转于外高加索、欧俄与西欧之间。一八九六年他参加达什纳克党，开始从事反沙皇俄国活动，并被捕流放敖德萨。一八九七年在苏黎世大学旁听期间，发表第一部诗集《歌与伤》。他也是"顶楼"成员之一。一九〇九年至一九一一年又被沙俄当局逮捕、软禁，于加扎拉巴德村软禁中，他创作了最著名的长诗《阿布—拉拉·马哈利》。一九一一年被驱逐出境后旅居西欧。一九三六年回到苏维埃亚美尼亚定居。一九四三年成为亚美尼亚科学院院士，次年任亚美尼亚作协主席。一九四六年又成为苏联世界和平理事会主席。他是东亚美尼亚语浪漫主义诗歌在霍万内斯·霍万尼相之后的代表人物，作品被大量配乐，在亚美尼亚人中传唱。

毛拉与孩子们

正午，毛拉登上了
高而盘旋的宣礼塔[1]。
一手支着耳朵，
对造物主祈祷。

然后他靠着围墙，
看着下面的城市。
——"哎，哎，人们多小啊，
就像我脚下的鸡。"

孩子们在园子里，
嬉戏又到处乱跑。
"嘿，塔尖上，小伙子们，
看啊，坐着一只鸟……"

一九一〇年

1　宣礼塔：清真寺中的建筑，又称叫拜塔、邦克楼等。礼拜前，神职人员登
　　塔念阿赞（招祷词），召唤信徒前来。

哎！亲爱的祖国

哎！亲爱的祖国，你多可爱。
你的山消失在天上的雾霭中。
你的河水甘甜，你的微风甘甜，
只是你的孩子们正在血海中。

我要为你的泥土而死，无价的故乡，
唉！太少了，我只能死一生。
如果我有一千零一条生命，
我也要用一千条为你牺牲。

要用千条为你的痛苦而死，
为你的孩子牺牲，为对你的爱牺牲。
让我只保住一条命，
那也是要用来歌唱你的光荣。

我要像云雀般越飞越高，
到新一天开始时，亲爱的祖国，
我再甜美地歌唱，高声有力地赞美，
你那新生的太阳，自由的祖国……

一九〇〇年
日内瓦

我的祈祷

我的心——恰如空罐，
充满它吧，哦，自然！
用你的力，你的劲，
你的智慧，来作诗。
我打心底里相信
你不思议的魅力，
你的无际与永恒，
你那无边的智慧，
哦！上帝般的自然。

一九○三年
迪利疆—塞凡[1]

---

1 迪利疆—塞凡：均为今亚美尼亚东北部著名风景区。

阿布—拉拉·马哈利[1]

阿布—拉拉·马哈利，
巴格达声名卓著的诗人，
数十年来居住在
哈里发们的伟大城中，
居住在光荣与享受中，
与大人们和贵人们在宴席上并坐，
与学者们和哲人们一起辩论，
热爱并考验过朋友们，
到过各个不同族裔的故乡，
见过并知道人类及其法律。
而他深邃的灵魂认识了人，
认识了并深深地厌恶人
及其法律。

所以他就没有女人和孩子，
把自己的所有财富分给了穷人，
带上他小小的驼队，有装备有粮食，
并在一个夜晚，当巴格达已进入睡眠时，
在底格里斯河松柏覆盖的岸上——
秘密地远离了城市……

1　阿布—拉拉·马哈利（九七三年至一〇五七年）:阿拉伯语原名为"阿布·阿拉·马阿里"，阿拔斯王朝著名阿拉伯盲诗人，代表作《燧火集》《卢祖米亚特》。在阿拉伯世界的美名是"哲人中的诗人，诗人中的哲人"。他确曾游历巴格达，后回归叙利亚的故里。

初　章[1]

而阿布—拉拉的驼队
　　　像泉水一样轻柔地呢哝，
平静地漫步，在瞌睡的夜晚，
　　　铃铛甜美地鸣响。

用平稳的步伐丈量着道路
　　　那摇来晃去的驼队，
而听来甜美的鸣响
　　　滴出冲洗着平静的原野。

阴柔中的巴格达在瞌睡
　　　做着辉煌、光灿的天园梦，
玫瑰园中夜莺在歌唱着
　　　加扎勒[2]，带着甜美爱情的泪。

喷泉在汩汩流淌
　　　带着钻石般明亮的笑声。
香料与吻向四周散发馥郁
　　　从哈里发那光辉的凉亭。

珍珠般群星的驼队
　　　沿天界的道路播散开来，
而整个无边的天空在鸣响
　　　按照群星辉煌不竭的和弦。

1　这首长诗中的"章"，用的是阿拉伯借词，原意是《古兰经》的章。
2　加扎勒：古典伊斯兰世界传统诗歌体裁名，一般是抒情诗。

风带着丁香的香气，私语着
　　一千零一夜的故事，
枣椰和柏树于甜美的睡眠中
　　在道路上摇曳。

而摇来晃去的驼队，
　　响着铃铛，不看前后，
不为人所知的道路对着阿布—拉拉
　　带着无数的诱惑喊着，哄骗着。

——走吧，永远走吧，我的驼队，
　　漫步直到日子的尽头——
这样在自己心里深处说着，
　　阿布·马哈利，大诗人。

去孤独空虚的原野，
　　自由，贞洁，而神圣的翡翠色远方吧，
向着太阳无声地滑翔而去，
　　而我的心要在太阳心中燃烧。

唉，我没有对你们说保重，
　　我父的坟墓，母上的摇篮，
我的灵魂与你们永远绝交，
　　为父的义务，童年的记忆。

我非常喜爱过我的朋友，
　　以及所有人，近的，远的，
我的爱现在变成了咬人的蝮蛇，
　　我有毒带恨的心正在沸腾。

我憎恨，那些以前我爱过的，
　　那些我在人类灵魂里见过的，
人类灵魂中的可憎与空虚
　　千种厌恶作呕，令我麻木。

但我最厌恶的第一千
　　零一——灵魂的虚伪，
它装饰了无罪圣人们的
　　戴着冠冕的人脸。

人类语言，你带着天界的
　　香和毒，用明亮的面纱
遮住了人的灵魂的地狱，
　　你还歌唱着哪怕一个正确的词吗？

我高傲的驼队，走吧，跋涉吧，
　　在荒野而灼烧的沙漠中，
并定居在那铜样的
　　红炽的岩石下，与野兽们一起吧。

我要扎下帐篷，在蛇蝎们的
　　巢穴头上扎下我的帐篷，
在那里我无数次是安全的，
　　好过在虚伪而笑脸的人类近旁。

好过在朋友近旁，唉，他们的胸口
　　我曾带着爱，将我的头放在那里，
朋友的胸口，用谎言遮盖了
　　不能追回的损失的深渊。

那么多的时间，太阳
　　将点燃西奈的高山顶，
而沙漠的黄色沙丘
　　将如波浪般掀起漩涡。

我不愿问候人类，
　　从他们桌上我不切哪怕碎屑，
我将坐在野兽们近旁，
　　用食物对鬣狗致以问候。

让野兽们粉碎我，
　　让野蛮的风在我头上呼啸。
这样，直到日子的尽头，
　　我的驼队不会回头，走吧，走吧……——

阿布·马哈利最后一次
　　向后转，看了瞌睡的巴格达，
带着厌恶，转回起了皱纹的额头
　　并把它藏在骆驼粗壮的脖颈中。

他带着爱咯咯笑了，用热唇
　　吻了骆驼晶莹的眼睛，
而从他耷起的睫毛
　　不可阻止地流出了两行热泪。

甜美地呢哝着，经过瞌睡的原野
　　紧密的驼队柔和地摇摆着，
向前去了，向着沙漠，
　　不为人所知的岸，贞洁的远方。

第二章

而那驼队摇摆着
　　　在高傲的枣椰行列中，
除去着尘土——尘土的驼队，
　　　它沉默地行走，呼吸着带火的焚风。[1]

——走吧，驼队，我们到底落下了什么
　　　要带着思念地希望回头呢？——
这么和自己的心说着话，
　　　阿布·马哈利，大诗人。

——我们留在那里什么呢？女人？神圣的
　　　爱？欢乐，无底的梦？——
走吧，不要听，我们只落下了
　　　铁链与枷锁，虚伪与幻觉。

而女人是什么？……狡猾，善骗，
　　　嫉妒男人的蜘蛛，永远脑中空空，
她爱自己的面包，在吻中说谎
　　　而她的怀中抱着他人。

你凭着破船过海
　　　好过相信女人的誓言，
她，皮条客，不稀罕，一个灿烂的地狱，

1　焚风：西亚北非一带由沙漠中刮来的酷热风。

伊卜劣厮[1]借她的口说话。

你梦见过远方的星辰，
　　白如天使之翼的百合，
它是你伤口的药膏，
　　生命之痛下发着金光的梦。

你渴望过光——在一双手掌之中
　　亲自呼喊着你，唱着源泉的歌，
你也梦见过不死之露
　　并为那天仙般的胸脯甜美地哭泣。

但女人的爱给你被烧过的灵魂
　　以盐水，你要永远干渴，
意乱情迷之中，你舔舐着胜利女人的
　　身体，而没有满足。

噢，女人的身体，多刺，如蛇，
　　各种邪恶方式的魔鬼般的容器。
你，用肉欲那苦涩的欢娱
　　将灵魂的太阳变为黑暗。

我憎恨爱，死亡一般的废话，
　　秘密地永远燃烧，伤害，
这甜美的毒药，凭着它，饮者
　　变成了奴隶，或者暴君。

1　伊卜劣厮：《古兰经》中对恶魔之首的称呼之一。经中描述的行为，大体
　　即《圣经》中的撒旦所为。

哦，爱，你是自然的折磨人的欲求，
　　不会后退的背叛而阴谋的魂灵，
你，暴怒的混沌的内脏，
　　疼痛的血，血的噩梦。

我憎恨女人的激情的种种，
　　一直不服管束的心裁[1]的灾难，
不竭的源泉，汇聚着
　　世界上的恶的黏污。

我再一次憎恨爱与女人，
　　她的吻虚伪而残忍，
我从她的魔沼中逃出，
　　并诅咒她的生育。

生育残酷而永恒，
　　是蝮蛇之灾在泛滥，
它们互相啮咬着，毁灭着，
　　以毒液的封禁，玷污着群星。

为父者是卑贱的，
　　他从喜乐而无物的胸中
唤出存在的可怜的原子
　　并使这生命开头就是燃烧的地狱。

——我的父亲对我犯了罪，
　　但我没有对任何人犯过罪——
让我这遗嘱写在我坟墓上吧，

1　此处的"心裁"一词也有"受孕者"之意。

220

如果在日光之下我找到一个坑洞的话。

那么多的时间，大海必将
　　隐藏起希贾兹[1]那翡翠色的海岸，
我绝不会回转到女人近旁，
　　我不思念她的妖魅。

我将拥抱旷野中残酷的荆棘，
　　并吻它的刺，
我将把我的头放在灼烧的岩石上
　　并将在它们灼热的胸口上哭泣。

而驼队纤柔地呢哝着，
　　摇摆着丈量着道路，
向着梦与蓝色的远方
　　流淌向前，平和而宁静。

驼铃们似乎抽泣着
　　一下一下拖长声地洒着泪，
驼队似乎甜美地哭着，
　　正如马哈利爱过的、放弃的。

而西风柔和的芦笛
　　啁啾着甜美的沙尔克[2]
有关爱的伤口、忧伤的思念
　　以及梦般柔软的悲伤的。

1　希贾兹：旧译"汉志"，今沙特阿拉伯西部，麦加与麦地那所在地区名。
2　沙尔克：突厥语，一种民歌体裁。

而阿布—拉拉阴郁地思考着

　　且他的忧伤好似深渊，

正如他的路，曲折着，

　　无边地伸展，且没有尽头。

与无边的道路交织在一起

　　他日夜平静地悲伤，

他将目光转向不为人所知的群星，

　　灵魂里是苦涩和伤痛的记忆。

然后不回看走过的道路，

　　也不叹息所舍去、放弃的，

不接受问候，也不问候

　　走过和转来的驼队。

第三章

而阿布—拉拉的驼队

　　像泉水般轻柔地私语，

平和、同步地向前漫步

　　在柔顺的新月光中。

而月亮，正如天园的妙龄

　　仙女们的胸口，灿烂，光亮

有时害羞地藏在云中

　　有时又跳跃着明亮地发光。

芳香的花丛进入了瞌睡

　　戴着钻石，戴着灿烂的饰物，

有着彩虹般翅膀的鸟儿们互相

咕咕着，轻柔地呢哝。

风带着丁香的香气，私语着
　　一千零一夜的故事，
枣椰和柏树于甜美的睡眠中
　　在道路上摇曳。

听着风的对话
　　阿布·马哈利无声地说着——
——这世界也好似一个故事
　　无始，无终，迷人的奇迹。

而谁编了这个崇高的故事，
　　用星星，用无数的奇迹编的呢？
又是谁用不计其数的形式讲着
　　带着这样不息不疲的妖魅呢？

各族来了，各族走了，
　　又不理解他的智慧，
诗人们理解了一点零碎
　　就咿呀起了不死的音声。

没有一个人听过它的开始，
　　也没有一个人将听到它的结束，
每个音声都活了几个世纪，
　　每个音声都无始无终。

但为了每个新生儿
　　这个辉煌的故事都被重新讲过，
重新开始，重新结束

和每个人的生命都在一处。

生命是梦，世界是故事，
　　民族，世代——过路的驼队，
它在这个故事中，与燃烧的梦一起，
　　不可见地迁离，向着坟墓。

人们既盲又笨，没有梦，
　　没有听见这崇高的故事，
你们互相从喉咙中抠出残渣
　　又把世界变成可怕的火狱。

你们的法律——辕轭与鞭笞，
　　疯狂的蜘蛛没有出口的一张网，
而凭着它们的毒素，毒化了
　　夜莺的歌、玫瑰的白日梦。

可憎的人类，将变成尘埃
　　你们的坏心，你们的恶行，
而时间的手将冷漠地
　　清除干净你们污秽的痕迹。

而虚空的风将在
　　你们的化石上方呼啸，
至于永远无用的你们将享受
　　这精妙的梦、这金色的故事。——

珍珠般群星的驼队
　　沿天界的道路播散开来，
而整个无边的天空在鸣响

按照群星辉煌不竭的叮当。

而全世界被充满了，被
　　永恒天界的无数音乐所魅惑，
且在白日梦中，它飞升
　　用灵魂听着崇高的歌。

——走吧，驼队，你柔和的音声
　　与天上的光—鸣响交织在一起，
把我的忧伤交给风吧，漫步在自然
　　母亲的胸中，而且不要回看。

将我带去发光的、异乡的一处岸边，
　　远，遥远，孤独的岸边，
神圣的孤独，你，我的绿洲，
　　你，梦的携来清凉的源泉。

沉静的天空，你和我说吧，
　　用你群星的语言，并软化我吧，
爱抚我的灵魂，因这世界受了伤的，
　　我被人啮咬过，受了伤的灵魂。

我之中，一种不能满足的思念在燃烧，
　　一颗哭泣的、永恒同情的心，
而在我灵魂中，有一个灿烂的梦，
　　和神圣的泪，和无边的爱。

我的灵魂是自由的，我不容忍
　　在我之上有一个有力的统治者，
没有法律、边界，没有命运，

没有恶与善，也没有判决。

我的头上不许有
　　一个荫庇者，一种权力，
且在我的欲求之外一切都是监狱，
　　和奴役，和压迫。

我希望存在无边的自由，
　　无亏欠，无王公，也无神明，
我的灵魂渴望，仅仅，单单，
　　大自由，无边，无沿。

而驼队交织向前，
　　且在它上方是灼烧的光线
带着孩童般的微笑的自由群星，
　　那永恒发光的珍珠般的眼睛。

且它们向他充满爱地喊出
　　金色群星的光做的睫毛，
而他的灵魂充满着崇高的鸣响
　　天空的千万水晶铃铛的鸣响。

在纯粹的夜里带着魅惑的光芒
　　道路在绿松石般的远方发光。
而驼队摇来晃去地，
　　漫步走向无边的绿松石般的远方。

第四章

可怖，又黑、又庞大的黑夜

像一只蝙蝠一样张开翅膀，
无垠的翅膀落下，盖住了
　　驼队、道路和无边的原野。

而从地平线到地平线
　　天空都充满了阴郁的云，
月亮和群星都不闪光了，
　　黑暗，好像它们被黑暗挡住了。

而可怕的风像骏马一样
　　脱了缰，攻击着荒野，
发动着洪水，而泥土和尘埃
　　从被焚烧的原野上与云混合。

而死亡的恐怖在聒噪，
　　又发出千种声音，喧哗着，
好像受伤的野兽们，
　　借风之口吼叫着，猞吠着。

在狭窄的山谷中曲折着
　　以及在无人踪的枣椰树林里
哀号着，那不幸的风，
　　好似是一颗无望的、哭泣的心。

——走吧，驼队，顶着风
　　在世界边缘不败地漫步，
在他的心底这样说着，
　　阿布·马哈利，大诗人。

对着我的头呼啸吧，激烈的风，

你们，狂风暴雨，把我的头炸开吧。
我停下了，露着额头对着你们，
　　我不害怕，击打我的额头吧。

我不会往后转向无情的城市，
　　那里各种激情，噪声鼎沸，
血的首邑，那里的人残酷得
　　连和他相似的也永远要撕碎。

我无家的头啊，你不会变成家，
　　你自己抹去了你故乡的屋室，
喂，对有室有家的人而言，
　　他像狗一样，被和自家的门槛拴在了一起。

进攻吧，风，进攻我父亲的家，
　　把它的基础摧毁吧，夷为废墟吧，
再把尘埃洒遍这个大世界——
　　无际的道路现在是我的家。

孤独现在是我的爱，
　　天空是我的父亲那种星星眼的帐篷，
而驼队现在是我的朋友，
　　而我的休憩是无经停站的道路。

你，巫师一样的道路，永不为人所知，
　　我永恒魅惑的新故乡，
将我，我的心，永恒哭泣着的，带走吧，
　　带到那里，根本就没有过人的地方。

在人近旁你必须警惕，

一直站好，剑在手中
他们才不侵犯你，强迫你
　　无论伙伴，还是敌人。

你把我远远带离伙伴们吧，
　　他们不满足就像蚊蚋一样
他们跟着你，如果你有血，
　　但当你干瘪了，他们将忘了你。

我深深的伤口是谁叮咬的，
　　如果不是朋友，伙伴？
他们用吻打开了我的心，
　　又用吻啮咬了它。

自己源头里有无数虚伪，
　　背叛毁约，恶意且坏，
我的灵魂中，爱的一片天已死，
　　还有燃烧的太阳，还有爱，还有信任。

伙伴是什么？——嫉妒你的好，
　　偷窥你的步伐，造谣，贪婪，
你认识的狗不吠你，
　　你认识的人可吠你。

风就像荒唐的精灵[1]，
　　对着阿布—拉拉严肃的面孔
狂笑，拍手，嘲讽
　　并大力拉扯他的冠帽。

1　此处的"精灵"也是阿拉伯词，来自《古兰经》。

它们挂在衣摆上，

又把阿布—拉拉眼中的

水滴，用掌心给了尘埃

并切断了他的思想之线。

第五章

而驼队自信地劈开

野蛮的精灵们的旋风舞，

坚定又无畏地向前扩散开来

伴着铃铛激动的鸣响。

——朋友是什么……——不断重复着

在阿布·马哈利生气的心里——

你胸中的黑蛇，你床的玷污者……

飞吧，驼队，亲密的朋友。

且你去哪里，就从那里再次

走吧，走吧，不要歇息，

我的好道路，把我带走吧，丢掉吧，

不要让人们知道我的痛苦。

而我们落下了审美？我们后面有什么，

又一次在后面用幻觉喊我们呢？

光荣？宝藏？法律？还有统治？……

飞吧，远离一切的一切吧。

而什么是光荣呢？——今天人们把你

高举得出类拔萃，

明天同样的人们为了在蹄下

　　践踏，把你扔到下面。

什么是人的荣誉？尊敬？

　　——不过是因为金钱——害怕而尊敬你，

而你走错一步时，拖鞋上的尘埃

　　就变成大人物，并攻击你。

而什么是宝藏？凭借它傻瓜

　　统治着人类，还有天才，还有爱——

无数人被挤出的血，

　　死者的肉，孤儿的泪。

什么是人群？——它是大傻瓜，

　　有迫害性的灵魂，又是恶的元素，

暴力的锚地，又是双刃的剑，

　　和愤怒之中的庞大野兽。

什么是大众？——敌人的军队

　　而那里的个人是不捆锁链的俘虏，

它何时容忍过灵魂之鸟

　　和崇高思想的滑翔呢？

恶心的大众，令人窒息的环，

　　你的好与坏——可怕的鞭子，

一把无边的剪刀，剪切所有，

　　整齐划一，全都一样。

我还厌恶，唉，故乡[1]——

　　缺乏财富的美妙牧场，

它血染的土地，不倦的农夫

　　为了自己的面包而啃咬干石头。

什么是法律？——人类祝福的，

　　残忍有力者那残酷的剑，

永远悬挂的无力者的头，

　　可怜人的摧毁者，有力者的保护者。

权力也好，法律也好，

　　我都以全部的气愤厌恶，厌恶，

凭着可憎的权力侵犯

　　凭着可憎的法律侵犯并屠戮。

已经七次了，我厌恶，厌恶

　　统治——世代的吞噬者，

欲壑难填的高利贷者，吃不饱的吃白食者，

　　战争的永恒编造者。

它是过去诸世纪的，未来诸世纪的

　　大屠夫和大强盗，

它走过的路，灾难与屠杀，

　　恐怖的撒下者，复仇的狼群，

它像魔鬼一样坐在我胸口，

　　拳头可怕地压着我的额头，

1　这里的"故乡"在亚美尼亚语中也可当"祖国"讲。因在诗中的年代，马哈利的故乡叙利亚和他离开的伊拉克同属一国，故此处译为"故乡"。

又对我的每一步用锁链攻击，
　　关闭了我的舌头和思想。

它一直在向下镇压我们的肩，
　　它到哪里，都在榨取压迫，
又以权力的残酷名字，
　　用无数的骷髅筑起城堡。

而所有算是统治的——
　　权力、法律和正义，
它自己都既是可怜鬼，又是恶与善，
　　但你是坟墓，你是虚无。

而我诅咒统治，
　　千般疯狂的鬣狗，
它的每一步都是血的榨汁盆[1]，
　　里面践踏着老与少。

无用的人类，奴性而胆怯，
　　谁把剑给到你的同侪手里？
谁给了他复仇的权力
　　统治、摧毁他的同侪？

带我走吧，驼队，交给蝮蛇，
　　把我的心埋在沙下，
带我走吧，使我从统治中自由，
　　从它野蛮的阴影中自由。——

1　榨汁盆：指酿葡萄酒用的大盆，里面放葡萄来榨汁。

疯狂的闪电以火的剑

　　切开着云朵的步兵，

而闪电的电击粉碎着

　　远处群山白色的冠顶。

而暴雨大噪，

　　枣椰和柏树呼啸着，聒噪着，

而驼队毁坏着桥梁

　　并大步飞奔着跑，飞。

跑着，飞着，芦笛，哈！芦笛，

　　尘埃的云朵遮盖了道路，

好似逃避着恶统治的

　　复仇的拳头，它没到达驼队。

第六章

而日半的愤怒太阳下

　　水仙与百里香在浓郁地吐芳，

而驼队消失在尘埃中

　　慢慢地漫步，疲惫了，汗透了。

——飞吧，驼队，把焚风和暴雨

　　劈开，进入沙的胸膛——

这样在生气的心中说着，

　　阿布·马哈利，大诗人。

——让沙漠的火焰的风对着我来吧，

　　将沙上的痕迹清除，

这样人们再也找不到我的位置，

我呼吸过的空气人呼吸不到。

我看着那通红的狮子
　　从黄色的沙丘后看着我的眼睛，
我看着它们，从它们金色的
　　鬃毛来的风撕断着闪电。

来吧，我喊着，我不逃跑，
　　来吧，吞食我受伤的心，
我绝不向后转到人的近旁，
　　我不敲背叛成性的人的门。

人们是什么？……戴了面具的魔鬼，
　　有獠牙，不可见的爪子，
有蹄子，并且嘶鸣
　　而他们的舌头是有毒的刀子。

人们又是谁呢？……狐狸的气息，
　　无边的自私，叛徒，通敌者，
为你的落难高兴，舐血者，
　　杀童的野兽，还是屠夫，屠夫。

在贫穷中奉承，自轻，
　　在悲惨中胆怯，背叛，
在富裕中无耻，幸灾乐祸，
　　又记仇，又傲慢。

为了坏牺牲了好，
　　而坏与恶又侵犯着，折磨着
这个坏世界中的一捧好，

而生命的田野中生长着莠草。

我绝罚你们，远方的人们，
　　你们的恶与善，你们的各种宗教，
它们只不过铸造了锁链
　　和越发坚硬的奴役的监狱。

无情无义的世界，其中力量和金子
　　把贼变成诚实可靠的人；
把傻子变成天才，胆小鬼变成妄大胆，
　　丑人变成天人，妓女变成贞女。

人类世界，血的浴盆，
　　其中虚弱是罪过，而力量是正义，
其中人都有恶意，所做的
　　在这个可憎的世界上，不过是为了物质。

不过是为了利益，利益的永恒俘虏，
　　神化着浩劫的爪子。
看哪！人永远是——上帝的形象，
　　但实际是流产的撒旦。

我的驼队的，我无边的道路的
　　麻木的一步步，无数的脚步，
无数的脚步也没到达
　　人一天之中犯的罪的程度。

我说，看哪！无论是东方，
　　北方，南方，还是西方，
那里的风都互相不善地

一起听着我正义的话语。

你们把我火一般的话语拿走吧！散布吧！
　　好让从海到海的诸世界听到，
即使更坏，更可憎
　　过于残酷的人类——那也不过是人。

那么多的时间，群星
　　不倦地向沉静的沙漠眨眼，
而沙丘在蜷曲着，
　　像蛇般嘶嘶着，呼啸着。

逃吧，驼队，逃开这些，通奸的
　　淫荡又下流的低级宴会，
虚伪、压迫的展示场
　　以及商品的污秽市场。

从大众逃离吧，逃离复仇吧，
　　逃离人类血染的正义吧，
逃离女人、爱、朋友，
　　逃离人令人窒息的影子吧。

走吧，驼队，你们的脚底下
　　踩压着、践踏着法律、权力，
而你们道路上的尘埃遮盖了
　　无论恶与善，还是统治。

再让虎与狮粉碎我，
　　带火的风在我头上呼啸——
而这样，直到日子尽头，

我的驼队不会回头,走吧,走吧……——

骆驼把它们弓一样的脖子
　　像箭一样拉直,
奋力跑着,并把自己的踪迹
　　留给尘埃的无边的驼队。

奋力地跑过焚后的原野,
　　向着不为人所知之地,向着远方,
用烟尘遮盖住
　　无际的原野、村庄和首邑。

好似是阿布·马哈利受了惊吓快速逃离
　　没有经停站,
好似是法律、女人,乃至大众
　　加倍地跟随着他。

而驼队响着铃铛,快速地,
　　不看而经过,不会回头
城堡下面的大城市
　　被面包与欲望的喧闹充满的。

他快速跑过无知中
　　若干世纪石化的村庄近旁,
他疾速跑过,沉浸于远方
　　带着对鎏金星辰不可阻止的思念。

驼队肆意地日夜
　　穷尽着道路,摇来晃去,
而带着痛苦的灵魂,阿布·马哈利

暴怒地思考着，眉头紧锁。

疯狂的驼队对他的思想
　　如被暴雨驯服的鹰隼一样，
飞驰着，痛苦与忧伤着，
　　带着为了找到一道光—驿站的喘气。

而他在没有眼泪地哭着，
　　且他的忧伤好似深渊，
正如他的道路，曲折着，
　　如无边的蛇，也没有尽头。

而他不回看走过的道路
　　也不叹息所舍去、放弃的，
不接受问候，也不问候
　　走过和转来的驼队。

第七章

而阿布—拉拉的驼队
　　在阿拉伯大沙漠的
门口近旁，疲劳地屈膝……

地平线在大火中
　　它们无人的、自由的岸边，
黑暗收起面纱般的下摆，
　　用火焰搅动起杏黄色的天。

而阿布—拉拉孤独地坐下
　　头歪在玉髓般的岩石边，

将目光没入魅惑的远方，
　　而平静下来的灵魂，平和又明亮。

——噢，我多么自由啊，无限制的自由，
　　不是吗？这大沙漠能
在它的边际内包括，怀抱
　　我无底、无边的自由。

没有一个人类的恶灵看到我，
　　没有一条人类的臂膀及到我，
哦自由！你是天堂般的
　　灿烂玫瑰的明亮芬芳。

用你的美妙玫瑰为我准备花冠吧，
　　在我的灵魂中点燃你熊熊的火炬吧，
哦自由！你是天堂般的
　　光——夜莺们不死的古兰经。

灿烂的多石之地，你是智慧的
　　黄金世界，千次地问候你，
纯洁的土地，这里人根本不
　　侵犯人，你永远是受祝福的。

无际地展开，散布你的沙子的
　　黄色海洋，在诸族裔之上吧，
覆盖整个人类，凉亭与茅屋，
　　村庄与首城，市场与城堡吧。

用你巨龙般的风，让自由
　　在全世界加冕吧，

并让崇高的太阳

　　给遍照世界的自由鎏金吧。

带着千千种的奇迹

　　和炽腾的魅惑

辉煌、光亮的夏姆斯[1]——太阳出现了，

　　带着玫瑰、绸缎的无数螺旋。

而崇高的太阳的火炬之下

　　散布着、扩展着沙漠的边缘，

它熊熊燃烧着，如同堤坦般

　　巨大狮子闪金光的皮毛。

——问你平安，太阳，千万次的谢谢，[2]

　　你，神般有力，你，生命的源泉，

你，我不死的母亲，你，母亲般的怀抱，

　　你，唯一的善，你，唯一的神圣，神圣。

你，全宇宙的无底杯，

　　迷醉和祝福的金杯，

你，欢乐的，魅惑的

　　火焰般的酒的无底大洋。

全宇宙的千般威仪

　　你是盛大的欢宴，善的太阳，

看哪，我的灵魂——一团干渴的火苗，

　　把你清纯的酒倾泻到它之中吧。

1　夏姆斯：阿拉伯语的"太阳"。

2　这里的"平安""谢谢"原文都是阿拉伯语。

用你的欢乐，用你的智慧，
　　用你的永恒，让我醉了吧，
给我过去的不醒的遗忘，
　　你充满芬芳的白日梦中的光。

让我醉了吧，让我醉了吧，
　　用你不死的酒把我灌醉吧，
我要忘记人、谎言与阴郁，
　　我要忘记永恒的恶与悲哀。

用你的崇高把我灌醉吧，
　　用光—惊叹把我灌醉吧，
与黑暗为敌的不可战胜的对手，
　　春天的母亲，欢乐的海。

你，独一的善，你，我独一的爱，
　　你，独一的神圣，神圣，你，母亲般的怀抱，
你，永恒的同情，战胜死亡者，
　　你，美如奇迹，唯一的美。

我爱你，我爱你，
　　用火攻般的爱燔烧我，伤害我吧，
并把你辐射金色的灿烂发丝
　　铺散在我身上，爱抚我吧。

而我血腥的嘴唇
　　通过啮咬你被大火灼烧的吻，
打开你散播欢乐的光之怀抱，
　　我为爱所燃烧，飞向着你。

让我的双耳聋掉吧，
　　我永远不再听世界的噪声，
为了世界我要永远地瞎掉，
　　也不要后看，免得看见人。

向着太阳，成世纪地，成世纪地
　　飞吧！滑翔吧！诚实的驼队，
在它光明的、火焰般的怀抱里，
　　我要变成太阳，我要变成永恒。

哦，我的母亲—太阳，在我肩头拉开你
　　杏黄色灿烂的黄金泡沫吧。
这样我会胜利地，在你的光与光辉里
　　疾速地飞着冲向，向着你。

你，神般有力，你，我唯一的爱，
　　你，我唯一的母亲，你，母亲般的怀抱，
你只是善，你只是神圣，神圣，
　　你，美如奇迹，唯一的美。

终 章

而骆驼们，如同金子做的小舟，
　　把海—沙漠中的火焰波浪
劈开，快速地滑翔
　　向着通明、光亮的远方。

而没有一场长着喷火翅膀的沙暴
　　能抵达它们的战场，

荒野贝都因人[1]的箭的滑翔

　　不能追上它们的飞翔。

从河谷中，凉爽的微风带来着

　　燃烧的颂歌，给燃烧的思念，

乳泉沸腾着，

　　咕噜着它们贞洁心中的梦。

而故事中的光辉仙女们

　　带着母亲—枣椰树枝叶的轻柔沙沙声，

送出吻与问候

　　并用秘密的承诺呼喊着他。

但阿布—拉拉不希望听

　　爱的问候、柔美的沙沙声，

他不满足地飞向太阳，

　　而自己也如太阳般明亮。

但六翼天使们用无数幻觉的、魅惑的

　　新的幻象

伴着光—白日梦的金翅膀

　　放飞被巫蛊了的灵魂。

骆驼们戴着放开的辔头

　　有力，疯狂，那么疯狂而有力地

滑翔着，翱翔着

　　带着火的势头，疯魔癫狂。

1　贝都因人：埃及到阿拉伯半岛沙漠中的阿拉伯游牧民。

而太阳的火雨下

    骆驼们欢乐地燃烧，

并断续地高声鸣响着

    自由的铃铛，狂喜，发亮。

阿布·马哈利像鹰一样

    双眼不眨一下地盯着太阳，

他不眠地，醉于光的灵魂飞翔着

    并因祝福的所获而燃烧。

只有沙漠跟随着他

    赤裸地散开，在光的胸膛中，

而他的头上方，太阳在娇媚地行走

    天蓝色的头发无际地延伸。

而杏黄色的黄金泡沫在肩头

    阿布·马哈利，大诗人，

不停地飞翔，他胜利而崇高，

    向着太阳，不死的太阳。

                一九〇九年

                加扎拉巴德

中国长城之歌[1]

来自北方寒冷的草原与冰封的群山，无尽的世纪中，匈奴人和突厥人的诸野蛮部落，装备了多如雨点的马匹，侵犯着中国富庶的边界省份。在蹄下践踏着开花的田野和果园，将繁华的城市和乡村变为废墟，又带着巨量的战利品，返回了他们寒冷的草原与冰封的群山。

中国皇帝秦始皇帝[2]思考了如何结束这些强盗的洪流。并决定起自黄海，直到戈壁沙漠的黄沙之中，拉起一条以堡垒为基础，长长延伸的墙……像堤坝一样，有城堡和堡垒，对付从北方袭来的谜一样的种族。

皇帝有暴君和不容阻挡的欲求，刚愎而狂妄的本性，而作为天子，他以为他有权力统治不仅各色人等，还有自然。就是他，有一次惩罚了一座山，因为它胆敢在天子头上下暴雨。

皇帝命令自己广袤的国家的每个工程师和大师，在十年间建好自己想象的无远弗届的墙，它必须有龙的外形。民族的标志，有不可逾越的墙，环绕着高傲的塔楼的，必须在群山顶上、峡谷与沙漠之中现身。必须延展再延展，蜿蜒再蜿蜒，如龙一样延展和蜿蜒，且它无数的环城和侧翼中，必须包括中国的全部土地，不许一块巴掌大的土地留在巨龙身体外侧。

而长城，巨大的墙，必须永久挺立，针对有威胁的、恐怖的蒙古诸部，他们野蛮的额头必将在以后因攻击巨龙的石制侧翼而撞破。

皇帝命令，从中国男人十里抽一做工人去修墙。

三百万工人集合去了边境全线，且三百万工人十年不停地被奴役在悲剧般又榨干人的工作上。

1　坦言之，这篇散文诗在作者的全部作品中不算特别出色的。伊萨哈强最有名的散文诗应数《萨迪的最后一个春天》，戈宝权先生早有译文，收录于《俄语国家作家诗文集：戈宝权译文集》，北京出版社，1998年，646—650页。作者的中国主题散文诗还有一篇《李太白》，篇幅是这篇的三倍左右，读起来更能引人兴致。但鉴于里面涉及的李白作品需要时间勘对，困于时限，译者只好选了这篇，主要为了体现作者对外族文化的广泛兴趣。

2　"秦始皇帝"：原文即如此称呼，是汉字的音译。

皇帝又命令，全中国为工人供应十年的给养，以及必要的材料与木头，为了修建疯狂的墙——长城。

残酷的皇帝以严厉的刑罚作为威胁，命令工程师们，墙的石头必须彼此间那样坚固，两块石头之间不能有一根针扎得进去。

多少大师和工人被吊在了高堡上，因为皇帝的验收官发现，命令没被彻底完成。

三百万有用的，青年和成年的工人、农民、贫民，从清晨到深夜工作，在烈日灼烧中，在从北方寒冷草原呼啸而来的刺骨寒风中不得睡眠。

他们喝着含有崩牙沙子的冷水，吃着干饭。枵腹睡在干草铺上，而梦到的是噩梦。

他们在粗暴的监工们的鞭打和棍击下劳动。挖深深的地基，腰上负着重大的石块，在负担下衰竭，受着打击，而多少、多少体弱者在无情的打击下死去了。

衰弱的、受折磨的无数工人，在采石场的废墟下崩溃，由墙上落到地上，并在石头上摔碎了头骨。而无数这样的死者被埋在地基和墙中。

五十万体弱者被埋在了地基和墙中，而长城名副其实地被叫作"世界最长的墓地"。

逃离折磨的人在艰苦和与人为敌的沙漠中面临一死，而秃鹫翻出他们的无名尸体吃掉，沙漠中的恶风又舔舐着他们受苦的骨头。

三百万工作者用不可能的折磨，他们的血、肉和骨头，建造了堤坦般巨大的长城，它有稳固的基础，粗大的石头，疯狂的长城，有三千公里长、十一米高，大量地方有双重和三重墙。无数的门，铁样坚固的门闩和撬棒，无数的堡垒和高塔。

用了那样多的砖石建造长城，用它们可以做成石带，绕地球两圈。

这样，奉秦始皇帝之命，中国那龙徽的旗帜有了石质的实体，而这疯狂的墙构成的无尽的蛇，高升过群山蓝色的峰顶，下降到幽暗的谷中，桥梁飞架过打旋的河流，通过坚固的桩顶，延展通过沼泽中间，无边地延展通过原野，蜿蜒着又绕成圈而去，潜行到戈壁沙漠的风暴粉碎的沙中。

长城巨龙持续了十年——折磨与悲剧完全持续——耗尽并吸收了中国伟大人民的精神与肉体的实力与强力，物质的全部手段。

死者死去，又被葬在墙那沉重的石头下，而生者们，当他们回到家时，已经年老力竭，却发现他们园地里的树已干枯，家室荒凉，而邻居们只能指出他们亲近者的坟墓。

中国大地的伟大人民的心，在面对长城这巨龙的废墟和浩劫时，震撼并流血了，而无数失子的母亲与无数孤儿一起忧郁地哭泣，而他们无边的忧伤与痛苦，体现在有关墙的歌里。[1]

春季的头一个月，柔和又空气新鲜。

每年在门上都挂着红灯笼。

许多人的丈夫回了家，但我的却仍在长城上干活。

二月了，一对燕子落在我们的屋檐上，它们睡在阁楼窗下的柱上。

但我的家空荡又哀伤。

三月了，桃花灿烂，绿柳闪光。

邻居们在祖先坟上燃香。

四月和五月了，玫瑰与桑树的时节了，石榴和李子的节日了。邻居们耕种自家的田野。

唉，我的田野仍然荒芜。

六月和七月哭着又忧伤着过去了。八月来了，荷花开了，而鸽子们带来了远方爱人的心。但对孤单的女人，可怜的丈夫没有一点消息，他融化着，消失着，因国家的义务而远离，谁知道在哪片沙漠中，在哪片沼泽里呢？

九月里香客上路了，而农民们收获着稻米，缴国家的重税。

十月和十一月里风雪寒冷，结冰的灌木上闪着寒霜，而在悲伤中，下雪了，并盖住了所有道路。

十二月了，所有人都在准备新年节，但孤单的女人，丈夫死在了造长城上，她哭得那么苦，以致她有力的呻吟一直到了天上，而同样巨大的墙也听到了她，并碎裂了。

---

1 从内容很容易看出，这是对《孟姜女十二月调》的意译。不过这里还是按原文直译。

那痛苦的日子至今二十三个世纪了，而中国劳动者二十三个世纪都带着对大墙的呻吟，唱着这首不加修饰的歌。

牧人伴着山中的竹笛唱着，村民在下稻田时唱着，苦力在被沉重的负担压弯时唱着，而工人在工厂和地狱般的矿坑里唱着。

这首歌由墙的特性升华，并变成了忧伤的标志，遍及世界的弱者的捐赠。

它变成了反对压迫、反对暴力的为奴的民众的战斗口号，和起义大众的进行曲。

这首歌由墙的特性升华，并变成了无边的中国上方飞翔的解放斗争的旗帜，在它下方的城市中、工厂里、港口上，和到处，中国革命在波动。

苦力、工人、农民，在这面古老的旗帜下发起冲锋，并对着成世纪的压迫者官僚大人，对着日本嗜血的世界侵略，对着欧洲贪婪的资产主暴动，他们以大麻和剥削的欺骗手段，吮着中国劳动者的脑汁和骨髓。冲锋和暴动将以牺牲推翻所有的墙和暴力的监狱，将推翻资产主的所有的堡垒和城堡，将要摧毁贫穷与奴役的所有轭与锁链，将要在成世纪的长城的废墟上，创造自由、有权、宜人的工作和正义的享受的光明世界。

一九三五年十一月二十五日

巴黎

我们的历史学家们和游吟诗人们

献给我们人民史诗《萨逊的大卫》作成一千周年

我们伟大的古代修道院黑暗的小屋内,在孤独中
我们悲痛的历史学家们,伴着不熄的柔和灯光,
一卷书,一口水,辛劳地在无眠的夜晚
书写着我们的历史,在褪了色的羊皮纸上——
嗜血的部落的浩劫,屠杀,
祖国的崩溃和敌人不饱的刀。
既哭泣呻吟,哀叹着亚美尼亚堕落的命运,
又希望着一位耳聋上帝正义的判决。

我们村民简单的茅屋内,神圣的灶旁,坐着
我们热情的游吟诗人们,他们面前是酒和面包,
传唱着史诗,讲我们大力英雄们的胜利,
既嘲笑我们无数敌人的失败
又编织着永恒人民的历史,
带着火热的确信,将我们的荣光传给子子孙孙,
他们看到了我们辉煌的未来,不屈的自由灵魂,
祖国为爱而高高举起的紫电宝剑[1]。

一九三九年八月三日

扎赫卡佐尔[2]

1　紫电宝剑:亚美尼亚民族史诗《萨逊的大卫》中大卫的武器。
2　扎赫卡佐尔:意译为"花谷",在埃里温东北,是亚美尼亚著名风景区和
　滑雪胜地。

宾果尔[1]

当春天绿色的门都打开时，
宾果尔的泉水就成了竖琴，
一列一列装饰的骆驼走过，
我的恋人也去了此地的夏牧场。

我思念无价恋人放光的脸庞，
我思念她的纤腰、海样的秀发，
我思念她的芳舌与香气，
那宾果尔小鹿的黑眼睛。

清冽的泉水，我的枯唇打不开，
丛丛的野花，我的泪眼打不开，
未见到恋人，我的内心打不开，
宾果尔的夜莺，唉，对我算是什么？

我迷路了，条条道路我不认得，
无数的湖泊、河流和石头，我不认得，
我是流浪者，这地方我不认得，
小妹请说吧，哪条路去宾果尔？

一九四一年一月十九日
埃里温

1　宾果尔：这个地名现在一般指土耳其东部同名省的省会，亚美尼亚语原名
　　恰帕克楚尔。不过这个土耳其语地名意为"千湖"，相当普通，可能还有
　　同名者。毕竟作者一生中并未涉足西亚美尼亚，而在该诗写作的一九四一
　　年，此地已最终归属土耳其二十年。

因德拉
（一八七五年至一九二一年）

　　本名蒂兰·彻拉强，这个笔名来自印度神话中的因陀罗，也就是汉译佛经中的"帝释天"。他生长于君士坦丁堡，并生活至毕业后工作的一段时间，之后曾游历欧洲，在特来比宗德[1]执教等等，辗转直到一九〇五年在君士坦丁堡重执教职。一九〇八年出版第一本诗集《松林》。一战开始前后精神状态已经不稳。一九一五年虽然逃过一死，但精神受到巨大刺激。一九二一年被已经掌权的凯末尔派逮捕流放，途中精神彻底崩溃，死于迪亚巴克尔附近。他是西亚美尼亚象征主义的后期代表，多使用自创词汇、倒装语序等，导致诗歌晦涩。

1　特来比宗德：今土耳其东北部重要港市特拉布宗。

月　夜

惨白月，照着这遍布霜的夜晚，
而这松林，大又紧密，密不透光，
散开它黑压压的一大片树尖
向上，向着天穹神圣和平的荣光。

而大松树们多么平静和沉默，
听着无瑕的闪光，并向上笑着，
而那轻喘，它们中不时抖出的，
是它们灵魂喜悦发抖的一种不可解的言说。

这是一个深深宽慰人，充满祝福的节日，
以前光辉的喜悦无边无际，
因为我知道黑松树林对存在的思念。

混乱变成了大卫的诗琴，物质变成了曾经的祈祷，
从可耻的欲望变成了最初的太阳，
可怜的黑暗屈膝面对不可言说的光。

一九〇七年十二月二十一日

舒珊妮克·库尔金扬

（一八七六年至一九二七年）

本姓波波尔江，生于亚历山德拉波尔一个穷人家庭，上完文科中学预科后因家境辍学，开始自学。一八九九年开始发表诗作，一九〇三年迁往新纳希切万，在此地接受共产主义思想，并开始参加社会活动。一九二一年迁回出生地，但健康已经恶化。一九二六年久姆里[1]地震后移居埃里温，次年逝世。她与哈科布·哈科比扬同被视为亚美尼亚无产阶级文学及苏维埃文学尤其是诗歌的奠基人。

---

1 久姆里：亚历山德拉波尔已于一九二四年改名久姆里。

工人们

我们来了！——

穿坏的扣子，油腻又烟熏，

磨坏的帽子，肮脏的头发，

大部分面黄肌瘦，贫贱又赤脚，

有时苍白，有时麻木，

有时带着饥荒，寂静的忧愁带来的

黑色皱纹，那不可清除的印记，

有时带着不屈服的轻蔑的

不可阻止的愤怒的复仇的毒素，

然而，因早衰的、消磨灵魂的痛苦，

从而对光明，对新鲜空气的渴望，在我们脸上；

且然而，因对像人一样生活的希望，

而受的深深的伤口的苦痛，在我们心上——

我们来了！——

我们，工人，胀大的肚子，

成条的油脂，成堆的金子的——

　　　　免费的劳力……

我们，工人，痛苦，眼泪，

半饥的生活，监狱，流放的——

　　　　不分离的朋友……

我们，工人，因生活的恐惧，

　　　在生命的市场上比底货

　　　更便宜的卖品……

哦！人类生活的大水蛭们！

　　　卑鄙地扼杀创造的人，

你们，贪得无厌地渴望财富的

醉于沉睡的良心的鼹鼠，

你们，羞耻的坟墓挖掘者，

令人厌恶的，对神圣自由下手的刽子手，

与你们相似者之血的吞噬者，

把萌芽中的希望消灭灵魂的魔鬼，

也许我们没有用我们受折磨的面孔来爱抚

    你们精细的神经？——以灵魂挨饿的人，

    你们，吃饱的身体。

不是吗？用我们一滴一滴的血，

用洒的如同胆汁般的汗水，

用苦涩的眼泪的没有终点的洪水，

用我们有力，努力的，臂膀的

拱形腰杆的，灵魂的痛苦，

用为我们的头准备的每一秒钟

不吉的死亡的无声的恐怖，

    你们汲取着营养，

    生活着，揩油着……

而对我们的努力，用琐屑的碎片，

对饥饿的人群不满地匆匆处置，

好像我们是人类的继子——

而你们是欢乐的，不义的生活

    所选择的冠军们……

哈！我们来了——

从成世纪的痛苦、剥夺的火中

从迫害，令人厌恶的奴役的

    被遗忘的黑暗中——

将用胸膛撕碎统治者的荣光——

    暴政的宝座——奴役的枷锁——

为与我们相似者铺平新的道路，

我们值得这称呼——和平等，

我们这样来……

一九〇七年

西亚曼托

（一八七八年至一九一五年）

　　本名阿多姆·雅尔江尼扬，生于安纳托利亚与亚美尼亚两大高原交界处的阿根[1]。一八九一年毕业于当地的亚美尼亚学校时，时任本地主教的著名学者卡列钦·瑟尔万茨姜茨赠予了他"西亚曼托"这个来自亚美尼亚民间故事的笔名。次年全家迁居君士坦丁堡，他在那里继续学业。一八九六年毕业前逃往埃及，在那里听到了阿卜杜勒·哈米德二世屠杀亚美尼亚人的消息。次年前往日内瓦，并加入达什纳克党；又赴巴黎学习，在欧洲各地辗转直到一九〇八年。一九〇二年出版第一部诗集《英雄一样地》时仍用本名，一九〇五年出版第二部诗集《亚美尼亚之子》，并初遇塔尼埃尔·瓦路让。一九〇九年赴美，在美国各地亚美尼亚社区中进行返乡动员两年，但不成功。一九一一年回到君士坦丁堡，参加本地文化活动，继续出版诗集。一九一五年和君士坦丁堡其他大批亚美

1　阿根：位于今土耳其中部通杰利省。土耳其共和国早期仍使用亚美尼亚语地名的土耳其形式"埃延"，后改名凯马利耶。是历史上著名的亚美尼亚民歌之乡。

尼亚文化界人士一起被集体逮捕并遇害。他以象征主义开始诗歌创作，后来与瓦路让一起成为西亚美尼亚异教主义的代表人物。他的诗歌语言堪称所有现代亚美尼亚诗歌中最雄壮者。

胜利之后

但是一个人，在显著地位上，他那溅了血的斗篷在风中振动

且他的火炬的火焰将积尸照亮后，

他的形象向着我们甜美地说：

"兄弟们，尽管我知道你们自我奉献的命运在这一刻，

从黑暗中新生的它对着晨光，

以胜利的火焰像钻石般闪光……

尽管我知道你们的眼睛仍然

未因注视广延如海的血而醉，

但今天在驿站上，我们母亲们的怀抱到达之前，

来吧，首先以我们血染的肩膀上着火的上衣，

从这光荣中的**光荣**之巅，立即，

卷起骷髅的，臂膀的，和粉碎了的上身的，

恳求怜悯的这些残骸吧，

并且为了用胜利的消息照亮土地的脏腑

你们全体把你们剑上的一把火沉到它的深处，

把它们埋葬在它之中，它们从那里给我们带来我们的胜利……

然后，最后，跟着我向这激流去赎罪吧，

背负上我们父辈的尸体，

因为它的恐怖他们那样憎恨它，它在这些岩石的对面，打碎了
　　他们……

来吧，将你们的有力的血染的手，

和我血染的手一起，

在它行圣事的波浪中洗净，

因为，那个**理想**，我们的青年的光亮的思想

为了我们成世纪的土地而神圣地刻下了的，

绝不再有，而且我正确地、正确地对你们说，

再也没必要有胜利的带来自由的剑

也再也没必要有血的恐怖。"

他的言语结束了，那时，

他与晨风的翅膀一起，震撼了痛苦绝望者，

那么像贪婪的兀鹫们的一场暴风雨，

我们的上衣在它们红色的屠杀之下

整个战场因为我们的注视而穿上了殓衣……

而从我们的手中松开的剑在无数

遥远的土地上像闪电一样潜了下去。

诸世纪的复仇

从希望的铁梯顶上，我展开我的福音，

它从灰烬的，尸体的，和悲痛的谷地中来到你这里，

并且，唉，从我的斗篷袖子上，我灿烂种族的血，仍在可怕地
滴下……

但我的步伐不倦，意志超强，声音残酷地粗野，

即使我的头因为悲伤和复仇和命运，已经灰发，

但，看啊，我双眼红到了一个英雄的程度，且我的形象看起来
可怕。

在我的智慧和愤怒的太阳下我有力的身躯这里程碑，

再也不希望那轻浮的光荣永远负担在它之上

且在那些恳求的，祈祷的，哭泣和哀悼的和孤儿的写本中，

世纪复世纪我的诸世代哭了他们的血和苦难，

我将他们扔到了一边，为了让他们不因失败而为奴，并因祈求而
流泪……

并且以我的思考和发怒测量着你们的痛苦的最深的根，

我看到了乞求你们得救者的赤脚因废墟的灰烬而燃烧……

我看到了你们在眼泪中欢乐过，而对带来生命的战争害怕……

我看到了必须建设正义，且必须疯狂地夺取自由。

我今天，看哪，我不可衡量的愤怒点燃了我所有的火。

"现在我也盯着你，来踏上我的道路，歌唱我要释放的吧，

在我的路上唱战歌，我渴望着复仇并永远释放出的吧，

我的信仰的孩儿们的野蛮胸膛的战马们暴风雨般舞蹈……

说吧，我要对着四极点燃我的主意的灯塔，

说吧，我要把我的岩堆推到不义的胸口上，

并和我火热的土地与难制的战士们一起造反，

并要与火热倔强的斗士们一起踏上我的土地……

说吧，我要使古老的英雄们的喉头吹响我的号角……

说吧，我要锻打我的铁，并使我的钢发光，

说吧，我也要给我饮血的骏马辉煌地上鞍辔，

说吧，它的四蹄在山谷之上，从山到山只有它们闪光……

唱吧，现在，所有人的血变成太阳，且他们的希求和手腕成了铜，

唱吧，兄弟之情被庆祝了，而呼吸与灵魂也因同样诸世纪的复仇
　　而被加冕了……

现在正被播撒的眼泪转回了，且胸腔的哀悼停息了，

现在所有人成了一个，所有人成了一个，前进到了我的**上主**的翅
　　膀下，

仍然醉倒他们吧，如果你能，并值所应当地为我唱英雄之歌吧，
　　哦，里拉琴歌手，

我知道你的竖琴有**乡思**，正如有那么多个世纪的复仇……

那么从天顶的雷霆那里夺取你的琴弦吧，一束又一束地，

抬高你的双手并将它们伸向夜晚有各种蓝色的天穹吧，

且用一群流光的晨星装点我的头吧，

熏香我并建起不死庙宇的那华堂吧，

向我跪倒并崇拜我吧，且当时辰到来时，为我献燔祭吧，

并对着我的方尖碑的大理石磨碎你土质的前额吧，

因为，我是我，我是我，我是我，我的名字是**斗争**，而我的完结
　　是**胜利**。"

故乡的泉水

是我的晨光和我的希望的日子，使你活了，

哦，故乡的、甜味的泉水，

且你光亮的声音仍然在对我说

从我疲劳而失望的大脑中……

你钻石般的丰富的跑动，

在我灵魂的模糊的废墟上，

从这么多的时间以来，为我的记忆和过往哭泣……

我没有忘记你，哦，遥远的兄弟般的泉水，

我记得，当我来在你的水的神秘之前沾湿时，

我快乐的男孩的双眼和我明亮的额头，

而你亲如父母，像自由思想一样，

使我的太阳、我的生命和我的灵魂都变甜了……

当我的双臂仍然没有因这失望的岩石而折断时，

当我因高兴而关闭注视时，

梦到的胜利的太阳在视线里……

我没有忘记那有着金质苔藓的小溪，

你的歌流在前面耕种的，

和我借着童年散的步，梦到的，

我从它们的路上带着热恋和沉醉在走，

正如它们正在走，它们希望所等待的**希望**的抵达……

但是你是否仍然在流呢？哦，故乡的泉水，

那么清澈，正如我过去的**晨光**，

你那古老日子的水流，它们是否仍然纯净？

而你的声音仍然是一首歌吗？还是复仇的一声呐喊？……

而你说吧，它们是否没来过？没来过？在我们恐怖的日子里，

将要把你钻石般的光亮变苦，

从我的亲族无罪的血中，有几滴血，
从它们的血流中，唉，唉，我的战败的思考
因悲哀和战栗和恐怖，不可治愈地疯了……

舞[1]

而她被蓝色双眼中的眼泪窒息着，

在一片灰烬场上，那里亚美尼亚人的生命当时仍在死亡中，

我们的恐怖目击者德国女人这样地叙述了，

这不可叙述的故事[2]，我对你们叙述的，

我以我这毫无可怜的人类的双眼，

从我安全的小屋那置于地狱中的窗户，

咬着牙并出于我狰狞的怒气……

以我这人类的双眼毫无可怜地，我看见了。

灭为灰堆的园子在城中央。

尸体堆到了树顶，

而从水中，从泉中，从溪中，从路上，

你们的血不服地发着声，泛着泡……

仍然，听哪，我耳中它的复仇在说话……

---

1 本诗选自作者一九〇九年出版的著名诗集《来自我朋友的红色消息》，其中的诗歌基于他从亲友处听到的，当年在奇里乞亚发生的，有官方挑唆的土耳其与亚美尼亚两族冲突中，土耳其方面的暴行。本诗在作者的全部诗作中非常有名，按作者说法，是基于某位正在当地的德国妇女的目击。二〇〇二年，加拿大亚美尼亚裔导演阿托姆·叶戈扬将它在自己的电影《阿拉拉特》中用视觉形式表现了出来，这也成为亚美尼亚近代史主题电影中，可能观众最多、影响最大的改编亚美尼亚文学名作情节。但作者并未有文字明言这桩令人发指的惨案发生的时间地点，以及目击者具体身份等细节（有异文本写了发生城镇叫巴尔代兹；但在黎巴嫩和苏联的整理本中都没有），因此事件的真实性尚不能最终确定。

2 亚美尼亚文中，"叙述"和"故事"是同根词；而这里的"故事"一词又和"历史"是同一个词。这样的复杂关系在汉译时无法表示出来，只好加注。

噢，不要被惊吓到，当我对你们讲我不可叙述的故事的时候……

让人们懂得人反对人这种罪吧，

两天的太阳下，坟墓的道路上

人反对人这种恶，

让我的世界的所有心灵知道吧……

那致命的早晨是星期日，

尸体之上到来的第一个和无助的星期日，

当时我的房中，从夜晚到清晨，

我蜷曲在一个被刀刺的姑娘的痛苦之上，

用我的眼泪沾湿了她的死亡……

突然从远处黑色的野兽般的一伙

带着二十个年轻女人，疯狂地鞭打着，

伴着淫荡的歌停在了一座园中。

我，把半死的可怜姑娘留在她的垫子上，

靠近了我朝着地狱的窗户的阳台……

园中黑色的团伙成了森林。

一个野蛮人，对着新娘们——你们必须跳舞，他雷鸣着，

你们必须跳舞，当我们的鼓响起来的时候。

而剪刀开始往渴求一死的亚美尼亚女人们的

身体上带着疯狂咔嚓……

二十个年轻女人手拉手，开始跳她们的圆圈舞……

从她们的眼中眼泪如伤口般流着，

啊，我多么嫉妒我受伤的邻居，

因为我听到了，随着一声嘶响安静了，

她诅咒了宇宙，那美丽而可怜的亚美尼亚女人

给她灵魂这斑鸠的百合[1]向着群星装上了翅膀……

1　这里的斑鸠和百合，明显用了《圣经》中的意象。斑鸠象征苦难与卑微，百合象征纯洁无瑕。

空虚地我对着人群动着拳头。

"你们必须跳舞，"疯狂的团伙吼道，[1]

"你们必须跳舞到死，下流地、淫荡地跳，

我们的眼睛渴望你们的形象和死……"

二十个美丽的年轻女人落入了折磨的河中……

"抬起脚来！"他们吼着，将赤裸的剑像蛇般挥动着……

然后一个人用罐子给团伙带来了石油……

哦，人类的正义，让我唾弃你的额头吧……

他们很快用那液体涂抹[2]了那二十个年轻女人……

"你们必须跳舞，"他吼道，"看哪，给你们一种香料，连阿拉伯
　　都没有……"

然后他们给年轻女人们赤裸的身体点燃了一支火炬，

而成了焦炭的尸体们在舞中向着死亡扭动，

我因为恐惧，像一阵暴风雨般关上了窗闩，

靠近着我孤独的死人，我问，

怎么戳瞎我这双眼睛？怎么戳？告诉我！

---

1 黎巴嫩出版的作者全集中本行就是本节倒数第二行。但在其他一些版本中，
　包括译者手头所有的苏联版中，这一行之后到下一行之间还有四行。常见
　的英译本也是基于这个异文本的。现将四行异文据苏联本翻译如下：
　　　你们必须跳舞到死，你们这些不信神的美人们，
　　　露出你们的胸，你们必须跳舞，对我们带着微笑，不许抱怨，
　　　疲劳不是为了你们的，羞耻也不是为了你们的，
　　　你们是奴隶，必须跳舞，赤裸肢体，一丝不挂，
2 此处的"涂抹"，原文中与和合本《圣经》中常见的"膏"（即"膏人做王"
　的"膏"）是同一个动词，本是指仪式(如加冕、洗礼等)之中的涂油礼仪。
　用在这里自然是反其道而行之。

亚美尼亚原野的恳求

"从阿拉拉特各地方到幼发拉底各河谷,

我们将从我们的内里升起的恳求和责难送到你们那里,

生命面前的背叛者、远离者,或者胆怯者,

遭迫害或流亡了,流放或亡命着的你,

你们在哪里?还有你们的臂膀,曾在我们附近耕耘着的,在哪里?

你们在哪里?还有你们旧日正派没有皱纹的额头?

当你们干农活的有力而崇高的汗水,

像珍珠般流到我们田畦的沟回中时,

旧日的四肢,你们在哪儿?受过祝福的四肢,

毫不卑污的手,丰产的手和子宫,

善和多产的手,崇高而坚决的手,

当神圣的麦种在你们手掌里面,

你们将它们如熔化的金液般大把播撒着……

并唱着犁歌……且你们强壮的公牛,

将它们的铁如雷霆般插入我们的田畦之后……

一犁田一犁田地,骄傲地吼叫着呻吟……

而和谐的雨和太阳,与伟大规律的重量成比例地,

下降来使你们土地上缴的谷粒丰产……

而当夏季出生时或秋季死亡之前,

从城市和村庄,以成千的钐镰、手镰而负担沉重的,

来了,从亚美尼亚的原野如奉献人类一般,

为了收割一视同仁的成熟麦穗……

但是多少个春天和哀求的秋天来了走了,

而我们无花又无果的无限等着你们……

啊,你们可怜可怜你们的故乡和亲近的土地吧,

可怜可怜那些寡妇和玫瑰一样的孤儿吧,

他们从失望的早晨和悲惨的夜晚，

捶着他们的胸口，从我们石化的黑色胁侧，

恳求着两捧收成，一把麦子……

且他们远离亚美尼亚原野，诅咒着生命的法则，

还有自然，还有它的善，还有它不可及的出产。

你们成千年的无价值的继承人，

要从外族和恶瘾的路上转向我们，

但是从被骗的希望或迫害性的灾难战胜恶的人，

劳动者们，你们所有一起来拥抱你们慈悲的本性吧，

每种善都生自我们的胸脯和群山……

每种金属在我们床下都有它材质奇妙的宝藏……

除了我们只有你们能夺下**希望**的金和**梦**的酒……

我们给予胜利，而失败属于我们……

回来吧，孩子们，重新清除你们的犁铧的锈吧，

让你们古老的故乡的土地重新开满花，

让我们的收成从山谷到山谷，像海般延展……

让打谷场和麦束，比山丘还高，上升到新月一起，

让亚美尼亚的牧羊人在草地里，像他的先祖一样，

凭借他的芦笛的颤抖对他温顺的羊群下令……

山谷上，让水磨和平地动……

并让丰饶重新来到我们哭泣的心上，

照亮亚美尼亚种族昏暗的眼睛……

每种善和人之恶的每种疗法，

必将希望来自我们的建议，我们的床，我们的法则……

而这样，与橄榄树枝一起的上帝的植物，

剑也从我们生出，神圣也是麦子的……"

纳瓦萨尔德[1]日对阿娜希特女神的祈祷

哦，女神啊，我现在洗去了我因为各种柔软的宗教导致的可怜
并高超地向你迈步。我的拖鞋仍然神圣。
打开你的神庙的大理石门吧，让我的头在它上流血吧[2]……
打开你的祭坛，并把我阿尔塔谢斯家[3]先祖们红热的力量给我吧……

听我吧，金色之母[4]，多产的姊妹，善的姐妹，
清晨的赠予者和古代亚美尼亚人的女主人，
伴着纳瓦萨尔德的早晨，你先前的种族，看哪，喜悦了……
允许我吧，在你的形象之前跪倒吧，我要祈祷……

听我吧，**奇迹的玫瑰**，金足的女神，
夜晚的白色**新娘**和**太阳的情人**
还是**阿拉马兹德的面纱**的以光做身躯的赤裸，
让太阳以其一道光重新点燃你的祭坛吧……

我信仰你。建立在巴格列万德[5]诸丘之上的，
我，你众多世纪的崇拜者和配有长矛的儿子，
如使徒和恳求者般，崇高地向你而来——
听我吧，我亚美尼亚的响板生自戈赫坦的土地……

1　纳瓦萨尔德：古亚美尼亚历法的元旦。一般在公历七月末八月初，稻果成
　　熟时。
2　血祭是亚美尼亚异教习惯。
3　阿尔塔谢斯家：即本书开篇戈赫坦歌谣中提到的亚美尼亚国王阿尔塔谢斯
　　家族。
4　金色之母：这是阿娜希特在异教神话中的美名。
5　巴格列万德：亚美尼亚历史地名，位于今土耳其东北，阿拉斯河以南，大
　　体相当于今阿勒省埃莱什基尔特县（亚美尼亚地名阿拉什刻尔特）。

我来朝圣了。一件斗篷在我身下，巴尔萨姆[1]的嫩绿枝条在我手中，

看哪，一个装了玫瑰水的银罐，用来膏你的胸脯……

看哪，一个瓮形的香炉，那里我以我的眼泪哭了你的废墟……

且我向你迈步，带着跟随我影的作为奉献的獐子们……

从巴格列万德诸丘上，流出异教的生命，

身形美丽的太阳之子[2]们，穿着用绫罗做的袍服，

练习过弓箭、长矛之后，在你献牲所的门槛上

让他们把自己的剑，定在胜利的公牛们的脖子上吧……

让清亮的斑鸠群从结了果的亚美尼亚新娘们的肩头

向着你的雕像飞去吧。让瓦尔达瓦尔节的嬉水[3]开场吧……

且十六岁的姑娘们围绕起你的祭坛，

她们有魔力的身体，哦，沉静的神母，请让她们分享你吧……

请让我今天解决**你**二十个世纪的复仇，

哦，你，女神阿娜希特。看哪，我投入了你的祭坛的火中，

我两翼带毒，成了碎片的木十字架，

而你喜悦吧，哦，金色之母，从**启明者**的胁侧，我用一根邪恶的

---

1 巴尔萨姆：该词源自伊朗语，是祆教与亚美尼亚异教的仪式用具。古代是一束嫩枝（树种不确定），可以由祭司手持，也可能摆放在仪式中的固定位置，根据不同场合、不同的祭祀对象，可能有不同含义。

2 太阳之子：亚美尼亚异教崇拜太阳，崇拜者自称太阳之子。

3 瓦尔达瓦尔节：亚美尼亚异教时代的节日，本是献给爱情女神阿斯特吉克的。但阿娜希特和阿斯特吉克两位神的区别不是特别分明，存在混淆。所以在献给阿娜希特的诗中提到这个节日也不算错。由于女神的属性之一是水神，所以这个节日的庆祝活动就是人们互相泼水。这个节日在基督教时期也仍然延续下来。现在一般定为复活节之后第九十八日，不过也存在其他算法。

骨头燃香给你……[1]

我向**你**恳求，哦，有力量的**你**，无双的美……

你通过将你的身体献给太阳，从它的**元素**中结实吧，

并且你将全体亚美尼亚人献给一个不可战胜的可怕的**上帝**吧……

从你钻石的子宫中，哦，女神，生出一个可怕的**上帝**给我们吧……

一九一四年

1　亚美尼亚皈依基督教时，以启明者圣格里高利为首的教会自然曾依靠国王
　　和贵族势力，以武力为后盾对异教进行过迫害，包括大规模破除神像、摧
　　毁神庙的活动。

瓦汉·泰凯扬
（一八七八年至一九四五年）

　　生于君士坦丁堡并在此受教育，此后辗转欧洲数地工作，一九〇三年第一次抵达埃及，一九〇八年返回君士坦丁堡，此后十余年间在东亚美尼亚、君士坦丁堡、巴黎等地参加政治活动，一九二四年最终定居埃及并终老于开罗。一八九二年他出版第一本诗集，但直到一九一四年、一九一九年，第二本、第三本诗集相继出版，其诗歌才趋于成熟。他最擅长的体裁是十四行诗。一战以后他成为海外亚美尼亚人中最著名的诗人和文化象征。一九四七年，泰凯扬文化协会成立于贝鲁特，现在是海外亚美尼亚人中最有影响的文化团体之一。

你的名字

为什么我在这里不能写你的名字？
而我并没有通知世界，我多么爱过你……
我秘密地说着它的两个音节，
而那整个在我看来是一篇爱的文书……
为什么我在这里不能写你的名字？……

现在我们互相远离，我只有你的名字
在我嘴上，像一个吻一样，非物质且甜美……
夜晚时分，在我房间亲密的孤独中
我说着它，并且看到记忆甜美的你……
现在我们互相远离，我只有你的名字……

仿佛美和我的爱创造了它……
我的心以它不息的跳动拼写着它，
即使我知道我的思想中你早已整个上锁……
你有不认识的你吗？也许那名字？……
仿佛美和我的爱创造了它……

不，我不希望，我不能向世界交出它，
我希望用它的两个音节只熏香我的生命，
而当我最后的太阳的最后光晕熄灭时，
我仍希望你的名字在唇上问候死亡的清晨，
不，我不希望，我不能向世界交出它……

对你的记忆今晚……

对你的记忆，今晚，使我激动得落泪，
好似它离开我心，并秘密地在今晚
回来了，它希望自己的旧位置和旧柔情，
它在我怀中被挤压，上升到我胸口……

你的形象在我眼中，你的声音在我耳中，
它们今晚摇曳，在我梦中好似
你香甜的味道充满了，使我痴迷，使我摇摆，
直到好似你不可见的手指也从我脸上经过。

我们不会消逝的旧时辰一个接一个地回来，
它们与群星的驼队一起重来，
我的灵魂是为我甜美的羊群打开的羊圈。

伴着对你的记忆，今晚，我感到自己那样富有，
那样地好，欢乐……伴着一种无际的怜悯
我思考着将它与大地上的所有可怜之事分离。

下雨了，我的儿子

下雨了，我的儿子……秋天是潮湿的，
潮湿如同可怜的、被欺骗的爱的双眼……
去关上窗户和门吧
并来到我对面坐下，在一种

最崇高的寂静中……下雨了，我的儿子……
有时你的灵魂中也下雨吗？
你的心觉得冷吗？你颤抖吗？
想着过去明亮的太阳的时候。

一扇门下命运的关闭……
但你哭了，我的儿子……在黑暗中突然
沉重的眼泪从你眼中滚出……

哭出无辜的不可逆转的眼泪吧，
不明白地哭吧，我可怜、无知的儿子，
生命的可怜猎物，啊，哭吧，为了长大……

金 斗

（六日悲剧）

一

整个大地是歌，以它的风，以它的海……
它玩着一束无辜的光，它的脸朝着土和水……
欢乐如一个小孩在人身旁跳跃……
人的心是金，他仍然找不到**金**……

二

大地永远希望唱歌，并仍然玩着光，
当人之中一个麻烦和一次发烧滑过……
他这时永远在寻找，搜索原野和山，
并最终在那里找到保存的那堆金……

三

微笑的金，闪着光，现在从手走到手……
代替了面包，生命，给出又拿回……
它的喜悦是消耗，而它的希望是伤口……
于是金战开始，残酷又空虚……

四

无辜的处女去了哪里？……大地为何也不歌唱了？……

树木的什么样的暴风雨将叶子射下来？

海水又是怎样涌上？——一个人，他闭上了眼睛，

因远处的争斗，他在喘息，带着大地重负的悲痛……

五

为仇恨燃烧的黑暗的混战和喧闹之上，

突然炸出一声无边的重重的尖叫……

诗人像雷霆一样投向争斗深处，

使那堆**金**聋了，**自然**交回了它……

六

血怎样地小心从诗人宽阔的额头如小溪般流下，

人们可怕的搏斗一点一点地平静下来……

废墟和牺牲者怎样地小心将它整个掩盖，

又一次大地唱歌，而无辜的光跳舞。

流 散[1]

混合，看啊，仍然在呻吟着颤动，
　　　像森林或海一样，
海或者森林，不仅风要摇动它，
　　　还有一场可怕的地震……

而从这古老的人的混合中
　　　看啊，一部分接着一部分
无尽地分离，离开……
　　　而它逐渐地减少……

每个人也从他们的根上被拔出来，
　　　看啊，我们古老、古老的民族，
它不能留在自己的土地上，
　　　正走向别处干枯……

上帝，我能向你做怎样的祈祷，
　　　你才给他们一条没有痛苦的生命呢？
他们仍然躺倒，休息——为了不让复仇之火
　　　燃烧和永远向后看……

1　流散：和犹太人所谓"大流散"一样，亚美尼亚人也用这个词指亚美尼亚
　　之外世界各地的亚美尼亚人。

塔尼埃尔·瓦路让

（一八八四年至一九一五年）

　　本姓彻布克加良，生于安纳托利亚中东部锡瓦斯[1]附近的珀尔克尼克村，一八九六年阿卜杜勒·哈米德二世屠杀时与母亲前往君士坦丁堡，寻找被错抓错判的父亲，从此迁居帝国京城。一九〇二年至一九〇五年在威尼斯学习，一九〇五年出版第一部诗集《战栗》。一九〇五年至一九〇九年在比利时根特大学学习，一九〇九年毕业后回到奥斯曼帝国，并出版第二部诗集《种族之心》。回国后先在外省学校执教，一九一二年回到君士坦丁堡，任职佩拉区[2]启明者格里高利亚美尼亚学校校长，出版第三部诗集《异教之歌》，并积极参与首都文学活动。一九一五年与其他人一起被捕遇害。最后一部诗集《面包之歌》的未完成手稿本被奥斯曼土耳其当局没收，后其亲友通过贿赂得以找回，和其他一些作品一起，都于他遇害后发表。他是西亚美尼亚异教主义代表诗人。

1　锡瓦斯：拜占庭时代的塞巴斯提亚。
2　佩拉区：今贝尤鲁区。直到土耳其共和国初年，一直是君士坦丁堡/伊斯坦布尔的主要欧洲人和基督徒上流社会聚居区。

田　野

让世界的东边
和平吧……
在水槽宽阔的血脉里
不要流血，要流汗，
而当每间斗室的木铎响起时，
让它成为祝福吧。

让世界的西边
肥沃吧……
从每颗星要滴出光芒，
且每茎麦穗要铸金，
且当羊群在山上放牧时，
让它成为苞与花吧。

让世界的北边
丰饶吧……
让钐镰永远在
麦子的金海中游泳吧，
而当宽阔的谷仓对磨坊打开时，
让它成为欢乐吧。

让世界的南边
结果吧……
众蜂房的花蜜，
众杯中的酒要流，
而当新娘们烤善的面包时，
让它成为恋歌吧。

思念的信

我的母亲写着："哦，我流浪的小孩，
还要到什么时候，在不认识的月下
你的日子才将过去呢？还要到什么时候
    我才能在自己温热的胸前抱紧你温柔的头呢？

"足够了，你的双脚从外族的楼梯
上来，以便我有一天在手掌里焐热，
也足够了，你的心，我曾在那里清空双乳的，
    在我空虚的心外腐烂。

"滑轮下我的双臂疲于工作，
我也在用我白色的线头编织我的寿衣，
唉，要是一次它们看见你，并合上我的双眼，
    让我的灵魂也在它们下面吧。

"我坐在我的门前永远充满痛苦，
我希望从经过的每只鹤那里听到你的消息，
那柳枝，你自己手种的，
    正在我头上成荫。

"夜晚我空等着你的归来，
村里所有大胆的人来了，经过了，
农夫经过，崇高的放牛娃经过——
    我仍和月亮一起孤单。

"我留无亲的太阳在家里，

有时渴望我的坟墓，永远渴望我的灶——
像一只乌龟一样，它打碎的内脏
　　仍然属于龟壳。

"来吧，小孩，建起你故乡的家吧——
　　门打碎了，储藏室整个清空了，
春天的所有燕子们
　　从打碎成片的窗户里进来。

"从那众多的羊群中，羊圈里，唉，
只有一只勇敢的公山羊留下，
它的母亲有一天——记住，小孩——还是羊羔，
　　在我手中正吃着大麦。

"用米屑和光荣的苜蓿
我喂出它现在肥大的羊尾，
用木篦子梳它的软毛——
　　它是一样珍贵的牺牲。

"它的整个头为你的归来用玫瑰装饰，
我将为你年轻的生命宰杀它，
甜美的小孩，我将在它的血中
　　洗你疲惫的流浪的双脚。"

瓦哈根

哦，我先祖们的**神**，

我现在靠近你的祭坛，而和我一起

从它的畏惧中拉出，

我从塔隆[1]谷地中带来一头公牛。

看，我的牺牲肥壮——

它的胸中有乳白的

土地的整个生命，

脖颈不知道它的料槽怎样，

它在牧场中自由放养，

而它的牙是洗过的，单单

在**天堂**的泉水中取饮。

当它喘气时，它有力的呼吸从你面前

吹走土，从河中吹出沙，

而从它的黑色鼻孔中，所有的气息来到

原野中湿漉漉的绿色。

看，我的牺牲美丽而崇高——

它的头上弯曲的浅色双角

是它的光荣的冠冕，

有力的黑色香料

在它的双眼中野性地冒着火苗，

而它多毛的尾巴

当蝰蛇在它周围盘绕

从牛虻们，从蚊蝇们口下

保护着它无瑕的身体，神圣的身体。

1　塔隆：历史亚美尼亚地名，位于今土耳其穆什省一带。

哦，你是瓦哈根，力量的众神之父，

哦，在提格兰种[1]之中

你是人形化了的太阳，

洗我的灵魂吧，用一道光膏

这嘴唇吧，因为我在吻它们

你神圣的祭坛，和抓着的可怕锤子

我用服务于胜利的臂膀屠戮

我的公牛的额头，并将流淌下的血

奉献给你的双膝。

……你面前用于奉献的柴堆

现在已经冒了烟，

火焰在橄榄枝之中转着向，

且因融化的杜松树胶而醉

直接跃出，并歌唱着

它们彼此清净的灵魂的转换。

拿吧——它们是我的牺牲的流血的胁侧，

这是鼻子，这些是带肥膘的大腿，

现在是脑子，指导过本能和呼吸过

双角的牛脾气的，

现在是温热的心，仍在跳动的，

还有它的胆，我把它放在大腿上

带着一个希望，它将要整个烧掉——拿去吧。——

而火焰，现在它的烟射出的冠冕

清楚地上升的，正取走

公牛，炙烤的香气一阵接着一阵

上升，去熏香天宫，

1　提格兰种：这里的提格兰是亚美尼亚传说中的上古君主。"提格兰种"也就是他的后代，类似"炎黄子孙"。

哦，你，有力的，接受

我的礼物吧，我用清明光亮的瓮

泼洒在火上的。

现在是酒——张开你的鼻孔并呼吸

芬芳气味吧，并和解吧，

与伴着一种神明的酒意的欢乐，

与今日你叛教了的人民一起。

现在是豪麻 [1]——我在你面前泼洒的，

纯净，甜美，并丰富，

正如树从它带伤的胸中泼洒出

我洗过七次的

瓮中辉煌的，

接受它吧，将它当作

如一个孩童的血一般，无辜，

如怀孕的汗水一般，珍贵。

哦，崇高的，你满意了吗？我要给你所有

我的小屋中和灵魂中存在过的——我要给你

所有敌人遗忘的今日

空荡荡的阿什蒂沙特城 [2] 中成了寡妇的。

现在为我族如在你最后的瓦胡尼 [3]

祭坛前我恐惧地跪下，

吻那土地，从你的

1　豪麻：古代伊朗袄教经典《阿维斯塔》中提到的神圣植物及其汁液。与古印度《梨俱吠陀》中的苏摩是同根词，所指应该也相同。不过具体是何种植物，尚无定论，常见说法之一是麻黄。

2　阿什蒂沙特：位于古代塔隆，今土耳其穆什省，穆拉德河（幼发拉底河上游）与喀拉河（黑河）交汇处。曾是亚美尼亚异教崇拜中心及早期亚美尼亚基督教中心。曾有瓦哈根、阿娜希特、阿斯特吉克三神神庙。

3　瓦胡尼：形容词，意为"瓦哈根（家）的"。也是亚美尼亚历史上一个大贵族家族名。这家人传说是瓦哈根之后，世袭封地正是阿什蒂沙特。

灵魂中，我给过

松林的根你的灵魂的一部分，

并拿起你，出色的你

我这卷起的臂膀，从它们的前臂

公牛的血向下滴着，

哦，你，瓦哈根，哦，我先祖们的神，

我在祈祷……在祈祷……

为了力量，为了宗教，你的臂膀，

凭借着它，你一天撕裂了巨龙们的

嘴，你在天上散播

像太阳的种子般，银河的群星，

为了力量，造物的不完结的

飞鸟与灵魂，

在它无际的吻下

从诸国度生出一部分花，一部分火焰，

初始生活在不死的原子，

和脑子，和欲求中，

它有力的手指下

分裂出种子，体液歌唱着

榛子树，直到登上顶端，

为了力量，它充满着乳房，

摇动着我们的摇篮，而将我们，死亡结束后，

一直带去群星，而直到

一条第二次生命的缘故，造物者，

使一个**民族**兴起，如一群狮子，

你的臂膀在它的臂膀中喷涌，

又像火质的神鹰，在它光质的

群鸟的聚合下孵化着

在我们先祖母们的胸中

英雄们，天才们，
我为了那神圣的**力量**说，你是它
智慧的丰沛的小源泉，
哦，你，瓦哈根——现在我为你
将我充血的双臂伸向前方
我在祈祷……在祈祷……

致美的塑像

我希望成为从奥林匹斯山每个深奥的子宫
挖掘你大理石的人，
且在我的锤下，你穿上一个因为光，因为发烧
而眩晕的女人火质的肉身。

愿你的双眼成为深渊，当人潜入其中时，
在其中感觉到在永恒中成为不死身的自己，
愿你的线条不坏，你的胸脯成为
一种和谐，其中兴起原生质。

愿你赤裸如一个诗人的灵魂，
且在那异教的赤裸之下
人痛苦，并不能接触到你。

如果给你献礼必须做一个牺牲，
我将希望被屠给你的祭坛，
以便你的石膏饮我的最后一滴血。

东方浴室

嫩绿色拱顶的浴室的内门慵懒地打开，

坚固的乌木门，永远被人用门槌敲打，

并不停地出汗，力竭地吱呀

在仙女们的后面，她们慢慢地进来，

所有人赤裸且绝色——她们的臂膀如波浪

交停在绝伦的胸脯上，它们上面会聚着

玉乳的贲丘，带着深色的蓓蕾，

镶螺钿的拖鞋在地板上作响，

心脏愉悦地喘息，她们甜美的声音

在浴室内变成了被淹没的叮当，

像群星般，她们在深暗的水雾中游泳，

眼睛放着潮湿的光，

而蒸汽，带着它潮湿的面纱，围住

她们的身体，而身影的消失也将伴着汗水开始。

仙女们在沐浴——黑白条纹石上

一些人卧倒，带着慵软的目光做着梦，

从生光的拱顶，太阳的白光

筛进来，像一场珍珠的豪雨，

而蒸汽的波动变成了一片银色的海，

那里东方的愉悦的天鹅们来游泳，

毛巾，黏在凝脂般的股髀上的，

也被扔掉，身体变成了雕像，

而乌发，一根辫子接着一根，海一样地散开，

不时从其中落下珠宝颗颗。

哦，

那些发根，那些发根，好似整个浴室

也在伴着它们波动，而大理石的条纹石

随着它们丰富的泛着黑色泡沫的波浪而变暗。

她们用嵌金的梳子梳着头

长长的，长长的，直到头发无尽的边际

走着她们的手指，庄重而缓慢，

戒指上的钻石永远沐浴在火花之中。

她们有时感到慵软，当一滴寒露

从拱顶上滴到她们后颈的激起愉悦的凹中时。

现在成百的水龙头，现在大理石的水龙头

相继打开，噪声喧哗沸腾着，

如灰烬般灰色的蒸汽一波波升高，

空了的浴盆接收了所有的生机，

水漫涌到每个方向，水甜美地唱着，

仙女们在游泳——浴盆周围聚集的

该亚 [1] 的**宠儿们**，似乎在相互拥抱。

玉乳在交混，敏捷的臂膀在交混，

还有闪光的腿，如香精瓶般的脐，

从那里麝香粒，分解了的，在喷香。

大理石上坐着的股髀相互张开，

并饮着它们下方流动的水的愉悦。

金碗现在石头上作响，

黄杨木碗，有时如心一般迸裂的，

服务于那不可言说的赤裸的时候，

现在考验着黏土，麝香草味的冷黏土，

用花液搅拌，我们的先祖吃过的，

乌发用它涂抹，并将变成丝，

胸脯用它涂膏，并将成为泡沫一般，

用它冷冻过的果肉，和滑溜的果泥

1　该亚：希腊神话中的大地女神。

仙女们给自己降温，搽抹腹部，

如河卵石般亮滑，又如天鹅绒般泛光。

水在沸腾，火那样迷人地浴着，

香皂起着泡沫，洁净也再次

在它们黏稠的光中应运而生。

水，从每个方向，在下面绕着条纹石，

流走着，而排水道被芳香充满，

被黏土和石灰变成灰色，被苦胆般的石灰脱毛，

而和它的激流一起，有时滚动着，带走

那些光亮的柏树般的活雕像们

暗色堆积的毛结，腋下的发卷，

和干毛发，她们仍然脱力，

斟满最后一碗，最后喝干碗中，

浴盆中又流过一遍，浴室也响起一遍，

沸腾的水在跑，仙女们也洗了一遍，

她们的皮肤着火如一朵燃烧的玫瑰般，

又伴着迷离的眸子，将碗放到头边，

胸上永远拥抱着玉乳的贲丘，

仍然匆忙跑出，一个接一个，上气不接下气，

伴着变薄的蒸汽，如红郁金香一般……

哦，丰富的发卷，在她们裸胸上的，

哦，潮湿的发卷，因水滴加重的，

珍珠母的光流到她们的赤足上……

怎样叙述你们的膏油，怎样叙述你们的饰物，

当你们洁净你们的身体，又穿上衣服如偶像一般……

让我吻你们的手指吧，你们今天蘸入

凤仙花汁碗深处的，如血色的心的深处，

让我吻你们的头发吧，用龙涎香膏过的，

它们，在夜晚，月亮之下，在枕上留香，

还有你们用药膏涂过的眉毛，如云的睫毛，

还有你们的胸口，金项链在闪光的，

它成了婚床的闪光的烛台，

让我吻你们的脐吧，那里你们掩盖着的包裹，

要么是阿拉伯的大麻，要么是非洲的麝香。

你们现在负担着珠宝去往自己的家，

让城中的马路因你们的脚步而翻新吧……

让寒冷咬啮着你们的下颏，且你们的脸颊变红吧。

让你们的亚麻内衣潮湿，衣边波荡吧，

让麝香草的泳池味道散出并流动，

且填满十字路口、广场和路吧，

让那面包的多余部分，你们拿去浴室，

放在碗中的，和用餐巾包裹的，

让它的香气散开吧，带着远方异国的香气，

因为那时**东方城市**的街道

将感到五月在你们的足迹上开花，

而从翻新的步道上，春天，春天在经过。

阿娜希特

草中埋葬着你的祭坛。芳香的香料
不再冒烟，牺牲不在那里流血。
只有腐肉下一股龙涎香的
香气来了，一条红蛇把它留在了那里。

我在那里坐着，一个疲劳的旅客。我的马在吃草，
并仿佛是闻到了瓦哈根的母马的气味，
因发情而愚蠢地欲火中烧。
但没有一个神从太阳来到我们这里。

宽袖的祭司们消失在了
森林中有去无回的深处。
武瑞尔[1]的维那[2]不再歌唱你的双乳。
你的祭坛周围芦苇在抽泣。

你不系紧你的袍子，也不用长矛
攻击一只羚羊，用血染红你的膝盖。
在你的宝库中你的胸像
厌倦了，也不用春天加冕了。

但你活着，你将永远活着，
不在地上，而在天中。阿娜希特。
现在月光出来照耀了，

1　武瑞尔：亚美尼亚传说中的智者。
2　维那：古印度拨弦乐器名。与古代伊朗的巴尔布特，后来阿拉伯、土耳其的乌德，欧洲的琉特属同类，历史上对中国琵琶产生过影响。

而你也再次出来照耀了，用你额头的新月。

我看见你在群星近旁。从你的双乳
光流出来到泉中，饮水的
金牛犊的下巴湿了，
而金光的鹿们被涂了香膏。

你向下看——庙妓们 [1]
谨慎着，酒盆
从女酒神的肩上下降，
处女在祈祷，跪在床榻上。

你的箭囊在肩，大弓上了弦，
你驾驶着月光的沉默战车……
它摇动着森林的生命——
畏于你手中的火炬，群狼在嚎叫。

原野在做梦——和玫瑰花苞们，
你的箭射之下，一个接一个，
它们像你的嘴一样张开，
体液在你古老的园中沸腾。

你的双乳在淌奶，你在经过，你在走去——但人们
不崇拜你，他们只接受单单一种元素。
而刻尔松 [2] 海岸的风和波浪

1　庙妓：古代近东部分神庙中蓄养妓女。其收入用于敬神。
2　刻尔松：克里米亚古代重要港口城市（和今日乌克兰赫尔松并非一地，后者只是叶卡捷琳娜二世女皇从奥斯曼土耳其人和克里米亚鞑靼人手中夺取这一片土地之后，建城时为了突出这里"古已有之"，而将古代城市名"异地安置"在这里而已），由希腊殖民者建立，城中曾有重要的雅典娜神庙。可见此处作者是把阿娜希特视同雅典娜的。但也存在其他说法。

毁灭了你的神庙。

只有，夜晚，你的猎犬们抛弃了的
看到了上面你的经过，你额头的新月，
和你祭坛上坐着的，
它看着你并哭泣，哦，阿娜希特。

致缪斯

无论强壮的农夫怎样拥抱
他干枯的犁柄，切碎那土地的坡，
和日光的水闸下
光秃的犁怎样成为丰产的。

无论浅红的麦子怎样在打谷场中
堆成塔，和磨盘怎样吼叫，
从盆中怎样溢出挨饿的面团，
最后在村民不竭的炉中烤制。

无论怎样散发面包，神圣的面包
什么欢喜，造物者的什么力量，
都教给我吧，哦，我故乡的缪斯。

教给我吧——用麦穗给我的里拉琴加冕吧，
因为在打谷场中，柳树凉爽的阴凉下
现在我坐着，而我的曲子在出世。

瓦汉·帖里扬

（一八八五年至一九二〇年）

　　本姓帖尔—格利高良。生于阿哈尔卡加克地区的甘扎村。接受早期教育后，前往莫斯科的拉扎列夫学院继续学业，并接触社会主义思想，一度加入达什纳克党。一九〇六年他进入莫斯科大学，此后成为布尔什维克党员。一九〇八年发表第一部诗集《黄昏的白日梦》。一九一三年又进入圣彼得堡大学继续深造。但一九一六年他患上了肺结核，不得不中断学业，回到高加索静养。然而不久后他又返回欧俄，参加革命。十月革命后，他一度担任苏维埃政权的高级领导，参加过布列斯特和谈，又供职于民族事务人民委员部。但一九一九年便因肺结核恶化无法工作，不得不离开俄罗斯，一九二〇年初于南下养病途中逝世于奥伦堡。他是东亚美尼亚印象主义诗歌代表。

悲 歌

日子在死亡。透明黑暗的
纠结下降到了原野上,
死亡中的日子的无抱怨的小寐
和平,不恶,明亮,美丽……

清水上,芦苇平静
不动摇地停住,也不自语,
天、河与田野都在寂静地沉思,
而且没有一个动作,也没有一点声音……

我寂静地停下,我的灵魂无恶,
我的痛苦像平静的白日梦,
我也不诅咒我生命的各种痛,
我也不抱怨我虚无的光景……

一九〇三年

悲 伤

流利的步伐，没有足迹，像柔软的黑暗之翼，
一个影子经过花和叶，带着柔美的怜爱，
黄昏时分，灌木丛如风一般轻轻摇曳，
一个幽灵经过，一个苍白的女孩，白色衣服。

舒展的原野的孤独中，她柔软地踱步，
好似对瞌睡的原野说了爱的柔和的言语——
群花之中留有那个白日梦，处女的私语，
而群花以那神圣的私语充满了我的心……

一九○八年

爱沙尼亚之歌

当你将劳累时，将因世界大怒时，
转到我近旁吧，你重新回来吧，
我痛苦的心只有因为你才呼吸过，
它不欲求再折磨你了。

当幸运和享受对你微笑时，
当外族人们可爱地问候你时，
也许我要为你的幸运哭泣，我的无价宝，
但是转来吧，你重新回来吧。

如果在远方无灵魂的命运
指给你的心无同情的折磨，
哦，请知道，我的灵魂也将痛，
由于对你的痛苦的无安慰的哀痛……

一九〇六年

光芒在山后死去了……

光芒在山后[1]死去了，

蓝色的雾围起了甜美的原野，

悲伤的夜晚袭击了帐篷，

——我的心带着想念喊着你：来吧！

神秘的天空在做梦，

披头散发的柳树，颤抖的芦苇，

泉水在用银色的言语说话，

——我的心带着想念喊着你：来吧！

群花现在柔软地闭上了，

天的群花未成熟地开放了，

黑色的痛苦充满了我的心，

——你到底在哪里？我甜美的梦。

我的心，你在哪里无用地喊叫？

看！夜晚过去了，群星死去了，

我孤单的心，迷途的鸟，

对你思念的喊叫抵达不了它……

一九〇八年

---

1 异文为"跟着山"。

秋

黄疸般的原野，赤裸的森林……

——临死者的悲伤的生命，

雨，风，如黑色的弓……

心碎的抽泣。

雾中照进一道寒光，

——哦，回归真存在吗？——

临死者的无力的希望，

无望的心的悲伤的问题……

无力的痛的冷的铅……

临死者的悲伤的生命，

——无安慰，不枯竭的

无望的抽泣……

一九〇六年至一九〇七年

怪　异[1]

天上有一条巫术般的锁链，
无形象，正如心的深深的痛，
它缓慢地降下，正如那夜晚，
伴着颗颗有光的群星的蠕动。

柔软夜晚美丽清脆的梦中，
那些群星，正如神圣的蜡烛，
在思念的梦中闪烁着火花，
相互永恒地联结着，分开着。

我和你也被相互捆绑一起，
永远同在思念燃烧的梦中，
永远在一起，但总远远分开，
像群星一样，既亲密，又陌生……

一九〇六年

1　原文为 FATUM，拉丁语。

秋之歌

被冷袭击，被风推搡，
黄色的树叶
柔软地颤抖了，
在我的路上跳了舞……

众光环褪了色，
我的植物们在秋天——
我的思维迷途了，
被冷袭击了，被风推搡了。

我的火焰已过去了，
只有冷和雾……
我的白日梦，天生的，
走了，走了……

一九〇六年

秋之旋律

秋天了，雨……雨影子
慢慢地颤抖着……冷，一大片的
　　　　　　　雨和雨……
我的心折磨着某种不高兴的
　　　　　　　不平静……
你等吧，听吧，我不想
因过去的光，过去的情感
　　　　　　再折磨了，
你看啊，唉，看啊，重新痛了
　　　　　　我生病的灵魂……

下着雨，秋天……为什么我记得，
远去的朋友，忘掉了的朋友？
　　　　　　　　为什么我记得？
你曾在那里，那噪声如波的
　　　　　　生活的雾中……
你看到生活了吗，你记得生活吗——
金色的幻象，光亮的白日梦……
　　　　　我在冷雾中，
为了我的灵魂晨光没有了——
　　　　　　下着雨，秋天……

　　　　　　　　一九〇六年

街道之歌

我的窗下又有人在哭出

流浪歌手痛苦的歌——

那痛苦的歌我早就听过,

似乎我编了那支歌,

似乎我在那歌中哭泣,

似乎我带着思念在歌唱你。

一九〇九年

分离之歌

你无心地看着我
并带着你女人的歌经过，
我因你而变得苦涩，远离，
我因你而远离并哭了……

我的灵魂在不相识的海中
像孤独并迷失的一艘小船，
我背叛了嘈杂的暴风雨，
希望破灭，放弃了舵和桨……

光远离了我，且灯笼也不呼叫我，
和平的码头不向我微笑，
只有风悲伤地呻吟着，
只有不可穿透的雾霭……

当你明亮的白天将悲伤地变暗……

当你明亮的白天将悲伤地变暗，
而你的心将点燃有毒的怀疑，
你将带着无望的恐惧的折磨感到，
你寻找的根本找不到……

但你将去，哦，你不停，
最后的光将柔和地逝去，
你最后的希望将要背叛——
你寻找的根本找不到……

而当没有一个秘密的希望留下时，
你的心将呼喊，你到底在哪儿？你存在吗？
你将拥抱土地，并将抽泣——
不——将有回音——你根本找不到……

一九〇七年

你将伴着和平的夜晚来到我身旁……

你将伴着和平的夜晚来到我身旁，
我将吻你柔软的双手，
我将传播生活的痛苦的希望
并将燃起故事般的光……

你将自由地散开你的长发，
将把你生病的头靠在我胸口，
你将变得温柔，切近，亲近——
你将用甜美的言语魅惑我的灵魂……

我们将在这明亮的世界上孤独，
被生命的死亡中的光欺骗的痛，
我们将要梦到，甜美，无终且无心——
在世界上永远联系起来的故事……

一九〇六年至一九〇七年

摘自拒绝的言辞

不要抱怨，不要悲痛地嘀咕，
走远吧，永远忘掉我，
我的路一直黑暗，孤独，
我将带着我不满的痛走掉。

我的路是个无终的夜晚，
照耀着的光没有一线对我微笑——
走远吧，忘掉吧，不要记起，
不要那样姐妹般地怜悯我……

留下无望的黑暗和雾吧，
在我之上让太阳不要笑，
只留下分娩，只留下眼泪，
不要那样姐妹般地怜悯我……

一九〇五年

你们不要靠近我的坟墓……

你们不要靠近我的坟墓，
没必要给我献花或悲痛，
对温暖哭泣的向往将突然惊醒，
我的心找不到一点眼泪。

把我的坟墓留在远方，
那里私语、歌和声音都已死去，
让永远的寂静撒播在我周围，
让他们不要记着我，让他们忘掉我。

你们不要靠近我的坟墓，
你们让我疲倦的心休息吧，
你们让我远远地孤独吧——
我感不到爱与白日梦与哭的存在。

一九〇四年

埋葬我，当红色的暮光熄灭时……

埋葬我，当红色的暮光熄灭时，
当将逝的太阳带着悲伤的柔情
点燃起群山银色的巅峰时，
当黑暗中海与土地消失时……

埋葬我，当悲伤的黄昏降临时，
当白天欢快的噪声寂静下来时，
当光线死亡，花朵入寐时，
当黑暗中山与田原消失时……

在我的坟头撒上正变苍白的花朵，
正在和平而平静地死亡的，
不哭地埋葬我，无言地埋葬我，
寂静，寂静，无边的寂静……

一九〇五年

黄　昏

我爱精细的黄昏，

当每一个梦里它和灵魂在一起时，

当每一事物都与灵魂一起做梦时，

蓝色黑暗的世界中将变得疯狂……

不存在一道划定界限的明光，

噪声的负担，人类的面孔和心的耗竭者——

你生病的心不在抱怨，不在发痛，

如梦在遗忘的洞穴中，

并且似乎每一件事物都是无边的——

仿佛你的整个生命是一场无限的甜美睡眠。

一九〇四年至一九〇五年

感伤的歌

你还记得吗？有过森林，小溪……
它像故事一样——像梦一样，
和平的夜晚有人曾无声地说，
你还记得吗？——那很远很远……

你还记得吗？明亮的大地
带着永恒的爱微笑，
春天了，用魅惑的声音歌唱，
你还记得吗？有过小溪，森林……

你还记得吗？夜晚将要来临，
像故事一样……有过森林，小溪……
你还记得吗？它很远，很远，
生命，悲伤的山谷将永远地哭泣……

一九〇五年

我爱你深邃罪恶的眼睛……

我爱你深邃罪恶的眼睛

它们如夜一般神秘，

你黑暗罪恶神秘的眼睛

如魅惑的入夜时分，

你眼中的无边海里，那罪在颤抖，

正如在春季的黄昏，

你眼中有一种柔和运气的回忆，

致醉的金色的雾，

对迷失者无言地呼喊的灯塔的光芒，

你的眼睛是灵魂的折磨者，

我爱你眼睛温柔又无情的黑暗，

如春季的入夜时分。

一九〇四年至一九〇五年

冬 夜

冬夜柔软地降下
且大城市的面孔在雾里——
我出来，去到大街上
并消磨着长长的、长长的人行道。

在高大的房屋的窗户中
明亮的光正一一停息，
我已经不考虑什么，
对我今天和昨天不存在。

午夜过去了……我不向家去，
消磨着长长的、不停息的人行道，
我无尽地绕圈，绝不疲劳，
什么也不记得，什么也不记得。

灯在雾中筛着冷火苗，
我无目的地无尽绕圈，
我寂静地经过条条大街，
并在冷雾中柔和地哭泣。

一九○七年至一九○八年冬季

无名的爱

我学过智慧的言语，
以便用其力量吸引黑暗，
我要对你的灵魂施巫术并魅惑你，
将燃烧我的火射向你的心。

但所有言语已经都白费了，
护身符也死去并无力了，
魅力与诱惑在你面前是无力的，
——到底谁知道你甜美的名字呢……

一九一二年

在故乡

我那灵魂受折磨的马慢踱着，
而这迷失的路是可厌的——
不记得，拒绝所有我的渴望
与白日梦，它们骗了我。

绝望与无尽的无望
以及苦涩在我的灵魂中充满，
黑暗与死亡与沉沦铺散开来……
你是废墟了，故乡的房屋……

也正如恐怖的黑夜降下，
也无论我去哪儿，都将努力
我将找不到一块亲切的土地，
在我黑色之路的残酷日子里。

而我所有带伤的记忆都是折磨，
我的每一种思想——无可安慰的痛，
我周围是黑暗，和死亡，和废墟，
我迷失的路被黑暗充满……

且无论我去多少地方，我绝望的思想
都是那么不竭，那么痛苦——
你已经不在了，变成了对话，
变成了梦——故乡的房屋……

啊，在这寒冷地方的无际的混沌中

永久地倒下，并消失，并沉睡，

与你一起消灭并被忘记，

被毁的梦——故乡的房屋……

一九一二年

春

春天已点燃了那么多的花，
春天再次那样明亮，
——我希望温柔地爱一个人，
我希望甜美地爱抚一个人。

无边的夜晚那样温存，
群花那样娇媚地闭谢，
——我周围燃烧着一种甜美的折磨，
我的心掀起了一场新的激动。

我听见不可见的铃铛的私语，
我打开的心中响起了一首歌，
——好似一个人梦到了我，
好似她用一只温柔手呼唤着我……

一九〇八年

两个幽灵

是我，是你，我和你
在这魅惑的夜里，
我们孤独——我和你，
我也是你，没有我……

没有可怕的日子，
没有时辰与时间，
我们是两个幽灵，
永远一起，且孤独……

我们忘了过去的
抱怨、忧伤与黑暗——
照来一道别的光，
柔软甜美，为我们……

是我，是你，我和你
在这魅惑的夜里，
我们孤独——我和你，
我也是你，没有我……

美杜莎

在绝望中，黑暗的日子里，她来到我身旁，
她温柔地靠近我，用爱的言语爱抚着——
动作中和暗色眼睛里有一种不认识的
享受的承诺，带着常在不去的羡慕的秘密，能将人俘获。

我相信了那些微笑和那犯罪的
爱抚，将之算作了我孤独中的命运——
我周围是夜晚，我周围是黑暗，如我的灵魂——
而她放着光，如梦一般，在无尽的黑暗中……

带着疯狂的羡慕，我醉在了她折磨人的柔情中
且她的怀抱对我像是伊甸，罪——神圣的……
哦，苦涩的夜，折磨与痛苦——在她带血的怀中
双面的美杜莎爱抚着我，并长长地气喘。

履 带

履带，你环行吧，环行吧，
我早就听过你的歌了……

是故事，是诱惑，是无边
雾中玫瑰色的欢乐，
你带着狡猾的温柔微笑
对我的灵魂太阳般的微笑……

爱的言语和吻和承诺……
——在这甜美的音乐会中使人沉醉吧——
是不是我们？在说谎？
是不是我们？在歌唱世界？

履带，你环行吧，环行吧，
我早就听过你的歌了……

远方曾有一片魔法师般的土地，
金色的世界上曾有太阳，
它们照耀过，微笑过——也都不在了，
而可爱的欺骗也不在了。

而忧伤，与抱怨，与折磨，
——你是那个人吗？那个哭泣世界的吗？——
你变黑暗吧，骗人的白日梦，
遥远的日子的羡慕……

履带，你环行吧，环行吧，
我早就听过你的歌了……

遥远的世界中曾有一首歌——
你遥远地重复着那首歌——
"我爱，你不爱我。"
而你所有的言语都旧了……

而那华尔兹——《回不来的时间》，
废弃的林地中的铁路，
而夜晚，与吻，与新月……
厌倦了的，令人讨厌的故事……

履带，你环行吧，环行吧，
我早就听过你的歌了……

他们在疯狂的欢宴中跳舞，
——谁希望让人知道秘密呢——
这歌中没有尽头，没有开始——
昨天是我，今天是你，明天是他……

履带，你环行吧，环行吧，
我早就听过你的歌了……

科斯坦·扎里扬

（一八八五年至一九六九年）

　　小说家、诗人。生于沙玛希[1]，在巴库受初等教育后赴巴黎、布鲁塞尔继续学业，后又在威尼斯学习亚美尼亚语。一九一三年赴君士坦丁堡合创《神庙》期刊，昙花一现但影响深远；一九一五年幸免于种族灭绝，赴意大利；一战后先是回到君士坦丁堡，一九二二年参与创办另一份刊物，旋赴埃里温国立大学任教，但三年后又赴欧洲，辗转于意大利、法国、美国[2]、中东之后，于一九六一年最终定居埃里温。

1　沙玛希：今阿塞拜疆舍马哈。
2　此期间曾在美国主编《亚美尼亚季刊》并于哥伦比亚大学教授亚美尼亚学。

在萨尔达拉帕特[1]

一月的雪，一月的雪在萨尔达拉帕特。

生活没有一点踪迹，云没有一点光芒

的这片荒原中

没有一点记忆。墓下

雪冰冷，白，

没有一点过去的日子的记忆。也没有喊叫的雪霰，

也没有锐利的风，从山巅降下的锐利的风，

因病痛而呻吟，至今被劈开的岩石的包扎伤口呻吟着。

一种深深的寂静

而光冻结了。没有悲痛，也没有哭泣。

一种深深的寂静。

只有褪色的、模糊的群星在场。

我看着，说——

我有这孤独的时刻而高兴，

正如迷失在这雪的白色氛围中，

正如弓上一支不向着任何地方射出的箭。

我看见，那里，

赤裸的土地下

埋着它们，失落的希望和道路，

一条被剥夺了帆的小船正在沉没

而在生命之上，黑暗的一座山已经走过。

---

1 萨尔达拉帕特：位于埃里温西南的阿尔马维尔省，是该省主要城镇之一。一九一八年五月二十一日至二十九日，亚美尼亚正规军与民间武装一起，在此击败了奥斯曼土耳其正规军，打赢了亚美尼亚共和国的生死存亡之战。

啊，你们让我在这雪中洗我的悲伤吧，

并让我经过这深深寂静的赤裸桅杆之上

向上升吧

直到过去，直到我的血留下的痕迹，

它们的聋的哭泣已经遮盖了记忆的褪色的地毯。

我看着，说——

我接受这雪的冻结的命运，

那里深深的坟墓埋葬了我们伟大的思想。

一九二二年

鲁本·塞瓦克

（一八八五年至一九一五年）

本姓齐林吉良，"塞瓦克"这个笔名原为常见绰号，大概可以理解为"小黑子"。生于安纳托利亚锡里夫利，一九〇五年赴瑞士洛桑学医并执业到一九一一年。于一九一四年返回君士坦丁堡，在医学文学两领域均有名，在文学方面同时写作诗歌与短篇小说。一九一五年遭集体逮捕，并于安纳托利亚中部强科勒附近遇害。他在世时仅于一九一〇年出版了第一部诗集，按计划还要写作三部，但尚未彻底完成便遇害。后三部诗集的已完成作品于一九四四年出版。他不像梅扎连茨、西亚曼托、瓦路让等同时代人有明确的创作流派归属，但成就可与此三人比肩。

为什么?

为什么？为什么你爱过我？
小姑娘，你有罪了，
你的胸中必曾有蝴蝶了，
你囚禁了一只年老的鹰。

当你睁开蓝色的眼睛时，
蓝色的姑娘，夜莺在歌唱，
你也必曾是有爱的私语，
你选择了我预兆不祥的噪声……

我一直在走去，无边无际的
坟墓是我的足迹，
你必曾是一阵有爱的微风，
你打开了你暴风雨般的胸膛……

你黑色的双眼在燃烧，
你将要死去，一支歌曾这样唱道，
你必是有过一份小小的爱，
你爱过爱——上帝……

爱的光芒

回忆的歌
从我心深处
心灰意冷地
用力哭泣。

而我悲伤的
爱重新
从柴堆
生出痛来。

且我希望
在爱的
灰烬上哭泣,

以便
足迹的光辉
也不闪出火花。

我的灵魂

我看到一片带病的叶子，在绿色的原野中。
春天曾是多么可爱，从柔风的摇曳中，
原野上可爱的草，还有万紫千红的花，
因默默温吞的太阳的热酒而开心。

但那春天的，生机勃勃的摇曳时刻中，
我看到一片带病的叶子，在绿色的原野中，
干枯瘦瘪的一片叶子，因和风的碰触，
垂死地颤抖着，在诱人的草地上。

我的心充满了无际的悲痛，我悲哀地弯下腰，
把它抓在我的手指间，并将它瘦小的躯体，
带着爱抚，带着眼泪靠近我的唇。

我的灵魂是一片非时枯萎的春天的叶子，
在五月的群花的生命与和风之下，
还有微笑的无能为力，它颤抖着，受着冻……

我看到一片带病的叶子，在绿色的原野中……

正在来的人

我不知道谁，我不知道他在
去哪里……他们说一个沉默着，在马上悲伤的
古老的，古老的骑士
慢慢地走去，我不知道哪里……

我看到他瘠弱的暮光的
大光辉，在重云之下，
他在黑色的骏马上从
悲伤的山中走去，我不知道哪里……

他走着，快地，快地，而我看不到
跟着跑的无数骷髅，
也跑得非常疲惫了，
他快快地走去，我不知道哪里……

他们说，他有一口可爱的棺材，
或者一道神圣的誓约，一份遥远的爱，
并在去那里……而我知道
他有一条方舟，我不知道哪里……

三朵花

一个可爱的夜晚，灵魂泛滥，

在麦子中间，我给山羊草

一个吻，温热的吻，

哦你们！正在经过的，你们要拔掉它？

我的灵魂悲哀，我的天空悲痛，

但群花的芳香仍然喷吐，

我把我的心放在玫瑰深处，

哦你们！正在经过的，你们将拔掉它。

在尖锐的刺旁，干渴，悲哀，

用它的焦虑将我拉到它近旁，

我让我的伤口持续抑郁，

哦你们！正在经过的，不要拔掉它。

亚美尼亚

谁在我的门槛下这样哭泣？
　　——姐妹，他是流浪者，开门吧……

一具骷髅哭着从外面经过。
　　——那是饥荒，打开你的门吧。

有斧子在我被劈碎的门正中啊？
　　——那是屠杀，打开你的门吧。

钱的祈祷

——致可怜者

我悲痛的地壳之上
我的双脚迷失地迈着步，
寻找着兄弟情谊的温热气息，
而我的灰色眼睛哭泣着每个主人
看到了富有巨室的门边
一位贫穷的母亲在含泪等待。

那么，你是谁？悲惨的工作的你，
钱，在其沉默的光里，命运
复苏着受苦的人类。
据说，你的欲求将永远统治，
且告诉我，他们将永远这样？唉，
正在死去的人哭着你挨饿。

人，首先是那个人，为渴望驱使的
在土中挖了，找了黑暗的子宫，
并背信弃义地从你成世纪的隐蔽处
将你拔出，打磨，清理得放光，
那个人，唉，在你微笑的邪恶的光里，
没觉察到人类不幸的堕落吗？

苦难的、无望的沉闷的孤儿们
在摇摇欲坠的石墙下被窒息，
无数饥馑的悲惨者悲痛地

向你伸出他们干瘦的手，

并且发烧般地，在街上，每个方向

都有几个小孩，无母，饥饿。

下来吧，谦恭地、柔和地下来吧，

从你的金台阶的手指上下来吧，

潮湿的悲惨的巢穴中，

那里根本没有你反射的光，

干枯的刺痛统统在变成你，

下来吧，像春雨一样下来吧……

米萨克·梅扎连茨

（一八八六年至一九〇八年）

生于阿根附近，本姓梅扎图良。一八九四年随家迁居锡瓦斯，一八九六年至一九〇一年在美国新教传教士于马尔多万[1]开办的安纳托利亚学院学习，一九〇二年又与家人追随其父定居君士坦丁堡，并继续学业，一九〇三年开始发表诗作，但一九〇五年因肺结核被迫辍学。一九〇七年在提交审查一年后，第一部诗集《虹》得以发表，同时抓紧完成第二部诗集《新歌集》。次年在准备第三部诗集时，不幸早逝。部分作品于身后发表。他是西亚美尼亚象征主义代表诗人。

1　今土耳其中部梅尔济丰。

明朗的冬夜

夜，我的窗对你的吻打开了，
让我愉悦地吮吸你轻柔流淌的
炽爱的光那丰富的乳汁，
和你凉爽露水的湿魔法吧。

明朗，光在波动，奇迹般的夜，
流你魅惑的波浪在我心中吧，
你白色的梦喷出的蜜一滴一滴
滴到我灵魂的爱之炽热中吧。

我希望这欺骗的声音停下，
而我不满足地饮你的甘露饮料，
我希望日子和时间死掉，
而我向你的圣所跪倒。

而我向你的圣所跪倒，
在我这恳求的动作中，
和当你不竭的光芒淹没我时，
我的双眼也死在下面的地底。

带来白日梦的夜晚，啊，接受我吧，
接受吧，哦，神秘的平静，
我含泪恳求的呼吸的沙沙作响，
和它们的吻，我的灵魂给你的。

我的房间充满了咸的记忆，

昨天的风的野性的炽爱的，
而各角落仍在悲哀地低语
它的狂怒的精致的可怕。

强力地入侵吧，从我的窗户进来
并充满我的小屋吧，直到用你多情的
神圣充满它丰富的狂怒，
而我从久远的睡眠中醒来。

夜，我的窗对你的吻打开了，
让我愉悦地吮吸你轻柔流淌的
炽爱的光那丰富的乳汁，
和你凉爽露水的湿魔法吧。

恋 歌

夜晚甜美，夜晚愉快，

用大麻和香脂把涂油礼行过，

从光亮的路上我伴着酒经过，

夜晚甜美，夜晚愉快……

从风中和海中来了吻，

从光中来的吻，花开四至，

这一晚是我灵魂的**节日**，**礼拜日**，

从风中和海中来了吻。

但这光一点一点地耗竭着我的灵魂，

我的双唇只渴吻……

喜悦的夜晚是光和月亮，

但这光一点一点地耗竭着我的灵魂……

黎明之歌

群山中修道院的木铎[1] 哀悼着果园，
群鹿在黄昏时前往着河岸，
一个姑娘宛如微风，带着来自桃金娘香气的酒，
在水之上变成涟漪的欢乐的舞。

从修道院旁边的路上，商队经过着，
与铃铛们的歌在夜中悲泣为伴，
直到我等候清澈的光，推迟了照耀，
和我听着的低语，在希望中私话。

峡谷的深处，岩石的胸口，是散落的风景，
慵懒地，作一只巨鹰的形状，
其利爪插入黑暗聚集的角落里。

从迷醉的香气中，力量给我带来沉静的早晨，
我在花下做着梦，并疯狂地等待着，
童话的光，将愿望实现的，将要到来。

---

1 东方基督教（尤其是在穆斯林统治下的）教徒非特许不得鸣钟，故以木铎
代替。

金合欢树荫下

那用各种芳香涂油的夜晚微风
从群花中喷出柔软的树叶，
一个芬芳的梦正降到人们灵魂中，
这珍珠母般的黄昏多么惬意。

金合欢们，带着酒意光亮并温暖的，
摇摆着轻叹出一道纯净的气息，
当它们芬芳的花如雪般落下时，
那狂野的风赶忙将它拥抱。

而它们的光，无言的魅惑仙女，
妖媚地带着银色的秀发，
下到乳色的喷泉浴盆中。

溅出的水滴成一朵朵花般，
清亮，如孩童光亮的眼泪，
它的杯惬意地抽泣。

从群花中风喷出树叶……

火　花

今夜笑降临到
我灵魂的手鼓和鼓上，
像铙钹一样喜悦，
我的记忆在鼓掌。

伴着响板的歌
你鹰眼中的
王子的熊熊火焰
重新在我灵魂中燃烧。

伴着酒，来自非物质的甘露
的众多花香的吻，
王后的各种动作
在那里疯狂地跳舞。

夜慵懒地耗尽，
啊，还有一点，还有一点，
我的灵魂希望醉在
你流火的眼神中。

小船们

小船们离开了，每只也都，带着满溢的想念，
每只也都远去了，漂离了我的**梦**之岸。
想望的火焰将我包围了，我是等待的病，
伴着令灵魂恐怖的颤抖与火，永远孕育着夜，
多少夜晚我全都等待着那杏黄色的轮到，
而夜里我也从沙岸经过，颤抖着，
为压抑并热情的梦的火花充满。
回来吧，我被风吹着的小船们，水中的女精灵们，
回来吧，我为魅惑驱使的小船们，夜晚的微风……

瞬 间

一声微弱的沙沙响，然后一股麝香的香气，
而无声地书从我手中掉下了，
是梦中的骄傲女子在经过，
以及我灵魂的湖起了轻柔滑过的涟漪。

以及我灵魂的湖起了轻柔滑过的涟漪，
还有一道波浪张开翅膀在跑
去拥抱我向往的金色沙岸。

哦，它的花凝视的香甜，
哦，它的骄傲步伐的矜持，
它的道路上，它的步伐的踪迹如玫瑰，
那里我的孤独仍在愉悦地徘徊。

我的心，一簇火焰，在黄昏中没有踪迹……

无 名

野花，你的名字是什么？
说吧，坐在野蔷薇和深绿
篱笆的阴凉下的
野花，你的名字是什么？

白色，乳汁与胶液
喷香的野花，你的名字是什么？
说吧，至少有一点，你没发抖吧，
当甜美的微风吹起的时候？

骄傲的野花，那仙女的名字是什么？
那从你身边走过了的仙女，
从她背后溅起一道
温和与黑琥珀般的涟漪。

你知道吗？花，那颤抖的名字是什么？
那给了你微风的颤抖，
还有那声音的，呼叫着你的声音的……

等 待

千万萌芽中的渴望
快而又快地从等待中
消失着，直到
我在黑暗中独自留下
在我的思考中焦急。

而汹涌的，暴风雨般的
思考突然将我
以漩涡，以带病的
梦想永远运转地
带来不幸地包围。

气喘吁吁的海的
泡沫或者边缘，我到了，
也从地平线上
看着那里我爱人的
远离的幽灵。

但我迟到了，她也没有来，
正如今日也如明天，
且带着虚弱的耗竭
我看来成了一个疯子，
在本质邪恶的白日梦中。

思想与自然

我的思想不停地呼唤着理由，
正如一条狗之对着满月吠叫，
或者巨浪之对着堤防冲撞，
——一会儿像混乱，另一会儿又像咆哮的山。

我的思想是一只凤凰，它的双翅是"是什么"，
它冲向"因为"的发声的光，
那里一只斑鸠正在它的骨灰中重生，
用一对彩虹色和发光的翅膀。

吼叫的云翼在成为暴风雨，
我的思想，正在到达"为什么"的酿酒厂，
一只炽热的手突然将它抓住。

它轻轻以充满奇迹的
太阳和蓝天的和平盖起它，
这和平对彻底流散的每样事物都微笑的。

贝德洛斯·图里扬

从寂静，大理石建的陵墓深处，
天才的双眼不眨一下地注视着
天光带着灵魂的生命，
也退出了空虚的变乱。

他死了，不再歌唱热情燃烧的爱，
而他永恒的思想将从
他鸣响着的里拉琴里预言，他的歌
也将以古老的崇拜永远俘虏我们。

他带着激情死了，仍然因记忆活着，
像出现在他的坟墓旁边上方的
树木一样，新鲜而翠绿。

羡慕跟在他后面走了……
而他的记忆也仍将，永远不会迷失
和永远鼓舞人心，仍将继续。

一九〇三年七月八日

"主啊，给我吧……"

——致图里扬法座 [1]

主啊，给我非个人的欢乐吧，
我要在我的路上聚起它像群花一样，
在每天每日的注视中。

主啊，给我非个人的欢乐吧，
我要像孩子点燃的火柴，
看到另一张脸上彩色的微笑。

主啊，给我非个人的欢乐吧，
像铃铛一样我把它挂在每扇门上，
并像油漆一样用它给每扇门加冕。

主啊，给我非个人的欢乐吧，
像群星的吊灯一样我点燃它，
在每扇窗和每间小屋的黑暗中。

主啊，给我非个人的欢乐吧，
我将那做成我小灵魂的作神圣语的会幕，
用它给我的思想熏香，像含多种香气的香料。

---

1 这里的图里扬应该是前面收录的著名诗人贝德洛斯·图里扬的幼弟叶吉谢·图里扬（一八六〇年至一九三〇年）。他本名米赫兰·曾巴扬，一八七九年出家，现代亚美尼亚著名教士、诗人、教育家、学者。本诗写于一九〇八年，当年他以亚美尼亚使徒教会士麦那首席主教身份出任教会代君士坦丁堡牧首，也就是代行教会在奥斯曼帝国的最高权力。

主啊，给我非个人的欢乐吧，
它不是别人的哀叹与悲泣，
窒息在我手鼓声音的瀑布里。

主啊，给我非个人的欢乐吧，
它不像我掌声的歌，
有**我的**不祥的屋子，寒冷的单间。

主啊，给我非个人的欢乐吧，
且让我桌上放的一曼[1] 面包，
至少有一对十字形的欢乐。

主啊，给我非个人的欢乐吧，
且我要打击我心中那岩石，像棍子一样，
使坚信不疑的快乐之水涌出。

主啊，给我非个人的欢乐吧，
我要在水上展开它像网一样，
像我在犁沟上展开犁一样。

主啊，给我非个人的欢乐吧，
我要将它如雨露般滴到每片田野上，
我要将它如太阳般分配给每条地平线。

主啊，给我非个人的欢乐吧，
我要成为那围住理想的猎人，
做了那艘船，我要成为**光**的水手。

1　曼：波斯语，近东的重量单位。

主啊，给我非个人的欢乐吧，

聚集，灵魂中的老人、处女、孩童，

农民和工人，简单说就是人。

主啊，给我非个人的欢乐吧，

聚集，灵魂中普遍的，每样东西，

在灵魂的每个分子中，每时。

从路上，和河上，原野上，

从森林，和山上，峡谷中，

从每年，和每家，每扇门，

主啊，给我非个人的欢乐吧。

一九〇七年

歌

姐妹，靠近火，
吸这芳香的叶子吧，
因为每件事物对我都要
再次变成血的气息。

姐妹，靠近橱，
并拿来这杯液体吧，
因为每件事情对我都要
再次变成血的滋味。

姐妹，靠近灯，
熄了它，留下惨白月，
因为每件事物对我都要
再次变成血的颜色。

姐妹，靠近琴，
歌唱田野与谷物吧，
因为每件事物对我都要
再次变成血的声音。

姐妹，靠近我手里，
上帝点燃的火枪吧，
因为每件事物对我都要
再次使人想起血的复仇……

马泰奥斯·扎里非扬

（一八九四年至一九二四年）

　　生于君士坦丁堡并在此受教育。一战开始时在奥斯曼帝国军中服役，但很快因肺结核入院，又以其军官身份逃过种族灭绝一劫。一九一九年奥斯曼帝国战败停战后曾为英国占领军做翻译，短暂回到中学母校任教，但几年后因肺结核病逝。他的诗歌创作集中于一九一九年至一九二四年这短短几年间，仅完成了两部诗集，即一九二一年的《悲伤与和平的歌》，一九二二年的《生与死之歌》，风格尚未定型便不幸早逝。

决　定

不仅一声叹息
而是要在路上做到,

命令最后一滴泪
枯萎吧!

没有一个人伸长手
来将这大火熄灭,

夜里,寂静,不可见,
盯着远方,像一个偶像,

盯着海岸,那里那么多的
群星从我心中掉出,

而那古老的岩石,我的灵魂
在那里为了一朵玫瑰放弃了我……

然后微笑并迈步
在路上做这个。

小而可爱的姑娘

小姑娘，可爱的姑娘，
远离我，
你的玫瑰和茉莉
只适合群星……

你白白将额头伸给我
让我吻，
月亮从我眼中拿走了悲伤，
于是我瞎了……

而我给你，看啊，正带来
一个老了的灵魂……
你给了群星……我原谅——
你的吻和爱……

小姑娘，可爱的姑娘，
远离我，
你的玫瑰和茉莉
适合众神……

辉煌的临终

如天上的大门一般
你大理石的双翼打开我的灵魂吧，
如果我死了但你激动了，
那样的死对我就是生……

让你胸中的雪消歇吧，
我生病和喘不过气的灵魂，
让它的旧梦对你私语
使我如此失色……

并让我的灵魂那样死去——
骄傲，在你骄傲的身体之上，
只有它的梦对你私语着……

因为我希望那加快，
而掉到死亡的怀里，
我爱过你，如爱上帝……

叶吉谢·恰连茨
（一八九七年至一九三七年）

　　本名叶吉谢·所戈门尼扬。一八九七年生于卡尔斯[1]。一九一二年即开始发表诗歌。一九一四年出版第一部诗集《致一个苍白女孩的三首歌》。他的早年诗歌多受帖里扬影响。一九一五年曾参加亚美尼亚志愿部队，在高加索战线配合俄军对土耳其人作战，在奥斯曼帝国境内见到的种族灭绝惨象对他的思想产生巨大冲击。一九一六年赴莫斯科进入大学，接受革命影响。一九一八年加入布尔什维克和红军，成为亚美尼亚诗歌界的革命代言人。一九二二年与其他人发表"三人宣言"，代表了十月革命后文艺界一度流行的激烈反传统思想。但一九二四年至一九二五年游历欧洲之后，意识到了继承传统的重要。一九二六年开始

　　1　卡尔斯：位于一八七六年沙俄自奥斯曼土耳其帝国割取的传统西亚美尼亚；一九二〇年根据已到生死关头的亚美尼亚共和国与凯末尔革命政权签订的《卡尔斯条约》，此地又被土耳其取得；次年苏俄与土耳其的《莫斯科条约》再次确认。二〇〇六年诺贝尔文学奖获得者、土耳其作家奥尔罕·帕慕克的《雪》即以此地为背景。

在亚美尼亚定居，并工作、创作。一九三三年，他
生前出版的最后一部诗集《路之书》问世。此后他
遭受的政治攻击逐渐升级，失去了出版作品的权利，
并终于一九三七年在大清洗中被捕判刑，死于狱中。
一九五四年得到平反并恢复名誉。他一生中作品丰
富，风格多变，是苏维埃亚美尼亚文学最终确立者，
也是艺术成就最高者。

银河的旅人

致亲爱的维万

所以只要我们活着，就不得不忍受。

——费特[1]

我俩是银河的旅人，

两个穿着撕碎布片的旅人。

而我们爱过我们灵魂中的悲苦，

带着白日梦式的思念和爱。

白日梦式，如同思念，如同爱。

而我们爱从早到晚

上路——并永远做梦。

在我们眼中，我们保持着天界之路的

传说般的遥远——

并且我们走过天界之路，

那里无数人做了梦，并且已经不在。

像雾一样，我们的童年过去了，

灰色，无太阳，无安慰的童年。

梦呓一般的童年过去了——

而我们远去了。且我们不再要回家了。

我们寂静地远去了，并不停地走着，

同时梦着永远的远方。

生活变成了一场永远的寻找——

我们黑暗、幻想般的、奇怪的生活。

1　原文为俄文。阿法纳西·费特（一八二〇年至一八九二年），俄国著名抒情诗人。

且日常中我们被用来献燔祭的心

多种多样地燃烧，被烧——

但我们的眼睛——没看到太阳，

而我们的心——光明的远方。

而我们永远雾一般的眼睛

在偶然的眼中找到

银河那绣了金线的道路，

银河它那无边无沿的远方。

但它们没有找到天空，在眼里

和在心里——如金子般燃烧的太阳，

而我们孤儿般的心被无生命的目光

梦幻般地——带走灵魂地撕碎。

我曾希望唱上帝的赞歌，

唱明亮的爱和面包的光荣，

我的心被充满了……但我不知道，为什么——

我唱了灰色的日子的厌倦……

我眼中留下了一种被埋葬的无限，

蓝眼睛的喜悦的寓言，

一种天界的吸引力的故事，

且我的心硬了，无光且不育，

不是吗？生命中没有一个人懂我们——

并且都嫉妒我们光亮的眼睛，

愚蠢地嘲笑我们火烧般的思念

并远去。且不带来一点光。

姐妹嫉妒，亲人笑，

外族人诅咒并经过。

只有妓女在雾中接吻

和疯子用半音问好。

没事，我们的日子如发烧般过去了，

生活变成了无安慰的梦呓，

——我们将微笑，满足地边死去边微笑，
因为我们在梦里做过梦了，并经过了……

我们所有人，孤独地去了，悲伤地，
在商店里买酒和面包，
寻找着一种不可能的欢乐，
但找不到，通过紧绷而忙碌的跑——
我们所有人，力竭了，不看上面——
因为忘记了尘世的恶、善，
我们将悲伤地祝福我们一个夜晚，许多白昼——
并将看银河之路。

瓦哈根

你看到了瓦哈根，你得救的太阳……

————霍万内斯·霍万尼相

火灾之神，火灾和火，

哦，瓦哈根，来吧。——看哪，我看见了，

他们在嘲笑，在狂笑，

在你流血的、倒下的尸体上。

你不是神话吗？……他们来了，他们唱了，

那些年老的游吟诗人们，在一个古老的夜晚，

说你是强大的，带火的，从火里出生的，

说你要带来我们的得救。

而我们相信了，喝醉了，因为酒，

以为你是强大的，体现了力量——

然而他们来了，带着血，带着火，

将我们古老的土地变成了灰……

而当他们将你流血的尸体拖来，

扔给饥饿的野兽们做食物时——

我们生命的基础掉进了深渊，

而他们仍在血雾中砍斫……

一九一六年

苏 摩[1]

一

像恒河的祭司一样，

为思念所燃烧，为爱燃烧——

我已把我的生命，送给你的光，

并歌唱你。

我歌唱你！在这红色的

世界，现在——

我歌唱你，甜美的姐妹，

疯狂的苏摩！

二

世纪接着世纪，不尽，不断，

而我的心——春天，

将我的生命编成歌，我寻找着你

在这恶世界上。

而我没有找到，苏摩，没有一个地方

有你火样的面孔——

但我知道，他正在死亡，

那爱你的人。

---

1 苏摩：古印度《吠陀》中提到的神圣饮料，用于祭祀，也是众神的饮料。
但古代真实存在过的苏摩到底是什么，今天尚不能确定。有学者认为即发
酵的麻黄汁。

而我将我的心，给了死亡的幻梦——
我渴望死亡——
但我突然看见了你的面孔
在这最终的昼夜交替时。

我看见了你的面孔，正如在
一次神圣的献祭中，
我看见了你的面孔，在这些
摇动世界的大火中。

而我因你而醉，叫喊着那些
大火之舞——
并将我的生命，简单而真心地，给了
这燃烧的世界……

三

苏摩，我知道你是个姑娘，
天界的姐妹，
你给了我们神圣的花朵
以毒药，悲伤而芳香。

你从天而降的露水养育着
所有的植物。
姐妹，你生活在我们神圣的植物中
甜美而恐怖。

我们从这些植物中生产着饮料，
燃烧的酒，
又因这神圣的饮料而醉——

我们盼望着你。

你燃烧着，苏摩，在我们的血管中，
像酒一样——
而因你而醉的我们还希望，
这世界中你的欲求成真……

四

苏摩，哦，苏摩，神圣的饮料，
你，神圣的爱，
你，灵感的甜酒，
在生育的夜晚。

晨光的神圣子宫，
灵魂的银河，
你在太阳之前经过天空，
播撒着黄金。

哦，你，自由的神圣新娘，
你——自由，
你——最后的甜美的最后的幻梦，
你——灵魂的笑。

你，在众人心中嘶嘶燃烧，
你快速流动，
且在心中毕毕剥剥地沸腾着
你突然燃烧，变成了火。——

苏摩，哦，苏摩，让那受祝福吧

这恶世界中的那红色瞬间！
当你在人心中第一次
被变成了火焰，变成了阿耆尼[1]时。

且你变成了大火，火，火焰，
从心中波荡而出——你经过了世界，
而将这恶生命，这不幸的生命
交给了火焰。

你现在在人们心中波荡，
并在全世界点燃了大火。
姐妹！你是在阴沉的日子里
唯一安慰了我们的……

我们现在再次点燃了世界，
疯魔癫狂地来朝圣了。
再次让你的名字受祝福吧，
它将我们的石头心变成火。
你的火焰在我们心中神圣地嘶燃。
我们已饮过，来跳舞了，
现在我们把生与死相互混在了一起。
你再次又再次地燃起吧，
在我们心中燃烧吧，嗜血地波荡吧，
疯狂的苏摩。

五

姐妹，你的酒在我们心中

1　阿耆尼：印度婆罗门教的火神。

一世纪，成世纪地生烟。

姐妹，你的酒在我们心中

点燃了多少黄金火炬……

点燃了多少黄金火炬

在大地的烟雾中，

点燃了多少黄金火炬

在生命的尘埃中。

一世纪，成世纪地在我们心中

燃烧了火，

但世界不欲着起大火

石头的世界。

谁没有见过，当稠厚的夜降临时——

金色的光由坟墓中飞出。

由正变为尘埃的骸骨中滴出光来，

那是你的酒，在人的日间没有燃烧。

那是你的酒，白白地打火，却没有燃起，

那是你的酒，人带着它一起到下界去。

而在夜晚稠厚的黑暗中——

一把火焰的剑——

从坟墓中飞出

白白地燃烧……

苏摩！你的酒，我们因之而醉，

现在是疯子了——

一世纪，成世纪地给予我们

分娩与死亡。

给予死亡与坟墓，

土地与深渊——

它要飞出来，自由地燃烧——

从坟墓中……
而一世纪，成世纪地，世界并未燃烧
　　石头的世界。
现在烧起来了……我们也疯魔了
　　而且癫狂。——

我们癫狂地不住舞蹈，
在大火中，并且点燃——
那所有的，存在过
于这千年世界上的。

而我们的血与火混合，
贪婪地燃烧着——
它把光给予这燃烧着的世界
你的面孔在远处。

六

我们的圈舞快速转着，
而在我们的圈舞中——大火之舞中
生命是故事，而人——火。

　　如火箭接着火箭飞上天
　　我们高亮的生命，
　　而我们被用作燔祭的心
　　在晨昏交替中燃烧。

　　穿了甲的人群
　　鼓掌并且舞蹈，
　　每个人都变成了火炬

在这火围起来的世界里。

舞蹈不住且癫狂
我们对火诉说着歌——
而石头世界在燃烧
在火的旋风中。

生命现在是星期日了——
用带火的火炬装饰的，
而生命与死亡在跳舞
苏摩，在你神圣的火中……

七

嘿，远方的朋友们和兄弟们——
你们没听到吗？我们在呼喊你们——
欢乐又高傲，
来吧，进入我们的圈舞吧——
来吧！来吧！

哦，它是瞎的！看不见
疯狂的火已经到了天上的。
来吧！来吧！有颗心
被用作燔祭和有火焰燃烧的。
谁来了——都必须和它一起
带来一颗被用作燔祭的心——
来吧！进入这盛大的舞
世界性的大火之舞。

并让之膨胀到

一个世界大：
那涤污的大火，
炽红的火焰。

古老的生命，
白白地空烧着的——
让它变成灰
并白白过去吧。

让这火留下！
灵魂的大火，
它将变之为奇迹，
苏摩！你的话。

八

而它们来了，无穷的，无穷的
恐怖的人群，
它们把旧而空虚的生命
要燔祭给火。

而掉进了火，不可回头，不可出来，
石头生命烧起来了——
而在大火中不住舞蹈
那疯狂的人群。

而我们的血，与火混合了的，
在火中燃烧；它是神圣的牺牲——
而你的面孔对着世界微笑
在这些摇动世界的大火中……

九

……现在生命对我的灵魂就像
　　一个金色的幻象。
多好啊！苏摩！灵魂的生命
　　现在我已经到了。
多好啊！苏摩！在你的火中
　　我也燃烧起来了……

现在我将燃烧，作为你的欲求的牺牲
　　与献祭，
而如果这大火灾熄灭，
　　这没有熄灭之说的——
你也将点燃千场大火
　　在这恶世界上……

苏摩！你的爱是毒药和酒，
　　但那么甜美。
苏摩！你永存，但我将过去
　　而明天我就没有了。
苏摩！让世界中你的欲求成真吧，
　　涵盖宇宙的欲求。——

我的生命将熄灭，它是旧的、微小的一个火花
　　在你金色的火焰中——
但我成灰的心必将燃烧
　　在你全部将来的晨光中……

一九一九年

死亡的幻象[1]

如被弃的大提琴上拉紧的一根弦：

我的心因一种可怕的思念而颤抖。

我的思念的高峰是那最后的赞歌——

一根硬绳，和两根扯向天空的木头。

如我命运的阴暗的蔑视，或如

一个旧承诺，尚未完成，任其破败——

那城中，绞架的木头，

停住了，高傲地，并等着人上台。

两根木头停住了，沉默，相向弯曲，

中间在颤抖，冷漠又摇摇欲坠，

一根灰绳，正如这些不幸的日子里

我悲惨的纳伊利[2]灵魂孤儿般的呻吟。

周遭降下了无火的夜晚，

还有一种安静，不寻常，沉寂，不动半分，

正如这些日子的呻吟，正如残酷的

死亡的悲伤：我囚禁中无音信的心。

而那些商店，灰色，弯曲，而那些人，

现在已经聚集在木头周围的，

离死亡那脆弱的里拉琴[3]那么近——

他们希望什么，那么不幸，那么不情愿呢？

而又是谁梦到了那么残酷——

---

1 作者一共有三首同题作品，这首是其中最有影响的。

2 纳伊利：乌拉尔图人对自己国家的称呼。近代乌拉尔图文明经考古发掘重现于世之后，亚美尼亚人认为乌拉尔图人是自己祖先，所以在文学作品中也用来称呼亚美尼亚。

3 这首诗中，"里拉琴"和"赞歌"在亚美尼亚语里是同一个词。

和光明的，我灵魂的早晨呢？

谁来了？——一个无火的夜晚，

和灰色的绞架，和两根扯向天空的木头。

也许那就是我，凭着我悲伤的心，

从远处给你们带不回一点火，

还希望过，纳伊利光辉明亮的未来，

不唱一首赞歌……

现在我要走了。且带着毫无怜悯的思念，

我的歌手之梦和火，

我无吸引力的、昏暗的日子的歌，

和我纳伊利式的梦的最后的爱——

我要走了，在这熄灭中，渐灭中的夜里，

如同被迫害的鬼魂，如同幻象——

我要把我的脖子给予那扯向天空的思念，

并晃动，狂热又无可挑剔……

不要做任何不必要的牺牲，我除外，

不要让其他的脚接近绞架，

而且要让他们在我被挂起来的眼中看到，

我的灼热的土地，你光明的未来。

让他们在我脱落的，被挂起来的眼中，

看到你明亮的未来——

不要做任何不必要的牺牲，我除外，

不要让一个影子接近绞架……

一九二〇年

当我进入这个古老的世界时……

当我进入这个古老的世界时，带着歌，萨兹[1]和卡曼恰，
这个没脑子没本事的在世界上将要做点什么呢？他们说。

但当我在人们的宴会上唱起我甜美的歌时，
你的话语像夏天的水果一样香甜，他们说。

但我在人们没心没肺的宴会上仍然悲伤，孤独，
我希望放弃，远离，他又骄傲又坏，他们说。

而因为我心的悲痛，我失望了，喝了一杯烈酒——
恰连茨生气了——撒酒疯了，醉了——傻啊，他们说。

冬天大作的寒风中我仍然赤脚，光身——
外面是寒冷，冬天，但你的灵魂里是夏天，他们说。

我说，你们到底还是人，没看到我身上的皮棉，
恰连茨的灵魂在不可驯服的歌中，顽固啊，他们说。

他们只是笑，大笑，我仍然是那样赤裸着——
多少世纪的惊羡是为了你崇高的歌，他们说。

1　萨兹：西亚游吟诗人歌手的标准伴奏二弦乐器。

我爱我亚美尼亚语辞那果干般的醇香……

我爱我亚美尼亚语辞[1]那果干般的醇香，
爱我们萨兹琴久远的悲歌，弦鸣的断肠，
血红的鲜花，怒放的玫瑰，那热烈的馥郁，
还爱纳伊利女郎们舞姿的优雅与飞扬。

爱藏青的天空，清澈的河水，湖里的波光，
爱秋冬季朔风蛟龙喑鸣般崇高的怒号，
隐没于昏暗中茅舍拒客般的黢黑外壁，
还爱座座古城中那悠悠上千年的石墙。

我在哪里都不能忘记我们悲伤的曲调，
不能忘我们的铁书[2]写卷，已变成了祈祷，
无论我们心上刀伤再深，哪怕血全流掉，
我也爱她，亚美尼亚，哪怕她正焦敝无傍。

我那思慕的心没有其他故事可以抚慰，
纳雷卡齐和库恰克，以外再无如此文魁，
你走遍世界，无山堪与亚拉腊雪峰媲美，
我爱我的马西斯，如爱无法企及的荣光。

——选自《歌集》
一九二〇年至一九二一年

1　此处有异文。正文根据的是亚美尼亚科学院校定本；但如果按更广泛流传
　　的版本，可以译作：我爱我亚美尼亚阳光晒成干果的馨香。
2　铁书：亚美尼亚文现存最早的字体。因为当时以铁笔书写，故名。

虹

一

日影般的女孩，有着圣母的双眼，
得了肺炎的，透明的，如身体一般的梦的，
蓝眼睛的女孩，如玛瑙和奶一般搅动灵魂的，
日影般的女孩……

我要做什么？做什么？才能使我的灵魂不死，
使我的灵魂在你玛瑙色的眼中不熄灭？
我要做什么，才能使三色的虹留下，
不挥发，不熄灭在我灵魂的远方？

日影般的女孩，有着圣母的双眼，
得了肺炎的，透明的，如身体一般的梦的，
蓝眼睛的女孩，如玛瑙和奶一般搅动灵魂的，
日影般的女孩……

二

你梦一般的国度中有三种颜色——
三种颜色。
你梦一般的国度中那三种颜色是透明的——
在你的灵魂中。

你微笑着，在你光亮的眼中——
三种光——

并且，蓝色的女孩，你燃烧光明的远方
正在打开。

而我看见你座座摩天的堡垒中，
你骄傲的座座拱顶。
并记着一颗金花般的流星，
它昨天落下了。

并且我听见，夜晚的雾中，
下雨之后，
夜晚的铃铛们在私语
并呼喊着，满足地。

而且我看见，你的田野上，湖泊上，
国度上的光——
看哪，已经降落了，纯粹而纯净的
一道蓝，现在。

并且我看见在夜晚的蓝中
再次被点燃的——
你的座座拱顶的划过天空并微笑的
座座十字架的金……

而如梦般，你的国度在我灵魂中
突然被包裹起来，
你清净的国度，你的眼里——星云
夜晚……

三

三道光环，三种色彩，三种颜色，
它们经过了——
姐妹，它们在你的眼中，我的灵魂中，系起了
虹。

"我的启明星"

——十四行诗[1]

清晨早早地升起吧,
那时你新的身体还在发光。——
你将看到镶蓝边的启明星,
带着明亮的光线上升。——

唉,恰连茨,你的名字,
有一天就那样升起在世界上……
但然后——无边的不定吞噬了
你的启明星——光亮,金子般的……

那升起来的不是太阳——
它还清除了你镀金的光芒
用它灿烂明亮的光线。——
不!——琐碎的云的黑色军队
将你排在了太阳之前——
但在那里,下方——是歌的饥荒——
但帕尔纳索斯山在欢喜,没有你……

一九二八年

1　原文为 "sonnet"。"十四行诗" 这个汉译虽然已经通行,但 sonnet 这种
　　诗体并未将每首的行数限制在必须十四行,也有十五行、十六行等。译者
　　只是觉得 "商籁" 的音译不如 "十四行诗" 的意译好理解,加之本书中大
　　多数 sonnet 确实也是十四行,所以此处保留这种译法。

"我们的语言"

我们的语言灵活又野蛮，
它是雄性的，粗粝，但正是同时，
又明亮，如同永远燃烧的灯笼，
在古代诸世纪里燃烧不熄。

而大师们，既谦卑又天才，
诸世纪打磨它如大理石，
而它有时闪光如同水晶，
有时又变得粗粝如山石。

但它一直保持活的灵魂，
而如果我们今天有时打破它，
那是因为我们希望我们的
新思想上，不要生锈。

那是因为我们今日的灵魂
再也不能有鞘来包裹，
帖里扬演奏般的言语不能，
纳雷克羊皮纸的唏嘘不能。

洛里清亮的歌手图曼尼扬
哪怕他的农村方言也不能，
但它会到来的——这产出钢铁的语言，
这深邃而思乡的思想的语言……

一九三三年一月二十八日

给将来歌手们的七条建议

走过许多道路和田地，
并已经尝过智慧的
虚假的果实——现在我把这些
建议给你们，哦，我们明天的未成熟的，
歌唱光荣与崇高的歌手们。——

看哪！哦，你们，我的第一条
建议，来自生活和多少个世纪——
永远不要忘记，当你们将要编写古怪的歌时，
歌是从土地里生长的，而不是声音或词语。

第二条建议，我在这里给你们的，
噢，坚定地封口，有如神谕——
歌，是过程和通道，是矛头，也是灵魂的钻石之盾，
也是善，也是不属于个人的优雅。——

第三条给你们的建议，哦，将来的
歌手们——无尽的世纪跟随着你们——
尽管世纪生育，土地给了歌以呼吸与灵感——
但歌永远比土地和世纪延续得长。

所以，哦，将来的歌手们，
你们的出现无论多崇高——
不要忘记，你们必须播种种子，
它们比你们的世纪——更长。

所以并且要知道，没有一样工作
那么费力，比得上灵魂的耕田——
太初有道，而道是努力与辛勤
而辛勤之后是——歌。

所以，哦，将来的歌手们，
用你们灵魂的矛头武装起来的，
出力注意，并播撒声音吧，
耕种过去的田地，以将来日子的名义。

而我现在说——对你们，将要唱歌的，
通过读这建议深刻的书卷的——
未来的歌不接受建议——
而这就是我的第七条建议……

一九三三年二月十六日

致我们天才大师们的献词

——致亲爱的米卡埃尔·马兹曼尼扬 [1]

一

我们的大师们自古爱好浮石和大理石，
他们给沉重的石头和泥土启发了呼吸，
我们的大师们自古爱好歌曲以及斗争，
给无才、迟钝和愚蠢的统治者带来死亡——
我在你们不可言传的天才的面前俯首，
哦！大师们，给了我们的土地形式与规范。——

二

你们建立了城市，桥梁，城堡与房屋，
伟大的建筑，在整个建筑艺术上，打上了
自己天才的火漆印，从马西斯到地中海，
从我土到西方，不灭地滋养了哥特式……
以你们的天赋，在世界上留下了过不去、除不尽的踪迹，
并流传成永恒诗歌艺术的不死大师。

三

在世界的边缘，我们所有人现在寻找着残片，
它们的切割面上，带着星形线——

---

1 米卡埃尔·马兹曼尼扬:(一八九九年至一九七一年)著名亚美尼亚籍建筑师。

那是你们失传的名字，哦，无名的大师们，

你们沉静地建造并过世——而把你们的呼吸留在多少世纪中，

即使找到你们的名字，它也没使我们成功，

但我们知道，你们活过——在卑下、腐朽的陋室里。

四

你们有量度和天平，有不可改变的天赋，

它给崇高的规范和感觉深刻的形式以物质，

今天让我从你们那里学习美的秘密，

它会成为我和谐的艺术，正如你们巨大的灵巧，

把力量启发进我的歌，不要使它的过程扭曲，

使我成为你们黄金般天才艺术的继承者。

五

我希望成为你们的学生，并掌握你们无限的艺术，

使我的诗行因你们黄金般法则而从中断开，

使我的韵脚因你们正义、不幸的纬线而合律，

使我的词语像你们的古老建筑一样闪光，

使我的作品像你们的古老建筑一样无名地留存，

但又有世纪的太阳和土地的冰霜围绕……

六

不是吗？今天我之中你们骄傲的天才觉醒了，

我是不是你们的苗裔呢？哦！我们已死的天才们。

让你们灵魂亮堂堂的光芒在我书中熊熊燃烧吧，

让我的歌今天在我的词语中——你们的辛勤沸腾吧！

哦！我们已死的大师们，听听我的恳求吧——

在我不灭的歌上——打上你们不死的烙印吧……

一九三四年六月六日

前往马西斯山[1]

——致阿克谢尔·巴贡茨[2]，我光辉的朋友

他在晨光中从屋里出来，

身后门慢慢关上，

最后一次看看他的小屋——

再迈步走向果园。——

天冷。——太阳才刚从地平线上

重新发出古老的熹微晨光，

而凌晨紫色的底色中

马西斯在远方现出，戴着蓝色的面纱……

…………………………………………………………

1　这首诗没有提到主人公的全名，但熟悉亚美尼亚历史文学的，从"哈恰图尔"这个名字都很容易猜到，作者写的是现代东亚美尼亚文学奠基人哈恰图尔·阿博维扬（一八〇九年至一八四八年，卒年有疑问）。他是埃里温附近卡纳凯尔村（此地现已成为埃里温市一个区）人，于一八四八年四月十四日清晨离家外出散步并此失踪。有关他的失踪和结局，史学界历来有很多说法。本诗故事本身没有任何史学意义，它的价值在文学方面，不仅指其艺术水准，而且也包括它所反映的作者本人思想与心态。它出自作者亲自编辑的最后一部诗集《路之书》。自从苏联成立后，作者一直不时受到政治攻击，而在苏联作协成立、斯大林体制逐渐确立时，这种攻击逐渐升级。《路之书》的出版已经非常不易，经历了严格的审查，做了大量改动。这首诗正反映了严酷压抑的环境下作者的痛苦，与他对自己创作的评价、对民族前途的关切。

2　阿克谢尔·巴贡茨（一八九九年至一九三七年）：本姓泰沃相，亚美尼亚现代著名作家。生于亚美尼亚中南部戈里斯，中学时代即开始文学创作，一九二六年定居埃里温，此后在文坛迅速成名，以短篇小说成就最高。他是恰连茨的朋友、同事（均加入过亚美尼亚无产阶级作家协会），一九三六年被捕，一九三七年遭处决。一九五四年与恰连茨一道得到平反并恢复名誉。

·····································1

夜里他没有睡。——他整理了文稿，

长时间浏览着大量的纸张——

日记，书，手稿，

文字，还是从多尔帕特[2]留下来的。

像他的生活一样，复杂，混乱，充满，

像他的想法一样多样，

想法，指向未来的世世代代，

计划，切断的，或者几乎没开始的——

他把所有这些放在哪里呢？给哪个亲爱的校友，

以便明天他从这些纸张中

用爱抚摘出他活着的言语

并关心地将之付印……

还有那些信件……那些发黄的纸张，

经常用哥特体字迹遮盖的

那不是他混乱日子的道路吗？

他的想法，工作和艰难的

斗争的道路，与他艰苦的存在相反的……

哦，无果的劳作与长长的警觉，

在无果的日子里——灵魂可怜的疲惫——

不可见的未来与压迫性的现在，

长夜里他坐着

寻找着自己众多的旧信件，……

它们上面坐着遗忘的尘埃，

并显现在一个遥远的梦中。

---

1 原文如此。

2 多尔帕特：今爱沙尼亚第二大城市塔尔图的旧名。多尔帕特大学当时是俄
国有名的德式学制大学，也是阿博维扬的母校。

他再次看着他的日子，

它们没有旁例的漩涡——

那发黄的纸张，那各种书籍，

他到底带着怎样的希冀编著的啊……

在信件堆里有严厉的

文字，带着教训的重音，

仿佛讲述着另一生命的行为——

存在一些文字，然而它们，

指给他低下的路，

标出亚洲式的残忍行为，

并灌输着用理性的步子

按上帝的意旨而行，

成世纪地，在谦恭，美德，

被祝圣的温和的轨道上，

只要有人民，就像在古时——

艰苦，敬畏上帝并正义。——

然而黄色的信件堆中，

它们灰尘味道的一叠叠里，

突然一道引人的文字落入了他眼中，

一张小小的蓝纸。——

如同花朵上面有了光线，

透明，古老，且引人——

那蓝色的小纸片以希望

使他激动，散发着一种未尝过的甜美……

他记起了。——到底何时呢？——自己还是青年，

充满了梦想和激情，

从埃里温到另外一边，

用一种不可能的爱围起……

从昏暗的远方来了一位僧侣，

习惯了谨慎的梦和生活——

戴着神圣修院朴素严格的披肩 [1]——

面对面向着那无价的希求……

而突然——那么明亮，

好像是今天，就是现在——

那过去对他现形了

像一个幻象般。——

那姑娘停在他对面——金色的长发，

金色的眼睛，仿佛天穹，

如圣母般戴着冠冕——

为了何等有罪而众多的希求

而长出来，像花一样，芬芳而不可拥抱……

他曾是青年，胸膛充满激情，

纤细的手指如同爱的竖琴——

他的心因无际的痛而哀悼着，

当他看到那有罪的形象时……

那是何时？昨天吗？还是多年前，

多少年代之前……又是何时过去的呢？……

时间然后倚在了那满是尘埃的壁垒上——

而他自己全都遗忘了。——

而什么留下了呢？——这张贴金的纸，

这蓝色的小纸片，像白日梦般，

她在上面写着告别的话，

那金发的姑娘——夏洛特·舒尔茨 [2]。——

一张打开的小蓝纸片，上面装饰着

---

1 基督教部分派别（如天主教、亚美尼亚基督教）在举行礼仪时，神职人员有专门的披肩，是礼仪服饰的一部分。

2 夏洛特·舒尔茨：不详何人。译者易得的有关作者和阿博维扬的材料中都不见此名字，可能是作者的虚构。

模糊不可解的留言和细密画，[1]

并用锐角的哥特体字符写着

一首可怜并无才的押韵诗……

这就是全部。——他长长地、长长地看着

那纤细的留言和文字，

希望压住那张纸，以将它保存在一个地方，

或者撕碎这礼物——

然而他放开了，将它埋进其他纸张中，

用意志的最后努力将它从记忆中抹去，

并开始谨慎地在昏暗中浏览

另外的旧纸张。——

再然后，已经是破晓了，

正在接近远远离家的时候——

他从书桌上拿起一个旧笔记本，

也看了他一次的。

他长长地、长长地看着本子，

突然记起了他的父亲，埃里温堡垒，

记起了母亲，强壮且穿着及膝长裤——

并开始浏览……

浏览首先的纸张时那样，漫无目的，

然后一首巴亚提落入了他眼中，

他开始读一个片段，

然后沉浸下去——并直到早晨的

光线第一次落到屋内——

他读着，读着，忘记了，很快就

必须放下所有并起身了……

他长长地、长长地读着。——一两行

1　细密画：从欧洲到中亚南亚甚至蒙藏地区，古代写本中的插图、装饰画都可称作细密画，近代以来逐渐脱离装饰作用而成为独立艺术门类。

他注意到几个小小的错误

并用铅笔改正了。——然后轻轻地

做了其他改正——但是从无尽的

意识下，它的本质的

黑暗的话语中，那里思想害怕戳穿——

骚动地生长着一种类似恐惧的事物，

像怀疑一样不定又无形……

已经临近早晨了，他也必须走了，

然而他仍在读着——并且突然

那骚动的思想不可能地

在大脑内升高，沉底，惊人地涨大又明亮。——

那本书说了什么？又讲述了什么？

耗费自己不竭的才华，难道不徒劳吗？

难道他祝福过的远方不曾是

一个不坏的地狱般工作的场所吗？——还有那书，

用他的血，他心中特别的神经，

他最后的努力创造的——

难道不是可怜又错误的，

对世世代代有害的产品吗？……

先前那些严峻的想法伤害了

他无用的心——然而每次

当他拿起这本书并读的时候——

正如一桩无尽的大事，

一桩惊人的事，像思念

和诱惑一样不可理解——

淹没了他的心并在喉咙里

像眼泪一样，流……哦，合意的

孤独的，反叛的，想法的，

灵魂的哗变和力量的时候——

创造性思想的不驯的鸟儿，

如辛劳般的压抑与魔力……

还有祖国的言语，雷鸣般，大胆，

以灵魂的不可摧毁的火祝圣的——

还有在不设大门的年月里带着深深伤口的各种想法——

所有难道不是谎言和引诱吗？……

所有难道不是烟雾，灵魂的过失吗？——

而每一样，在生命里存在过的

他的神圣的梦想，他隐藏的期望——

都曾是不智的，如被激浪，

被无果的日子可怕的漩涡卷走的

不值一提的小纸船或木屑——

而他的生命整个都曾是一个不值一提的问题，

指向无目的和空中楼阁……

但不，不管是什么——尽管那样

难道不是这言语的杂音在说谎？

这唱歌的书的歌一般的声音，

通过触及生命的千年的石头，

必将劈开那石头，那岩石的墙

必将打开尽管细微的通路，

让学问通过并流淌，如同

清澈的小溪通过露天的水渠。——

不，言语不说谎。——看哪，它像春天的

洪水一般在他对面雷鸣——

且他忘形地读着，高声地读着，

然而外面——已经是早晨了。——

然而如果那杂音不说谎

而是这本书在说谎……——他

焦心地，打开书的前言，

读了一两行——又疯狂地

已经准备着将书匆忙收到旁边——

当在他眼前突然可怕地

出现，停下一张和善的面孔……

那是他——老师。——带着和善的面孔，

又亲近，又冷，严峻，

像亲朋般贴近，

又坚定，又柔和，又无边的宽仁——

他看了他一刻，定睛

在他灵魂的话语——而将大理石般精细的

手兄弟般地放在书上

并平静地低语："放开，哈恰图尔。"——

他的声音那样柔软——并且，同一时刻，

又可怕，如同死讯——

且他突然记起了——那寒冷的路

通向马西斯山——一次

以那同一个声音，他，老师，

拒绝了他，当时他希望将一个农民

从冰冻的路上赶走，

因为那个迟钝的农民

使他相信自己认路，

却把他们带到了深渊——

且那时，用同样的声音，他不停地劝告

对自己的誓言要永不背叛。——

而他就这样。——用一个匆忙的动作

将书合上，放在传统盒子里，

然后收集起信件并用

苦涩的一瞥——长长的，最后的，看了

一次纸堆，盒子，屋墙，

关上盒子，穿上外衣，

将帽子夹到腋下——

并出去。——

已经是早晨了。——果园上
阿拉拉特的太阳已经洒上了
它紫色的光——而燃烧的
晨雾中的
远方，地平线的古老轮廓中
威严的马西斯正在醒来，
像光明的梦幻，像远方
永不背叛的亲友，或兄弟，
一夜未眠。——他累了，辛苦了，
想法混乱且不安——
他疲劳又不幸——然而当他出去时——
被早晨的高贵迷住，
突然感到自己那样轻，
且那么，那么神清气爽，
以致每一样，每一样留在身后的，
像梦幻般过去了的——
都显得无价而甜美，遥远而不现实，
被祝圣了，如同金色的火焰——
而他坚定地迈步，迈着平常的步子，
正如上工一样，极端重要的。
他对面——无边的原野，而远处是马西斯，
那崇高的山，在通往它的路上
他自己爬高了一天，并被
冰封的美俘虏。——而这时，他孤独地
再次向着那天蓝的远方走去，
向着那不可到达、高高在上的山——
向着高峰顶，他的人民
忠诚地将其算作自己存在的标志的——
要在那里品尝永恒安宁的……

译后记

回顾这本诗选的翻译过程，不得不说，这是令译者本人也非常惭愧的一段经历。

翻译亚美尼亚诗歌，是我从在外留学期间就开始的业余工作之一。当时亚美尼亚国家科学院的阿尔茨维·巴赫齐尼扬教授向我约稿，不过仅仅一首，时间也充足，我用了两周时间做好。对方并不懂中文，所以我能得到的反馈，仅限于将译文贴到中文社交网站之后得到的华人网友的意见。从反馈来看，我认为自己还算是有能力翻译诗歌的。因此二〇一六年毕业回国之际，从师友们那里知道了本项目，就立即报名参与进来。当时我以为，凭借留学期间上过的亚美尼亚古今诗歌相关课程，以及搜集的诗歌作品，完全可以基本独立完成任务。

然而形势不会永远按预想进行。亚美尼亚诗选的翻译任务已经是我回国工作后的业务之外的工作；而在接下这个任务前后，我还有其他两本专业书籍要完成翻译，交稿期限甚至早于诗选。于是我只得先将那两本书翻译好。然而望山跑死马，把它们交稿以后，原定的三年交稿期限就只剩了半年左右[1]。可是这时我却发现，自己原先以为的充分准备，实际大概只到位了一半。首先是为了到底"编译"还是全部自己动手翻译，和项目里的编辑、老师们反复沟通之后，才确认不用前辈翻译家译作，一切从头开始。虽然前辈们翻译的亚美尼亚诗歌并不多，但毕竟论篇数也有两位数了。其次，对亚美尼亚当代诗坛的了解，是我知识上的一大块短板，即使到了现在我也不敢说已经很好地补上了。第三，即使是自己了解相对充分

---

1 而更令人无语的则是，这个出版项目至今未能出版，而原作的其他译本却已经由其他出版社陆续出版。

的亚美尼亚近现代诗歌，具体到诗歌的选目、理解等各方面，我也并没有达到自己曾经以为的掌握程度。于是只好立即开始补上短板。必须说，多亏了整个项目进度的变化，我才有了足够的时间做完所有事情，因为单单这次"补课"就花费了几乎半年的时间。而且这样一来，能够用来做翻译的时间又被进一步压缩了，这不能不更加影响正式的翻译。

首先是选题。古代到近现代诗歌的选题基本是我一人承担的。但因为时间不够，加上古代语言本身的难度，从古典时期到中世纪的大批诗歌，我都略过了。其中最可惜的无过于古典亚美尼亚文学的两座高峰——纳雷卡齐和什诺拉里的作品——我都只各选了一首。无论前者的《哀歌集》，抑或后者的《人子耶稣》《埃德萨哀歌》，都是鸿篇巨制。不仅篇幅宏大，而且语言典雅，情感强烈；其中涉及宗教义理的部分，不要说对外族初学者，即使对本族读者来说，彻底理解也非易事。所以既然这次时间有限，那么就索性"偷懒"，留给以后。另外一些中世纪长诗也因其篇幅，被我半是出于完美主义，半是为了节省时间，贪图"省事"，放弃了节译的想法。还有，史诗《萨逊的大卫》已经有两个从俄文转译的全译本。我曾经向负责项目的陈岗龙老师请教是否从亚美尼亚文直译哪怕选段？他建议我收录。史诗语言对我而言不算太难，但我最终舍弃了。原因是，我发现史诗所有易得的版本都是一九三九年苏联为庆祝史诗一千周年而组织编辑出版的所谓"定本"。然而这个版本由于其出版年代，其中实际上有甚至所有搜集口头流传版本都没有的内容，纯属编者自行添加。比如史诗第四部"小姆赫尔"部分，有一小段讲小姆赫尔一直为人民做好事。而留学时导师明确告诉我，这一段是各种原始记录本都没有的。但苏联时代从二十世纪三十年代开始陆续出版的原始资料本，短期内又实在难以获得。由此我决定这一次还是暂时不选入史诗，留给以后资料更加丰富、条件更加成熟的时候。近现代部分相对完整，不过已经有前辈翻译家译作的作品，我也大都略过了。这方面涉及作品不多，但牵涉到的都是亚美尼亚近现代文学史上的重要人物。第一是现代东亚美尼亚文学语言奠基人哈恰图尔·阿博维扬，没有作品入选；第二是现代东亚美尼亚大诗人阿维蒂克·伊萨哈强。戈宝权先生曾经翻译过他们的作品，可参见他的《俄语国家作家诗文集》[1]。此外还有一些这个时期的长篇名诗，因为其长度和难度，我最终将

1　北京出版社，1998 年。

之略过。至于当代时期，我在请教过亚美尼亚师友们之后决定了入选名单篇目。多谢现时代发达的互联网，我才找到了其中某些诗人的作品。但由于未能和去世不足七十年诗人作品的版权持有者以及绝大多数在世诗人取得联系，他们的作品哪怕已经译好，囿于版权问题，在这个选集里也只得付之阙如。这个缺憾以后如果想要弥补，只怕又需要投入大量的时间精力了。

其次是翻译本身。这次的时间之短促，不可避免地影响了翻译质量。最明显的结果就是，除了极少数作品，要么篇幅非常短，有足够的时间推敲；要么是配乐可唱的作品，我翻译时更多顾及了格律与音律之外；大多数作品，无论原诗是不押韵无格律的，还是有一定格律的作品（其格律本身严格与否姑且不论），都被我翻译成了不押韵无格律的，几乎就是"分行的散文"。这时只能承认，语言之间的不同，使得完美移植一种语言中的诗歌形式，到另一种与之差别巨大的语言，有时基本就是不可能。有些诗歌译文，我或可以后再加修订，改得在汉语中更加合辙押韵；但有些作品，比如萨亚特·诺瓦技艺高超的歌诗，其中使用的大量声音修辞手段，要想彻底移植到汉语译文的语音中，同时还能做到译文"像话"，就完全在至少我自己的个人能力之外了——不过聊可自慰的是，就我所见过的英译文来看，这些修辞方法在移植到英文时，虽然英语世界的伟大前辈学者有可能做到比我更多保存它们的一些形式，然而译文的"诗意"，无论是和亚美尼亚文原文还是和英文经典诗歌相比，都根本不可同日而语。所以，如果能够同时顾及格律与内容自然好；但我对那些没有顾忌格律的"分行散文"译文，多数还是有一点底气地说，是尽我所能在词意和语序上去对应原文的。以后即使想做出更加合辙押韵的版本，在这些初版上修改的难度总比另起炉灶容易一些。但终归，这次的译文整体质量多有不如意处，还望读者诸公不吝赐教。

由于处在旧大陆东西和南北交通的十字路口，亚美尼亚文化历来受到周边大民族文化的强烈影响。在近现代时期的影响自然主要来自西方；而在古代，甚至直到十九世纪初被俄国吞并前后，伊朗语民族的文化长期以来是影响亚美尼亚文化的主要因素，至少是其一。按比较新的英文术语，亚美尼亚完全属于所谓"波斯化世界"，即文化上受到伊朗文化强烈影响的地区。"波斯化世界"幅员广阔，西起巴尔干，北抵伏尔加河畔俄罗斯鞑靼斯坦共和国，东北到新疆，东南到南亚次大陆。这些东西方文化背景，我在本书序言和作品注释中多有提及。相信其中涉及伊朗文化的那些，凡是有过新疆经历、对当地文化有一定了解的读者，无论身为哪个民族，都会很容易理解，并可能会感叹"原来如此"吧。套用一句翻译临近尾声时，华夏大地上比较高频的文言，就是"风月同天"。当然，毕竟两地仍然"山川异域"，文化虽然存在大量近似——哥伦比亚大学亚美尼亚研究专座荣退教授，战后美国亚美尼亚学创始人之一尼娜·加尔索扬教授，二十世纪八十年代曾经来华访问游览，在回忆录《她的一生》中曾直言，新疆是她在中国感到文化上与亚美尼亚最接近的地区——但也不可能全同。而以诗歌入手，体会古老文明世界的文化流变、古今异同，甚至进一步思考未来，正是译者在读者身上所希望看到的。波斯化世界与东亚，包括汉字文化圈，地域相连，乃至存在重叠。历史上它和东亚在文化上，彼此互相产生过重要影响。而以前者的地理位置及自身天赋，直到当代，也仍然对东亚乃至对全世界都有重要意义。然而对于这一带地区，无论是它在国境内还是外的部分，玉门关以东的大众一直少有了解渠道、知之甚少，且对境外部分的了解高度依赖转手渠道，其间的信息损失不言而喻。大而言之，这本诗选算是笔者希望在母国和这片地区之间建立直接沟通的一份微小尝试，尤其是在保守情绪甚嚣尘上的今天。

　　按规矩，在译后记中应当感谢为译者提供过帮助的各位。那么这里我首先要感谢我研究生阶段的两位导师，北京大学的段晴教授和加州大学洛杉矶分校（UCLA）的 S. 彼得·科维教授。是段师为我提供各种便利，使我踏入了亚美尼亚研究这块在中国尚几乎无人从事的领域。而没有科维教授对我的六年教导，乃至选题等方面的帮助，我不可能有能力翻译出这本亚美尼亚诗选。然后自然是参加本项目的各位师友，其中最重要的是我的直接联系编委陈岗龙教授，其次是联系人刘迪南师姐，以及秘书组的卿子凡同学、作家出版社的方叆编辑等。各位都是项目的直接参与者，为项目付出了各自的辛苦。此外，亚美尼亚国家科学院的阿尔茨维·巴赫齐尼扬教授，为我的翻译选材提供了大量帮助。UCLA 的两位亚美尼亚语讲师，也是我当年的受业老师，西亚美尼亚语的哈戈普·库卢江与东亚美尼亚语的（荣休）阿娜希德·凯希相，为我在联系诗歌翻译版权许可方面提供了大量帮助。北京外国语大学亚美尼亚语专业的玛丽·克尼亚姜老师，曾在中国人民大学中文系留学的亚美尼亚年轻诗人罗伯特·察杜梁先生，也都为这本诗选的选题做出过各自的帮助。我感谢所有的亚美尼亚族师友。还有我在中国社会科学院的若干同事师友：《外国文学》主编高兴老师、张远、戴潍娜，以及网友糜旭阳先生，在此一并致以谢忱。

译稿完成之际，正值新冠肺炎肆虐，神州有事之时。而在译稿基本完成，各方联系版权事宜期间，又惊悉段师遽归道山的噩耗。翻译这本诗选的消息一直没有告诉段师，本想出版后给她一个惊喜，也算是导师的七十寿礼；然而这已不可能。那么谨以此书作为向导师献上的怀念。

杨曦

二〇二〇年二月二十二日凌晨，初稿

二〇二四年七月十六日，修改

总　跋

经过两年多时间的筹备与组织，"'一带一路'沿线国家经典诗歌文库"终于陆续付梓出版，此刻的心情复杂而忐忑，既有对即将拨云见日的满满期待，更有即将面见读者的惴惴不安。

该项目于二〇一五年下半年开始酝酿，其中亦有不少波折和犹疑。接触这个项目的所有人都无一例外地认为，这是应该做而且只有北大才能做的事情，也无一例外地深知它的难度。

"一带一路"跨度大、范围广，多语言、多民族、多宗教、多文明交融，具有鲜明的文化多样性特征。整个沿线共有六十余个国家，计有七十八种官方或通用语言，合并相同语言后仍有五十三种语言，分属九大语系。古丝绸之路尽管开始于政治军事，繁荣于商旅交通，但其更重要的意义在于促进了人类文明的交往。它连接了中国、印度、波斯和罗马等文明古国，跨越埃及文明、巴比伦文明、印度文明、中华文明的发祥地，是东西方文明交流互鉴的重要通道。

如何更好地展现"一带一路"沿线人民的文化特质和精神财富，诗歌无疑是最好的窗口。诗歌是文学王冠上的明珠，精敛文学之魂魄，而经典诗歌则凝聚着各个国家民族的文化精神和文化理想，深刻反映沿线国家独有的价值观和对世界的认识。长期以来，中国学界和出版界一直比较重视欧美发达国家诗歌的译介与研究，对发展中国家尤其是一些弱小国家的诗歌研究存在着严重忽略的现象。我们希望通过对"一带一路"沿线国家经典诗歌的研究，深刻地了解一个国家，理解它的人民，与之建立互信，促进国内学界对"一带一路"沿线国家文学、文化和文明的了解，弥补我国诗歌文化中的短板，并为中国诗歌走向世界提供思路和借鉴，从而带动与"一带一路"沿线国家的深层次交流，为中国的对外交往和"一带一路"倡议的实施提供人文支撑。

　　北京大学外国语学院组织国内外相关领域的专家学者，于二〇一六年一月，正式启动"'一带一路'沿线国家经典诗歌文库"项目。该项目以北京大学人文学科的优良传统和北大外语学科的深厚积淀为基础，以研究和阐释"一带一路"沿线国家厚重的历史、文化内涵为己任，充分发挥本学科在文学、文化研究领域的传统优势和引领作用，积极配合和支持国家的"一带一路"倡议，为中外优秀文化的研究、互鉴和传播做出本学科应有的贡献。

　　北京大学外国语学院牵头组织的"'一带一路'沿线国家经典诗歌文库"项目，旨在翻译、收集、整理和编辑"一带一路"沿线六十余个国家的诗歌经典作品，所选诗歌范围既包括经典的作家作品，也包括由作家整理的、具有广泛影响力的史诗、民间诗歌等；既包括用对象国官方语言创作的诗歌，也包括用各种民族语言创作、广泛传播的诗歌作品。每部诗集包括诗歌发展概况、诗歌译作、作者简介等三个部分。

　　在此基础上，形成由五十本编译诗集构成的"'一带一路'沿线国家经典诗歌文库"第一批成果，这将弥补中国外国文学界在外国诗歌翻译与研究方面的不足，特别是对部分"一带一路"沿线国家的经典诗歌开展填补空白式的翻译与原创性研究工作具有重大意义，同时对沿线诸多历史较短的新建国家的文学史书写将具有十分重要的价值。

　　该项目自启动以来，先后成立了编委会和秘书组，确定项目实施方案、编译专家遴选以及编选的诗歌经典目录，并被确定为北京大学一百二十周年校庆的重要出版项目之一，得到学校、校友及社会各界的大力支持，建立起以北京大学外国语学院为核心，汇集国内外相关领域知名专家学者、翻译家的翻译、编辑团队，形成了一个具有高度共识和研究能力的学术共同体。

　　在这个共同体中的每个人都是幸福的，与诗为伴，以理想会友，没有功利，只有情怀。没有人问过我们为什么要做，每个人只关心怎样可以做得更好。无论是一无所有之时还是期待拿到国家出版基金支持之日，我们的翻译团队从没有过犹豫和迟疑，仿佛有没有经费支持只是我一个人需要关心的事情，而他们是信任我的。面对他们，我没有退路，唯有比他们更加勇往直前。好在我一直是被上苍眷顾和佑护的人，只要不为一己之利，就总能无往不胜。序言中，赵振江教授说了很多感谢的话，都代表我的心声，在此不再重复。我想说的是，感谢你们所有人，让我此生此世遇见你们。如果可以，我还想在此感谢我的挚爱亲人，从没有机会把"谢谢"说出口，却是你们成就了今天的我。

　　希望通过我们台前幕后每一个人的努力，把"'一带一路'沿线国家经典诗歌文库"项目打造成沿线国家共同参与的地域性的文化精品工程，使"文库"成为让古老文明在当代世界文化中重新焕发光彩、发挥积极作用的纽带和桥梁。

　　人也许渺小，但诗与精神永恒。

宁　琦

写于二〇一八年"文库"付梓前夜

北京

图书在版编目（CIP）数据

亚美尼亚诗选 / 杨曦编译 . -- 北京：作家出版社，2024. 11. --（"一带一路"沿线国家经典诗歌文库 . 第一辑）. ISBN 978-7-5212-3174-8

Ⅰ. I369.2

中国国家版本馆 CIP 数据核字第 2024PR1272 号

亚美尼亚诗选

主　　编：赵振江
副 主 编：蒋朗朗　宁　琦　张　陵　黄怒波
编 译 者：杨　曦
选题策划：丹曾文化
特约编审：懿　翎
责任编辑：方　焱
装帧设计：曹全弘
出版发行：作家出版社有限公司
社　　址：北京农展馆南里 10 号　　　邮　　编：100125
电话传真：86-10-65067186（发行中心）
　　　　　86-10-65004079（总编室）
E-mail:zuojia @ zuojia.net.cn
http://www.zuojiachubanshe.com
印　　刷：北京尚唐印刷包装有限公司
成品尺寸：160×240
字　　数：617 千
印　　张：27.5
版　　次：2024 年 11 月第 1 版
印　　次：2024 年 11 月第 1 次印刷
ISBN 978-7-5212-3174-8
定　　价：98.00 元